寂靜的緯線
Latitudes of Longing

舒班吉・史瓦盧普 Shubhangi Swarup——著
葉佳怡——譯

目次

島嶼

1

熱帶島嶼的靜默是無止境的水聲。海浪如人的呼吸縈繞不去。但已經兩星期了，雲層帶來的雨水漫流及雷響淹沒潮音。雨水敲打屋頂，滑向簷邊，栽到地面潑濺出水花。醞釀、瀉出、敲擊、滑落。太陽已死，雨水這樣告訴你。

在這些音響中，有一種原始的靜默在醞釀，那是霧的無語，是冰的凝滯。

*

新婚的吉里亞·普拉薩德和錢妲·德維是臥房內的一對陌生人，他們已屈服於命運。這間房因欲望而潮濕，淹沒剛萌芽的夢。吉里亞·普拉薩德這些日子以來瘋狂作夢，因為根據不科學的真理，雨是傳遞幻想的導體。

某天晚上，突然停止的傾盆大雨驚醒了他。他的耳朵已經習慣熱帶的各種狂躁吵鬧，就像習慣打呼的另一半。他從濕漉漉的夢境醒來，疑惑著究竟發生了什麼事。有誰離開房間嗎？

躺在加大雙人床上的他往下偷看，錢妲·德維正躺在地面的粗糙床墊上，她背對自己，面對敞開的窗戶。他望著她在陰暗中的剪影，那曲線讓他興奮。婚禮上，為了確保往後能一起生出孩子，他們繞聖火走了七圈，她溫順地跟在他身後，腳步堅定，確信是命運讓他們在這一世再次結合，但這一世的他仍得重新贏取她的心。「在此之前，」她第一晚就通知他，「我會鋪床在地上睡。」

她完全醒著，內心因為彼岸指責自己的嚎叫煩亂。那是隻山羊的鬼魂，牠從無量無數無邊世界逃出，晃蕩到他們家屋頂上，現在已跳落地面，就站在敞開的窗戶底下，躁動不安的蹄子聲因而充滿屋內，也讓她深感罪惡。

「你聽到了嗎？」她問。她可以感覺到他在背後的視線。

「聽到什麼？」

「那隻在外面鬼吼鬼叫的山羊。」

他無人聞問的勃起軟掉了。他開始對錢妲．德維的狀態及可能帶來的麻煩警覺起來。

「沒有山羊在我們屋子裡晃蕩。」他惱怒地回答。

她坐起身，山羊的鬼叫聲更大了，彷彿要求她將訊息轉達給她恍惚出神的丈夫：「你奪走我的生命，但無法奪走我的來生，你這個吃肉的罪人！」

「就在我們窗外。」她告訴他。

「你會怕嗎？」

「不怕。」

「這隻山羊對你造成了危險嗎？」

「沒有。」

「那或許你可以不要管牠，繼續睡吧。」他本來打算說「應該」而不是「可以」，但又沒有對她嚴厲的勇氣。他已經意識到，他的妻子對任何講道理或強迫姿態的反應都不是很好。事實上，她對大多事物的反應都不是很好。要是她不那麼有魅力就好了，這樣他就能忽視她，繼續睡覺。

「你怎麼睡得著？」她問：「你砍了那頭無辜的生物，把牠的肉絞碎，用洋蔥和大蒜油炸後吃了，然後讓牠無法安息的靈魂在我們家出沒！」

如果他吃過的各種動物都回來糾纏的話，家裡現在就是動物園兼牲口棚，連人移動的地方都不會有，更別說睡覺了。但個性溫和的吉里亞・普拉薩德不能這樣說。結婚兩個月來，他已經決定接受妻子豐富的想像力。這是為了對未來抱持希望而做出的選擇，也就是將她的行為歸因於想像力，而非某種精神疾病。想到他尚未出世的孩子，以及之後還要忍受的數十年共度歲月，他說了，「如果可以讓你好睡一點，我可以不再吃肉。」

肉食的吉里亞・普拉薩德就這樣成為素食者，不只他妻子意外，連他自己也很驚訝。為了能好好休息幾小時，他就這樣跟炒蛋、羊肉香料飯和牛排訣別了。

太陽才剛洩漏一點蹤跡，她就離開床鋪，走進廚房準備精美的早餐。她的一舉一動彷彿注入了新生命，沉默中還有抹微笑在臉上徘迴不去。既然一切殺戮都已停止，現在是該用馬鈴薯香料餅來示好了。兩小時後，她送上香料餅，問他：「味道如何？」

吉里亞．普拉薩德無法克制內心的澎湃，但完全不是因為任何應有的理由。太陽終於出來了，他的妻子終於第一次為他烹調早餐，甚至大膽地在他的大腿鋪上餐巾，身體摩擦過他的肩膀，溫暖的鼻息還直接撲上他的肌膚。他極度渴望由肉混和著肥油帶來的慰藉，卻無法在盤上找到絲毫蹤影。

「味道如何？」她又問了一次。

「誰？」他搞不清楚狀況地回問。

「香料餅呀。」

「太好吃了。」

她微笑，為他倒了第二杯茶。

錢妲．德維看得見東西。她可以感覺到鬼魂，也享受樹木素樸的陪伴。她其實能感覺到他沒說出口的肉食渴求，但他不吃那些活物的肉體比較好，畢竟肉體的王國稍縱即逝，一點也不可靠，尤其跟植物的王國相比更是如此。

錢妲．德維看得太透徹了，她甚至透徹明白自己體內的血液之河終將枯竭。這種明白讓她變得更為頑固，也讓她成為一位嚴苛的妻子。

*

吉里亞・普拉薩德去牛津時，是他第一次獨自離開位於北印度的安拉阿巴德[1]。搭了四天不同的馬車、渡船及一趟火車後，他終於搭上那艘把他帶往英格蘭的船，但也被迫丟棄了一罐罐醃黃瓜、保存期比人的壽命還長的酥油香料餅、各種不同神明的畫像，還有家人的照片，其中還包括一張他親自為母親畫的肖像。

將那些神明丟在身後確實讓他鬆了一口氣——尤其是羅摩[2]，羅摩是個盡責的兒子，卻因為牽強理由拋棄了妻子，另外還有河岸邊那位大家都說是聖人，但其實只是老態龍鍾又飢餓的凡人「呇呇」[3]——但必須丟掉母親的畫像，似乎仍難免讓他深受打擊。不過，只能隔著一座海洋盯著她的臉，對他的打擊也沒有比較小。為了面對這種分隔兩地的處境，他得展開一種全新的生活，而光想到必須經歷的劇烈變動，就幾乎要讓他長出痔瘡。他在看不見盡頭的海面上迷失，逐漸躲入沉默的硬殼，胎死腹中的淚水化為頑固的便祕。吉里亞・普拉薩德是植物王國中孜孜不倦的記錄者，因此帶了好幾公斤治療便祕的洋車前子殼粉，還為了對抗其他疾病帶上乾燥的聖羅勒、苦楝、薑、薑黃粉、肉桂樹皮和磨碎胡椒，導致他抵達多佛港時，海關還以為他在走私香料。

才抵達牛津的布里米學院一天，吉里亞・普拉薩德・瓦爾瑪就成了「瓦瑪」，由於老師沒受過印度人名的發音訓練，他也就因此接受了印度人來英國讀書的受洗儀式。第一天晚上，他生平首次嘗到酒精的滋味，還犯了流傳數世代以來的「說謊者」禁忌，也就是吃下「受他人之口汙染」的食物。當時所有新生手中正在傳遞一個裝了啤酒的巨型馬克杯，而他有兩個選擇：全心擁抱眼前的文化，或者永遠站在每個十字路口苦惱。反正他的書桌上沒有會責備他的人像或神明。隔天早上，他將初次嘗到雞蛋的滋味，他會用叉子戳著那顆鹹香的蛋黃球面，望著它抖動。他也很快就會嘗到人生可以擁有多麼複雜、又難以預測的各種滋味。

＊

吉里亞・普拉薩德・瓦爾瑪是印度的第一位大英國協學者，他在五年後帶著博士論文回到家鄉，論文的結尾寫了屬於他國家的兩個字：Jai Hind，他給指導教授的翻譯是「印度國家的勝利」。印度獨立的第一年，也就是一九四八年，在印度年輕總理的指示之下，他受託接下設立國家森林局的任務。

在安拉阿巴德夜間喝茶閒聊的那些人，總愛針對傑出單身漢捏造一些天馬行空的可能性。但他為什麼選擇派駐在安達曼群島呢？那些阿姨始終想不通，眾所皆知，那地方住的都是流亡的自由鬥士和沒穿衣服的部族呀。甚至有謠言指出島上連頭母牛都沒有，害人們只能

1 安拉阿巴德（Allahabad）意指「安拉的城市」，也有「上帝的地方」的意思。
2 羅摩（Rama）是印度古代傳說中的英雄，也是主神毗濕奴的化身之一。
3 峇峇（baba）有父親、祖父、長者，或聖人的意思。

單喝紅茶。

跟這些人一起喝茶的錢妲・德維聽了鬆一口氣。她曾獲數學及梵文的金牌，這些金牌就像貞操帶一樣緊箍著她，只有更厲害的男人才膽敢跟這種聰明女人結婚。如果能按照自己的意思來，她會跟一棵樹結婚。她不喜歡男人，也不喜歡女人，更討厭吃肉的人，尤其痛恨吃牛肉的，但在一九四八年，為了壯大家族，無論多麼厭惡人類的人都得結婚。

將兩人結合的任務落在一位坐在桑迦姆河岸邊的峇峇身上——此地位於聖河恆河、亞穆納河和神祕的薩拉斯瓦蒂河匯流處。這裡的沙岸總是擠滿正在哭號、歌唱和大聲禱告的虔誠信徒，害當地青蛙以為一整年都是求偶季。

吉里亞・普拉薩德戴著面紗的母親去找了峇峇，向他獻上香蕉和金盞花環。她撫摸他的腳，接著內心的憂慮奔騰湧出。她的兒子特別聰明、特別厲害，擁有特別光明的未來，而且還特別英俊，五官都像母親，只有下巴線條來自父親。一名愛管閒事的信徒問了，「那你兒子到底出了什麼問題？這位姊姊？」

「我沒辦法幫他找到一個夠好的妻子！」

「但問題出在哪裡？」峇峇也問。

吉里亞・普拉薩德的母親正打算重複自己說過的話，但看到峇峇微笑後就沒再開口。聖者總是習慣透過謎語和只說一半的句子來下指示。他沉默地吃了半根香蕉，接下花環，拋向空中，花環旋轉了好幾圈，落在迷惑的錢妲・德維的肩膀上，當時她正沉浸於聖人歌中。這椿婚事就這麼定下來了：一個是研究樹的男人，一個是跟樹說話的女人。

「但是，峇峇——」這次換錢妲・德維的父親抱怨了——「我女兒不說英語，還是個嚴格的全素主義者，但你選的這個男人，他的博士論文中都是用英文名字在研究植物……而且……我聽說他吃過牛肉！」峇峇又剝開一根香蕉。「孩子，你看到的只是此刻。」他把香蕉皮遞給那名父親，要他面對形而上的真相。

*

真相是，真正將他們結合在一起的是島嶼。錢妲・德維夢想可以藉此逃離窒人家務，奔向樹林的懷抱。不過對吉里亞・普拉薩德而言，情況稍微複雜一些。

儘管因為這座島嶼，周遭的海洋也被命名為安達曼，而此名源自善戰的猴神哈奴曼，但無論島或海洋都溫馴到不行。母雞的舉動跟鴿子沒兩樣，沒事總蹲在芒果樹上，空氣中懸浮的蝴蝶飄著飄著就睡著了，如同秋葉般落下，就連鱷魚都彷彿棄絕欲望般地在紅樹林地邊冥想。安達曼群島的物種缺乏名字。無比漫長的時間以來，沒人能殖民這些島嶼，因為藏在難以穿越的灌木叢內的不只自然史，還有原本會定期穿越印度洋近海遷徙，最後卻被遺留在島上的部族。這些人寧可讀心，也不願使用容易混淆意思的語言，除了原始的狂怒氣息之外，他們身上不披覆任何衣物，只靠弓箭這種裝備抵禦文明帶來的梅毒。他們的世界是一座巨大島嶼，這座島嶼靠著爬行的哺乳類被壓制在地球表面，而非重力。

在這一串如繩結的小小島嶼上，吉里亞．普拉薩德期盼過上夢想的生活：一種隱居的生活。他是一位勇猛無畏的單身漢，也是心思單純的學術生物，所以把每個女人都當作姊妹、姻親或阿姨。他沒看出來的是，處女林地的誘人之處不只在於尚未有人探索，也在於能夠與之圓滿結合。他的世界在此經歷了巨大地震，就在前往這片林地探索時，他看到了一棵樹，後來才發現是由兩棵樹交纏而成，因此全身經歷的一陣輕顫。那是一棵菩提樹纏繞在一棵安達曼紫檀的樹幹上，高度大約六英尺。生平第一次，他看到兩棵早已成熟的樹以性交的姿態長在一起，透過擁抱遮蔽天空，還看到寄生蘭在交纏的枝幹間落腳。這種彷彿癌細胞環抱著樹幹增生的姿態，以幾乎像是人類的形影強行闖入他的思緒，甚至讓他相信這些樹正在回瞪他。爪子般裸露在地面上的根脈如同顏色蒼淺的一條條巨蟒，他可以感覺到牠們節節進逼後止步於自己的腳趾前方。吉里亞．普拉薩德站在那棵大樹底下，全身躁動不安，覺得自己就像隻螞蟻，亟欲探索舒適圈以外的一切。

所以母親開始幫他尋找新娘時，他沒反對，科學讓他知道，所有生命的創造都需要雄性和雌性的投入，而這些島嶼也以自身的美誘惑著他。

*

進入雨季一個月後，本該確保這對夫妻身體乾燥的牆面和屋頂已淪為象徵性存在，彷彿英國人留下的一點小心意。雨水開始漫溢入他們的精神領地，有道看不見的牆早已崩塌，來自其他時空的各種好奇心及執念因此灌滿他們心中。

剛抵達此地時，吉里亞．普拉薩德心中抱持著「沒有人是孤島」這類半生不熟的信念，之後他又花了一年才了解，其實也沒有任何一座島是孤島。每座島都歸屬於一個更大規模的地質系統，因此跟世界上所有陸地及海洋相連。比如在離家半英里之處，他就找到了一株之前只能在馬達加斯加和中非化石中看到的植物。

後來的記憶中，在大雨終於停止不下，他也再也無法跟牛排「幽會」的那天，吉里亞．普拉薩德去辦公室研究了所有大陸的祖先：盤古大陸。盤古大陸又稱超級大陸，是分裂成現存眾多大陸的單一體——是他家附近有那株植物的可能解釋，畢竟印度次大陸是先從非洲脫離，再擠入亞洲大陸。他端詳著攤在眼前的世界地圖。「這拼圖怎麼可能拼得起來？」他大聲說。

那天的努力在當晚夢中有了回報。在夢中，拉丁美洲挺起的肚腹安眠於西非的凹陷處，讓拼圖完美接合起來——盤古大陸重新現身。白天看來碎裂又四處漂浮的陸塊破片，現在似乎都有了生命。他狂喜地望著盤古大陸伸展開雙臂，從阿拉斯加一路延伸到俄羅斯的遠東，還望著她抬起頭，踮起腳尖，藉此拉開了南北兩極。看到盤古大陸綻放出芭蕾舞伶一般的優雅，他的性慾開始蠢動，但當傾盆大雨陡然停止時，他驚醒過來，只好反覆咀嚼那半個夢境，不停思考這些大陸一開始究竟為何要分開？或許一開始是有水滲入縫隙，涓滴累積成細流，細流再變成河川，接著就覆水難收。

不過一個晚上的時間，河川就拉出了只有海洋能填滿的裂縫。水的本質就是會吸收空無，其邊緣因為各種石隙、尖峰及其他不規則的對稱構造顯得凹凸不平。只有傻子才會把一片片海岸、沙河岸及乾枯地表視為綿延水面的終結之處，這些地方頂多是水的休息、水的暫停，又或者是無心碎語。而在耽於冥想的大海中，島嶼也是一陣陣無心碎語。

他從加大雙人床往下偷看妻子的剪影。他真想知道這些陸塊在想什麼。或許盤古大陸夢想著成為一百萬座島嶼，或許現在這一百萬座島嶼正夢想著重新合為一體。如同由瘋狂女王派出去的那些衣著荒唐的水手一樣，或許這些大陸也同樣發現，一個世界的盡頭不過是另一個世界的開始。

就算知道又如何？他心想。就算知道答案，我們依然寂寞。就像他此刻住在島嶼上，深入海洋的他已無法改變方向，只有神可以幫助他忍受和妻子分床睡所帶來的寂寞。有那麼一瞬間，這名無神論者想相信神的力量。

吉里亞·普拉薩德成長於虔誠的印度教家庭，但不是為了叛逆才擁抱無神論，他只是一直在延伸自己的信仰體系，正如盤古大陸伸展開她的雙臂。所有他在英格蘭及印度之間，以及在加爾各答市及布萊爾港之間經歷的疲倦航程，都一次次改變了他。「當你站在一艘船的甲板上，面對藍綠水色冥想時，幾乎等於是凝望著『無限』，」某次他如此寫信告訴弟弟。「獨自站在那裡面對無限時，困擾你的不是信念，而是你決定不相信的一切。」

那天晚上他們最接近彼此的時刻莫過於此。陸塊因信念而分開，而神是連結陸塊的不牢靠地狹。

在那一刻，魔鬼是一隻山羊。

「你聽見了嗎？」她問：「山羊的嚎叫。」吉里亞・普拉薩德勃起的陰莖軟掉了，這是他們結婚兩個月來的第九十九次。

2

倒不是說吉里亞・普拉薩德真有在記錄自己勃起的陰莖軟掉過幾次，但很快地，這種現象反映出了他有多緊張，也象徵了他們沒有經歷行房的愛，正如玫瑰是歌頌愛情的象徵，人們可以透過玫瑰去宣示那種肉眼不可見的親密情感。

儘管已經成年，吉里亞・普拉薩德從未跟女人一起生活過，所以只能想像生命中多了一名女士可能帶來的衝擊。他清空一半衣櫃，將比較高的層架跟衣架留給她，不過在觀察過其他官員的妻子之後，他意識到自己的妻子可能也會有在不同場合穿的紗麗，另外還有搭配用的鐲子和涼鞋，因此找來一座緬甸柚木製的新衣櫃。他還沒見到妻子的美麗臉龐，但已經感到迷醉，所以在衣櫃門裝上全身鏡。但還有窗簾的問題，他完全沒有窗簾。只有女人會在意隱私，更重要的是，吉里亞・普拉薩德沒有任何需要避而不見的鄰居，所以他把自己的棉質腰布掛在窗戶上，因為那是他手邊唯一適合拿來這麼做的布料。

大多數動物會為了尋找另一半滿懷希望地展開一趟艱辛旅程，在踏上這趟旅程之前，他想起了她。儘管他已心懷期待地佈置了他的窩，但要如何向她表達自己的感激之情？莎士比亞和浪漫主義者讓他知道，女人愛玫瑰，至少喜歡被類比為玫瑰，所以他訂了一籃生平見過最美的玫瑰，那些玫瑰來自遙遠的噶倫堡城，生長在蔚藍的山丘上。花在一個月後送抵當地，但在穿越眾多山徑及一座海洋的一趟費勁旅程之後，只有一朵倖存下來。他打開籃子，本該看到一大叢粉紫紅玫瑰，卻只看到一堆糾結的莖枝和枯萎的花苞。他認為這是個徵兆——不祥的徵兆。他決心好好養育唯一倖存的幼株。他將植物放在辦公室，以免受到酷熱的陽光直射——這株植物只能接觸日出及日落時的溫和光線——還用點滴給它澆水。《牛津應用美學期刊》最近有研究證實，植物喜愛西方古典樂，尤其是莫札特，所以他大費周章地把留聲機搬到辦公室，用唱針持續給他那朵「愛的象徵」治病，就希望它振作起來。

等帶著妻子回來後，吉里亞．普拉薩德狂喜地發現有朵玫瑰在空中搖動，以不同層次的粉色回應他的視線。這間小屋終於夠好了，配得上他的新娘了。

吉里亞．普拉薩德住的地方建於一九三〇年代，群島上大多數人稱其為「夠好小屋」，當初是為了提供某次旅行至此地的「夠好勛爵」住宿。就跟大多數來訪的顯要一樣，沒人真正知道他來到帝國邊疆的這個小角落出訪的目的為何，尤其還是即將成為囚犯流放地的安達曼群島。數十年來，島上的監獄及其總部經過好幾次不成功的嘗試，期間又換過幾次地點之後才完工。在監獄建造期間，幾乎全是囚犯的工人中死了三分之二——可能是被當地部族的弓箭射死、被蜈蚣咬死、受到鱷魚攻擊、被吊死、受折磨而死，又或者是因為那人人熟悉的鄉愁而死——剩下的之後也在監獄石牆內逐漸凋零。反正這些人的死不是帝國的損失。

群島的環海地形與世隔絕，隔絕激發了殖民者的想像力，他們因而創造出各種折磨人的繁複手法，並將這些特定手段用在群島的所有人身上。夠好勛爵也因此受到啟發，他不只視察島上的石造工藝，也不只和島上的原住民跳舞，有種祕密的渴望驅策他去造訪這項英國統治下的新戰利品：那是一種想命名的渴望。他的名字迫使自己很早就發展出一種幽默感，而他這輩子都在等待機會，好將這種幽默感釋放在完全沒料到的生物、物件還有土地身上。他住的是祖傳莊園，在舒適但無趣的生活中，這名勛爵仔細觀察著印度洋的發展，這是座其中蜿蜒散落著許多小島的海洋。直覺上來說，島嶼是最能行使命名藝術的完美畫布，高度隔絕的地形會使物種在地化，因此遲早會需要獨特的名字。在這樣的規律中，唯一的例外只有英國人本身。他們已經打破了大多數自然法則，儘管離開了自己的島嶼，到其他島嶼繁衍後代，卻沒有在過程中失去原有特徵——唯一失去的只有理智。

夠好勛爵相信任何專有名詞都該跟不同語言通婚，所有殖民者都會強迫其他獨特文化體系這麼做。某次他航入一座尚未經人發現的海灣，當時他在一艘奢華的船上享用早餐，因此將海灣命名為「早餐灣」。而環繞著海灣的著陸處則命名為柑橘果醬甘傑、培根阿巴德，還有小圓煎餅皮爾[4]。

勛爵在吉里亞．普拉薩德現在住的地方待了一星期。這間小屋蓋在令人望而生畏的山頂上，這裡本來是島上部族從西側前往東側常會經過的一個交叉路口，不過後來，政治犯在管理者對空鳴槍的威脅下，逐步砍掉了附近的雜木林。為了抵抗豪雨和地震，這棟小屋離地架高，另外還在三層樓處架設了瞭望台。就是在這絕佳的高處，他意外偷窺到讓自己被寫入歷史的對象。

透過他的雙筒望遠鏡，他看到一個裸體部族，其中的人無論乳房或屁股，都比現存紀錄中的其他人種還大。由於所有心思都放在他們的「巨大資產」上，他沒注意到這些人都有多長一根大拇指。之後夠好勛爵花了好幾星期搜索枯腸，希望能為他們找出一個完美名字：這名字必須簡單，卻又能反映出他們足以自豪的巨臀及巨乳。

那名字過了好一陣子才出現在他腦中，當時的他正在返家的旅途中，坐在船餐廳內將培根片切成六小等分——每次他在公海的無聊航程中總會這麼做，這是個讓他感到療癒的早晨儀式。儘管在嘗試扮演「神」的孩子氣遊戲中陷入困境，這名字確實讓他在追尋「神」的路上又往前走了一步。於是，島上最危險的六指部族就這樣被受洗為「神聖南吉斯[5]」，牛津辭典後來將其譯為「神聖裸人」。

*

夠好勛爵來訪安達曼群島五年之後，發生了一場彷彿嘲笑所有殖民建築的地震，座落有許多英國機構總部的島嶼因此撕裂成兩半。夠好小屋隨之崩塌，瞭望台也彷彿踩到香蕉皮般從山頂滑下。這場地震預言了其他更大的災難，包括第二次世界大戰。

*

戰爭期間，安達曼群島成為宣布脫離英國獨立的先鋒，結果卻只是又被日本人占領。白人用叉子、刀子和湯匙吃飯，這些矮人卻只用兩根小棍子。這種素樸又天真的思想也反映在他們折磨人的手法上，比如明明可以把人的雙腿和雙手扭到斷掉，他們不知為何非得給他們鎖上鍊子？明明可以有效率地用劍「涮」一聲砍掉人的腦袋，他們為何非得把人吊死？還有，何必要求當地人分享他們的作物，如果是想終結食物匱乏的問題，不是可以直接把他們丟進海裡淹死嗎？

英國人把遭摧毀的小屋視為一局覆水難收的撲克牌賽，日本人卻從中看到機會。如同打算新發一局牌的老千，他們重建屋子，宣布那是自己的總部，並在周遭山坡建立碉堡。他們

4 這三個名字的前半都是早餐食物的英文，後半是印度當地語言中會見到的一些音節轉譯為英文的拼音，比如「阿巴德」就跟印度地名「安拉阿巴德」的後半拼音一樣。

5 原文為Divine Nangas，Nangi在印度文中有「裸」的意思，Nangas應為Nangi之變體。

將一種巨大蝸牛引到島上，那是一種馬來西亞的原生種，蛋白質含量極高。當英國船隻包圍安達曼群島，切斷他們的補給線時，這種蝸牛成為了他們的救命恩人，因為甚至無須加鹽就可以直接當零嘴吃。十年之後，能證明這些吃蝸牛的傢伙來過的證據，只剩那些年久失修的碉堡。之後蝸牛數量會驟然成長，成為島上菜圃中最有害的生物之一，唯一比蝸牛有害的，只有那些英國人為了賞玩引入的吵鬧鹿隻。

當情勢轉而對同盟國有利時，夠好勛爵會在英國上議院創一個新的委員會，好讓安達曼群島重回英國懷抱。但打贏二次大戰的喜悅就跟日出一樣稍縱即逝，因為日不落國的太陽已經落下，安達曼群島已經屬於獨立的印度，他無法克制地感覺受到背叛。儘管屬於世間所見最強殖民勢力，又是一位具影響力的貴族，他卻無法再回到那個曾讓他接近神的所在。

之前是吃蝸牛的日本人差點被餓死，接著又是那些歐洲主子一步步撤退，這座島有幾乎兩年處於無主狀態。在那段期間，四名克倫族[6]青年——英國從緬甸帶了這些人來農場工作——自行宣布成為島上的最高領導者，並將夠好小屋當作他們的宮殿。他們夜晚會待在露臺上，為英國發行的盧比上的喬治國王亂畫鬍鬚，還用桌巾做成旗子。他們會花上好幾小時爭論這個自由的群島該用什麼圖像作為國家象徵。會是兇猛的一英尺長蜈蚣？又或者是體型嬌小，用自己的口水築巢的溫和金絲燕？一九四八年，森林部成為這個新成立國家唯一外派在島嶼的駐點，就像在凶險的雪山頂峰遭強風不停颳動，看來歷經風霜的一面旗幟。

*

決定搬進夠好小屋的吉里亞・普拉薩德並不知道這一切，他之所以想搬進去，理由就跟那些受此屋吸引的神聖南吉斯、英國人、日本人，還有克倫人一樣。從這座山巔上，你可以看見藍得彷彿騙人的海洋在太陽下閃爍金光。你會覺得自己是世界之王。

就在吉里亞・普拉薩德考慮將新娘帶來此地時，夠好勛爵正想要放下過去。他改變計畫，打算展開一場探訪太平洋眾島國的遠征。就在那對新婚一個月的夫妻，因為層層襲來的激烈暴風雨窩居在屋內時，勛爵重新踏上了追尋神的旅程。在太平洋上航行時，他意識到，所有名字無論多麼獨特、多麼新穎，終究代表了某種普世但又難以捉摸的真相。無論是生命的本質、存活的奮鬥，總之都是一樣的，無論那生物擁有幾根指頭都一樣。

沒過多久，他就死了。

3

她讓人緊張，死人或活人都一樣，只要曾將這間小屋稱為「家」的人都因為她而緊張。

---

6 克倫族（Karen）居住在緬甸東部及泰國西部，是著名的象夫。克倫族使用的語言叫作克倫語，屬於藏緬語族克倫語支。

這間架高小屋就跟單身漢時期的吉里亞・普拉薩德一樣，無時無刻都在不安地輕顫。她的存在讓那些鬼魂迷惑，包含自由鬥士、總是餓肚子的吃蝸牛傢伙，還有在太平洋、安達曼群島及祖傳莊園之間來回，不停追著暖流跑的夠好勛爵。

這些鬼魂一直過著自由自在的生活，直到錢妲・德維穿透生死的凝視讓他們重新意識到：自己此刻的樣子是多麼破爛難看，活得又是多麼不堪。

「進入淑女的臥房太不禮貌了，」勛爵警告一位老是像狗一樣習慣癱在床上的旁遮普叛變者。「還有你，去搞件新制服來。當初確實是我把你們集合在一起，然後炸到腦袋開花，衣服也沒了，但這淑女要是看到有個裸男在她的花園中遊蕩，一定要嚇死了，尤其還是體型這麼迷你的傢伙，」他這麼命令日本士兵，但那男人聽不懂英語，夠好勛爵只好直接動手，逕自把英國國旗圍在他的腰上。

那名士兵很迷惑，但又心懷感激。

4

只有到了喝茶時間，兩人才會被迫面對面坐著，唯有此時，錢妲・德維不需要端任何食物到桌上，只能強迫自己坐著不動。小屋倒是早已熟習這項技藝。這棟小屋撐過了暴風、地震和戰爭，無論多少對大海虎視眈眈的蠢貨一波波襲來，這棟小屋從不讓步。這對夫妻坐在花園中，望著木槿紅色的太陽落在群島周圍的琥珀綠海面，心思不禁蠢動。這景色立刻使他們在各自的思緒、執念及願景世界中獨自優游，卻又不感寂寞。

「這裡出現的一切都是有理由的，」他試圖打破如同咒語般的沉默，指向花園這麼說，「比如你用來煮茶的檸檬草。」他邊說邊從杯中小口啜飲著，「我種檸檬草，是為了抓住山坡上的鬆軟土壤，免得下雨時發生土石流。」她微笑，他看了深受鼓舞。「檸檬也是……」他繼續說，「重視檸檬就是重視造物者的智慧。在叢林中，若有水蛭正在吸血，你可以把檸檬汁擠在牠身上，牠會立刻乾縮掉。你也可以把檸檬汁擠在被叮咬的腫包或傷口上，當作消毒劑。要是身體脫水，也沒有其他東西比檸檬更能恢復你的活力，尤其是檸檬皮。」

這下她臉紅了。她的臉頰現在是粉紫紅色，就像兩人眼前的玫瑰花叢。他被搞迷糊了。他不過是說了檸檬草和檸檬的話題，這個性格反覆無常的女士怎麼可能因此成了嬌羞的新娘？兩人之間出現一陣尷尬的沉默，所以他又重複一次自己說的話：「花園中的所有植物都是我親手種的，背後也都是有理由的。」

「謝謝你，」她突然說了，「玫瑰很美。如果不是你的堅持，它們不會活下來。」

現在換他臉紅了。

又過了好一陣子，他才一邊在辦公室打發時間一邊疑惑起來：她怎麼知道？她可是在玫瑰重新恢復活力後才來到島上的呀。

流轉的光陰孕育出一片新的天空，其中同時掛著太陽和雨水。在接近正午的耀眼光線中，無休無止的細雨打濕群島，落下後催生出蕈菇及真菌，無論是樹皮或動物的皮都不放過。遇上那種日子，你會不自覺望向天空，期待剛好看見彩虹。除了空氣濕重外，心頭更是沉重。

*

當酷烈的陽光跟雨滴彷彿在沙漏中一起落下，就是人稱「婚禮時刻」的現象。在不同的民俗傳說中，根據敘事者所在的經緯度，以及此人的夢想、氣質和進食模式，總會有不同生物被迫在此刻結為連理——其中包括狐狸、蝸牛、猴子、烏鴉、花豹、鬣狗和熊，就連惡魔偶爾也不例外。因為地獄就跟其他一切事物一樣，是由進入家庭的少數人建立而成。單身漢或許能維持世界的運轉，卻是成婚的人才能確保世界不誤入歧途。

然而在群島上，太陽和雨同時出現的時刻不屬於任何成婚的生物，而且差得可遠了——那是屬於巨人蜈蚣的時刻。這種生物有一英尺長，有能將人直接抓得失去理智的爪子，還能讓你嚎哭得如同剛從母親肚子裡生出來的那刻。這些蜈蚣對成家立業可沒興趣，尤其不喜歡人類。島上的人清楚極了，因為所有人都被咬過。

這些無脊椎生物爬出地下巢穴，希望曬個陽光浴，並享用第一陣雨帶來的狂舞昆蟲大餐，但執迷於神話連理的人類無法理解如此簡單的欲求。於是當有人靠得太近時，這些蜈蚣會因恐懼而咬人，雙方之間的裂痕因此逐漸加深。人類是只要被咬過一次，第二次就膽怯了，蜈蚣則是第一次膽怯，接下來就咬你兩口。

*

吉里亞·普拉薩德坐在小屋前的門廊階梯上，忘情地曬著自己的腳趾。官員通常會在脫下叢林靴之後，發現腳趾之間長了皮癬，這是他最害怕的噩夢。這位辦事可靠的學術人員害怕自己成為研究標本。但今天早上，這項儀式不過是藉口，他只是想坐在屋外，凝視著此刻正在花園中忙碌的妻子。

錢妲·德維正在菜圃裡，她在細雨中採收今天做菜所需的食材。她是優雅及均衡的化身，當她蹲下，以大腿靠坐著小腿時，重心似乎落在懸空的豐腴臀部，但又因為缺乏支撐而搖搖欲墜。她用肩膀和臉頰夾著一把雨傘，雙手在作物間穿梭。

她用為自己梳頭、為他備餐，以及走在島上沒有鋪好的斜坡路上的專注力挑揀番茄。這樣的專注讓他緊張。就算想要幫忙，他也會質疑自己是否有這個能耐，就像她把第五片薄餅放上他的盤子，他又吃不完時，也會質疑自己是否擁有「男人該有的胃口」。

就在他望著她時，象徵了他所有渴求的畫面突然崩毀。錢妲·德維突然跌到地上，整個人摔進泥巴。她用雨傘護住自己，還用手阻擋某些事物接近。

他光著雙腳跑向她，怕她是看到一條蜈蚣，或者更糟糕：她可能已經被蜈蚣咬了。

「在哪裡？」他大吼，「別怕，我會殺掉牠。」

「殺掉什麼？」她完全糊塗了。她不需要幫忙，直接起身拍掉手肘上的泥巴。

「殺掉蜈蚣呀！」

「哪裡？」

「牠咬了你哪裡？」他心急著想把她帶進小屋，這樣才能在她因為疼痛昏倒之前，往她的傷口擠一些檸檬汁。

「但我沒被咬呀。」

她又開始採番茄，內心彷彿波瀾不興。他為什麼老愛提起有關殺戮的事？她真不明白。

他震驚地站在原地不動。剛剛跌倒的她看起來就是碰上麻煩，不可能是他想像出來的，因為他明明一直盯著她呀。他迷惘地回到門廊，放棄了曬腳趾的念頭，往屋內走。今早抵達的船隻為他送來了重要郵件——那是一本期刊，其中刊載了大家想像中的盤古大陸地圖，那可是他迫切想親眼見到的幻影。

但真正的幻影大師是印度的郵政部門，這次他們又玩了一場把戲。他坐在安達曼島的紫檀桌前，發現期刊的所有頁面都黏在一起，摸起來跟樹皮沒兩樣。他拿起期刊，聞出了一切的罪魁禍首：似乎有人直接把牛奶潑在他的包裹上，還真是「覆奶難收」。更精準地說，那人潑的應該是煉乳。在這樣一個不產奶的島上，這樣一罐煉乳的價格就跟等重的黃金一樣貴。吉里亞．普拉薩德可不打算就此放棄，於是嘗試用裁紙刀將紙張一頁頁剎開，這項枯燥的精細工作很可能蠶食掉一整個早上的時光。

就算考量妻子總是沉浸於外人難解的小小世界中，剛剛在屋外發生的事還是毫無道理。或許她是因為太不好意思了，才不想讓他看自己是哪裡被咬，他懷疑是這樣；或許她只是被小蟲咬了，而不是蜈蚣；或許她曾因為採收蔬果留下創傷，又或者曾不小心毀掉某天可能長成完整植株或大樹的幼苗而留下創傷，才會偶爾這樣發作起來。沒必要為此大驚小怪，他告訴自己，大多數女人都太敏感了，妻子的行為不過是忠實反映出她們族類的狀態。

他愈是隔著一段距離觀察女性這個物種，這假設就愈有可信度。吉里亞・普拉薩德的青少年時期成長於安拉阿巴德，每次只要講道時提起杜勒西達斯改寫史詩《羅摩衍那》[7]的內容，聽眾總是哭得最厲害，但男人會被迫裝得若無其事，將眼淚轉化為擤鼻涕或其他不安的表現，只有女人會被鼓勵將眼淚化為足以展現出虔誠信仰的戲劇化演出。儘管如此，他始終搞不懂她們哭的時間點。確實，當悉多跟丈夫羅摩王重逢、當她遭到有十個頭的羅波那彬彬有禮地綁走，還有她被同樣那個丈夫驅逐出王國，只為了向一名洗衣女工證明一個不重要的論點時，感到情緒激動是可以理解的，但卻無法解釋她們哭得最厲害的時間點：她們會在整

7《羅摩衍那》（Ramayana）是印度兩大史詩之一，和另一部更長的史詩《摩訶婆羅多》是印度文化的基礎，而聖人兼詩人杜勒西達斯（Gosvāmī Tulasīdas）改寫的史詩作品普遍譯為《羅摩功行錄》，是用印度北方邦的阿瓦迪語（Awadhi language）重述羅摩王子一生故事的作品。

本書說完，當天的講道結束後，才更是毫無節奏、毫無理由地大哭個不停。

屋外的錢妲・德維則因為能夠再次獨處鬆了一口氣。剛剛真是太驚險了。她用雨傘揮開的是身上裹著一面旗子的憔悴鬼魂，這傢伙在菜園裡一直跟著她，又是指蝸牛給她看，又是玩愚蠢的比手畫腳遊戲。他用兩根細樹枝當成筷子，以手勢叫她打破蝸牛殼，把裡頭軟軟的肉挖出來吃，接著又為了強調他的論點揉起肚子。這名士兵生前的盼望，就是能靠死亡終結他長達一週的飢餓，但飢餓卻悄悄跟著他一起進入來生。儘管身邊圍繞著肥滋滋的蝸牛，這名日本士兵卻無法敲碎任何一枚蝸牛殼，也無法用細瘦的手臂及玻璃般易碎的指甲挖出蝸牛肉。他懇求瓦爾瑪太太幫助他。那個進餐時坐在她丈夫旁的旁遮普叛變者也一樣，他堅持自己有權比她丈夫先吃到薄甜餅，因為自己不是那個「衣著跟談吐都跟英國人很像的叛徒」。

瘋掉的人不是她，丈夫帶她來的地方才是瘋人院，但她不敢把自己的困境告訴丈夫。男人不喜歡妻子跟其他男人互動，尤其還是裸著身體、非常想跟她互動的陌生男人。

錢妲・德維在採收、沖洗、分切、烹調，還有將煮好的蔬菜跟新鮮薄餅送上桌花了多長時間，吉里亞・普拉薩德就花了多長時間把期刊紙頁剝開，並找到了一個足以解釋自己存在意義的全新假說：盤古大陸在牛奶及鹹濕海風的影響下，成了一個多色揉雜的巨大斑點，看起來就跟女性的外生殖器沒兩樣。

*

錢妲・德維知道自己總是讓他分心。每次只要有她在，他就會不停抖腿，顯然非常不安。她知道自己讓他緊張，她可以從他的汗味中聞出來，因為她每天都會嗅聞他準備洗滌的衣物。他的襪子聞起來有蹄的味道，襯衣有一種濃重土香，就像葉子、草莖還有水果遭到動物、雨水及風摧殘過後，揉入深色土壤中的氣味。即便是他身上，她都聞不到一絲喘息的空間，就算是在沁涼的宜人夜晚，床單散發的味道仍混雜了他的緊張汗味和熱帶濕氣。

今天在這組複雜的氣味中，又多了一種全新的危險香氣，那是昨晚有一點芒果肉沾到袖子而散發的氣味。來自印度大陸的一艘船為錢妲・德維送來一籃最高檔的芒果，這些芒果成長於西側海岸的紅土，是她丈夫從印度另一邊訂購的商品。他們的國家在六月時結滿芒果，從島國的最南端到蔓延到所有平原地帶的邊緣。吉里亞・普拉薩德迫不及待地想嘗嘗高貴品種的芒果滋味，尤其是這種芒果又經歷了受洗儀式，這種芒果之前被稱為阿方索[8]，借用的是一名葡萄牙將軍的名字，而現在這個自由國家新選上的議員代表，將其重新命名為希瓦吉[9]芒果，借用的名字主人是英勇擊退入侵者的地區英雄。錢妲・德維深受感動，她將芒果洗淨、擦乾，用玻璃碗盛裝後放在桌子中央，彷彿那是組裝飾品。

8 這裡指的是阿方索・德・阿爾布克爾克（Afonso de Albuquerque, 1453-1515），他所進行的軍事和政治活動建立了印度洋的葡萄牙殖民帝國，據傳是他曾將這種名貴的芒果品種帶到印度種植。

9 希瓦吉（Shivaji Bhosale I, 1627/1630-1680）是印度在十七世紀時的民族英雄，有「印度海軍之父」之稱。

她望著他把餐巾像圍兜一樣塞在胸前，他捲起袖子，用刀叉處理，巧妙地將芒果切成一顆顆小方塊，但還是有滴芒果汁液誤入歧途，從叉子滑落到小指，再沾上袖子。如果讓她來處理，她會直接把蒂頭咬掉，用手指把皮剝下，將牙齒深深咬入光裸果肉，過程中完全不弄髒紗麗。但他在場會讓她不自在，所以她還是拿了她丈夫切的小塊果肉來吃。

「上次吃的時候，這芒果還叫阿方索，現在已經是希瓦吉了，」他說：「誰會想到獨立之後，連芒果的身分認同也不一樣了。」

錢妲・德維受的是梵文文學那種直截了當的訓練，面對英國文學對於機智的執迷，甚至視其為表達才華的更高等形式，她是不當一回事的。她只是誠懇詮釋丈夫發言的字面含意。

「我們是土地的孩子，它們是果實，」她說：「它們比我們更敏感。無論是政權交替，還是信仰受到冒犯，都會對它們造成深刻影響，甚至比蝗蟲或蠕蟲造成的問題還大。」她意識到他很驚訝。「當我吃印度的蔬菜、水果和豆類時，感覺比較不會那麼糟，」她繼續說，「我跟那些只活一次的穆斯林和基督徒不一樣。」

「但所有生命都會死，不管宗教信仰為何，」吉里亞・普拉薩德回答：「穆斯林芒果可以期望審判日的復活，就像基督芒果可以仰頸盼望天堂。所有神學論述中，人只能做出推測，卻無法論斷。只有眾生探詢的唯一對象，也就是形態不明、不具性別的那個至高存在，才擁有這項特權。」

透過捍衛穆斯林芒果，吉里亞・普拉薩德為自己的論點提供了充分理由，尤其是他被迫放棄的飲食習慣。

錢妲・德維坐在那裡，表面上無比鎮定，內心卻有情感波濤洶湧，將她徹底淹沒。他或許看不見坐在身邊的鬼魂，或許無法回想起在許多不同世的生命中，兩人都曾分食過一顆芒果，但他確實看見了一些她沒看見的。

*

那天稍晚，錢妲・德維的丈夫離開小屋，只留她獨自和夠好小屋中的鬼魂待在一起。她為了保有隱私關上臥房的門，這些鬼魂行事老派，絕不會在門關上或窗簾拉上時偷窺。

獨自一人時，她將丈夫半小時前仔細剝下的芒果皮取回來。芒果皮讓她想起之前他們曾一起分食過的亮橘色果肉，還有兩人交換過的想法。她用手指輕撫果皮，又是搓揉又是嗅聞，果皮內面潮濕又布滿纖維，外層則光滑又散發芳香。人皮也像這樣嗎？她真想知道。

*

八歲時的錢妲・德維曾問母親，「媽，嬰兒是怎麼生出來的？」她母親臉立刻臉紅起來，她罵了女兒，還不准她再問同樣問題，尤其不可以問父親。

錢妲・德維的母親既迷失又擔心，所以去河邊尋求呇呇的指引。當時那位呇呇還被視為年輕人，畢竟也才一百零二歲。

「峇峇，」她先獻上水果和花朵，「我的小女兒問了讓我震驚的問題。前幾天……我怎麼有辦法告訴你呢？就連重覆那問題都讓我覺得丟臉。」她調整紗麗，蓋住頭髮，回頭確認沒人在偷聽。「她問我，小孩是怎麼生出來的。身為一個母親，我不能放棄她，但還有誰會跟她結婚呀，峇峇，如果她繼續問出這種問題的話？」

峇峇非常專心地把花跟水果依照尺寸排列，有朵金盞花竟然比其中一顆蘋果大，他微笑起來。

「這位女兒呀[10]，」他回答，「這就是『爭鬥時[11]』，是邪惡和放蕩的年代。所有男女都必須手牽手孕育孩子，這就是愛慾將人結合起來的力量！那時刻終將到來——」他的雙眼圓睜，聲音因為預言的力量而顫抖——「到了那時候，男孩和女孩會在在婚姻的面前牽手，也會在光天化日之下牽起其他男孩或女孩的手，就為了讓所有人看見！」

這番話並沒有真正緩和她內心的苦痛，但錢妲．德維的母親仍回去訓誡了所有孩子，表示永遠不准他們在婚前跟異性牽手。

養育六個孩子是項龐大工程，早已因此累壞的她其實默默地因為峇峇的話放下了心。女兒的問題之所以讓她心煩意亂，其實是因為她意識到自己的無知，她並不清楚孩子是怎麼生出來的，但現在卻開始心懷盼望：她開始避免跟丈夫牽手，尤其當他壓在自己身上的時候。

*

自從錢妲・德維問了母親那個問題之後，她的人生經歷了許多改變，儘管如此，她卻仍沒找到答案。結婚三個月之後，她開始懷疑生小孩不只需要牽手，不然為什麼只要他出現，她就會全身起雞皮疙瘩，而不是只有手上的肌膚？

至於她的丈夫，一名頗有成就的科學家，讓他困擾的是尚未有人研究過的一個更大疑問：生小孩的時機。儘管並沒有證據顯示學名為Homo sapin的人類有所謂的「交配季節」，但也沒有足夠證據顯示這種季節不存在。由於對這個主題缺乏清楚認知，他進退兩難，而熱帶氣候更使情勢曖昧不明，就連老虎都因為熱帶的熱氣而搞不清楚狀況。一般來說，老虎的求偶是先由母虎吼叫，吸引另一半的注意力，最後再以毆打另一半作結，而有一份研究顯示，學名為Panthera tigris的老虎在溫帶氣候中會在固定季節發情，但根據紀錄顯示，熱帶氣候中的牠們全年都會交配。

真希望人類也跟其他哺乳類一樣會發情就好了，最好也會透過特定的行為、體色或聲響

---

10 此處的印度文用的是beti，有女孩、女兒，和女童之意，不見得代表一種血緣關係，很可能只代表說話者和另一人之間的輩份關係。

11 時（Yuga），又稱為「宇迦」，是印度教用來劃分時代的單位，共有圓滿時、三分時、二分時、爭鬥時四個宇迦。目前人類所在的時代是「爭鬥時」。據印度教描述，圓滿時的人類道德高尚、相處融洽、生活美滿，此後罪惡層出不窮，待進入爭鬥時，人類已徹底墮落，最終爭鬥時結束，世界重生，新的圓滿時又出現，如此不停反覆。

來表示自己準備好了，如此一來，吉里亞．普拉薩德就不必在白天時閒著無聊，針對神學和芒果發表一些自以為是的意見了。

5

在群島上冷清到令人厭煩的社交生活中，瓦爾瑪太太的出現掀起一陣風暴。她成為人們聚會中最愛拿來嚼舌根的話題，島上的其他官員及他們的妻子都因此大大鬆了口氣。在她出現之前，衝擊群島的最大醜聞只有郵政部門祕書的狗逃家，跑去追求醫生養的雜種狗。祕書指控醫生是為了多養一隻寵物，才用狗去引誘他們家俊俏的拉布拉多犬，醫生則出言反擊，表示一定是祕書平常都對狗不好，不然牠為什麼會逃家？儘管事件非常煽情，帶有私奔、折磨、郵件和僵持不下等元素，但若只仰賴這個話題，那些晚上的八卦聚會又能撐多久？

對他們百無聊賴的生活而言，瓦爾瑪太太的到來簡直是項恩賜，因為所有人都搞不懂她。她或許不像丈夫一樣讀過牛津，但他們覺得她有學問多了。她讀過梵文，那可是神的語言，而且是印度教經文專家。正因為擁有這種神聖的傑出才能，他們說，她才有辦法在市場添購家用品時，還能計算出眾多星球的天體位置。某一次，她甚至抓到有個攤販搞錯數字，多收了她兩派沙[12]的錢。「月亮在巨蟹宮會讓人們易於暴露弱點，」有人聽到她這麼說，「但不代表你就能騙人。」她充滿說服力的氛圍讓某些人一看到她就想鞠躬大喊，「女神降臨！」但又怕她會用噓聲把他們像狗一樣趕開。

這對夫妻走進社交場合時總是肩並著肩，氣勢非常誇張。當他加入一群男人討論嚴肅議題，比如通貨膨脹對島上補助性配給造成的影響，又或者是研究天氣時，她不會離開他身邊。她在跟其他女士交換美食烹飪技巧時，他也不會走開。事實上，他總能補充一些有用的資訊，像是她們提起的香草學名，或是種植這些香草的最佳方法。

如果說吉里亞．普拉薩德是因為提供食譜替代食材的建議，而被指控為展現「女性特質」，他的妻子就是因為擁有的知識而被指控為「裝男人」。兩人的怪異之處彼此互補。在這樣一個不平等的世界中，大家都想一窺瓦爾瑪家中那段平等婚姻的模樣，而為了滿足好奇心，他們現在只能隔著一定距離觀察，並暗自揣想：吃飯時，她會先服侍他用餐後才坐下嗎？又或者他們的臉皮夠厚，各吃各的？誰決定吃什麼？甚至有耳語指出，吉里亞．普拉薩德為了取悅妻子開始吃素。平常雖然是吉里亞．普拉薩德負責寄信給家人，但寫信的難道是錢姐．德維？他們最近裝上的窗簾又是怎麼回事？誰決定窗簾的樣式？為什麼要裝窗簾？難道是為了掩藏之後在印度憲法中很快就要生效的「不自然性行為」嗎？由於近幾個世代都靠

12 派沙（paisa）是在印度、孟加拉、尼泊爾、巴基斯坦和阿曼都有使用的一種輔助貨幣。在印度，一派沙等於零．零一盧比。

男上女下的傳教士體位出生，人們似乎很難想像，夫妻間竟可能擁有平起平坐的性生活。

*

在驚惶及渴望的經緯交錯之處，平起平坐的夫妻生活實屬罕見，是從未有過記載的現象，就像在南極生產的白鯨，或是在南亞交配的白象。

吉里亞．普拉薩德和錢妲．德維很快就意識到，「陷入愛河」不過是一種修詞。戀愛的展開不像熱天午後跳入清涼河水那般直截了當，也不像學習如何走路是本能的一部分。戀愛不像梵文詩歌是那種最高形式的知識寶庫，也不是浪漫主義者口中的那種「甜美哀傷」。

作為一對平等夫妻的艱難不只是一個民族誌學主題，還牽涉到許多不同學科領域。親密和疏遠如同潮汐般起落——白日時開始漲潮，用餐時會一次次漲起，而月亮如同兩人共享的一杯茶，將他們的互動拉抬到巔峰。夜晚則是一片乾涸，尚未征服的土地隔開了他們的眠床。

鳥之間的溝通非常仰賴難以精確解讀的聲響、歪頭、展示羽毛，還有舞者般的動作及走位。瓦爾瑪夫妻的交流也是如此。他會在進房間時清喉嚨，而既然他不直接作出要求，她也學會解讀他舉動間的心意。當他用空茫眼神望向地平線時，渴望的其實是茶；一旦餓了，他的肚子會發出幼獸般的低吼；如果額頭皺起來，臉上也出現輕微紋路，代表他正深陷於某種思緒。累的時候他會把頭低低垂下，想睡的時候則歪向一邊。若是把身體坐得或站得筆直，表示他正在注意周遭環境，此時他觀察的或許是鳥鳴和風的轉向，又或許是葉綠素氣味的增加。研究環境的科學家看起來就跟警戒的動物沒兩樣，他們都會因為可能的掠食者及捕食目標而生氣勃勃。要是發現他在廁所裡待很久，那代表對他脆弱的體質而言，她準備的食物太辣了。雖然完全沒見過他素描，但她常發現丈夫下班回來時，指尖裹著一層鉛，衣服上也有削鉛筆落下的碎屑。這畫面等同於看到一個男人心情愉快地吹著口哨回家。

錢妲・德維的丈夫發現，他的妻子是個非常複雜的研究對象，需要透過植物學家、鳥類學家，還有天文學家的技巧才可能參透。她穿著棉質紗麗在家中走動，聲音就像微風掃過葉片。她的吐納就像樹一樣難以察覺，她會將空間內所有的空氣吸進去，再芬芳地吐出來。她凝視的雙眼如同鳥一般熱烈，眨也不眨，有時只是一個點頭，她凝望的彼端就瞬間轉移，從停在手腕上那隻蒼蠅的那對藍眼睛，變成島上某處倒塌的紫檀木，接著又變成正游入海灣的一群海豚。儘管跟錢妲・德維待在同個空間內，吉里亞・普拉薩德卻常懷疑她四散在各處，也不知道她是否有發現自己獨自處於不同的時空或宇宙。但他仍心懷希望，總有一天，他希望自己也能夠穿越時空，抵達錢妲・德維凝望的彼端。

她的存在無法用任何一條直線描繪，而是一道迂迴的風景。工作時，他會在官方檔案文件的邊緣，試著用筆捕捉她的樣貌，包括她的曲線、她的雙眼，以及肚臍下方扇狀發散開來，幾何上無比精準的一道道打摺，但就是畫不好。總之這段過程就是永無止境地精修輪廓、進一步刻劃、抹除，之後又重新再來，是吉里亞・普拉薩德無法透過十四行詩或頌歌傳遞出來的體驗。

只有死者同情這對夫妻的房事困境。自從她在雨季的蜈蚣月份來到此地，夠好小屋中的鬼魂就因為他們的悲慘處境顯得生氣勃勃。就跟那些無脊椎動物一樣，這對夫妻擔心各自的渴求遭到誤解。

要這些鬼魂只是袖手旁觀實在太難了。那位旁遮普的叛變者宣稱，如果瓦爾瑪夫妻身處他在北印的家鄉，錢妲·德維現在早懷上孩子了。他認為都是吉里亞·普拉薩德受的英國教育讓他為人變得娘氣，尤其是那身英屬印度時期的服裝。這位叛變者就跟憂心的婆婆沒兩樣，還建議錢妲·德維睡前給吉里亞·普拉薩德喝熱牛奶配扁桃，好強化他的性慾。

夠好勛爵研究過愛的各種極端狀況，靠的是鬼魂才有的後見之明。在太平洋諸島上彼此隔絕的不同種族之間，他偶然撞見一種食人儀式：那個種族的人會為了弔念死去的愛人，直接把對方心臟吃下去——真可說是兩人結合的最終極形式。但面對自己的心時，勛爵採取的是維多利亞式的典型自制心態。他愛慕著他的靈感繆思——他的妹夫——但只敢遠遠地這麼做。他只能用指尖輕柔撫摸著古希臘缸面的雕花，圖樣是個有鬍鬚的老男人插入一名青少年的身體。如果可以的話，他真想告訴年輕的瓦爾瑪夫妻，某些男人會在愛上別人時懷疑自己。他們會擔心自己不夠好。

至於那名日本士兵，為了吸引錢妲·德維對性生活的注意力，他的做法是將一隻手掌握成通道，再用另一隻手的手指穿刺進去。他不是好色，只是想讓她知道那檔事是怎麼做的。

但欲望沒膽去開疆闢土的所在，就會被恐懼佔據。夠好小屋中的居民很快就會意識到這件事。

*

錢妲・德維坐在棕櫚樹下，她在人群中搜尋丈夫的身影。他每隔一陣子就會轉過來對她點頭示意。所有官員和他們的家人都聚在這場辦在毛克利爵士海灘的週日野餐會上，但這些男孩比起下海游泳，只要站在碎浪邊就很滿意了。撿貝殼撿得很樂的孩子們將甲殼綱生物鋪排在沙灘上，宣稱自己是海螺之王，女人們則像鸚鵡一樣不停嘰嘰呱呱閒聊，走動時腳邊的陰影不停改變形狀。她們多希望自己也能放縱地站在碎浪中嬉戲，透過玻璃般清透的海水望著自己的腳趾，但有件小事阻止了她們：若是要穿著打濕的衣物走動，她們還寧願淹死。

吉里亞・普拉薩德本來就是個笨拙的社交動物，他想擺脫人群卻始終徒勞。他想帶著從英格蘭買來的水下呼吸管及面罩去游泳，但不管走到哪裡，這些裝備都會引起一番議論。幾名同事甚至直接開玩笑地叫他茱莉亞・瓦爾瑪小姐。

要是她能跟他一起游就好了，她也是一名非常專業的泳者。坐在海灘上，周遭圍繞著無法漂在水面保命的女人，錢妲・德維認為自己的能力是女神親自給予的恩賜。錢妲・德維出生在一條性格喜怒無常的河川旁，祖父堅持所有孩子得學游泳，他的父母是在一個終究被河水吞噬的家屋中懷上了他，在季節性洪水中生產，於是他出生時就是半沉在水中。因此，他每年都會要求家族中無論男女、無論年紀大小，每個人都得搭船後潛入水中，造訪座落於河底的家族宗祠。如果他們沒這麼做，河水就會再次轉變路徑。錢妲・德維對自己扮演的角色非常重視，她會潛得比任何人更深，還利用宗祠的圓頂把自己拉近河底，逼近門口，然後如同搖盪的海草般抓住宗祠的掛鐘。

此刻的錢妲・德維因微風及聽不清楚的碎語昏昏欲睡，於是閉上雙眼，而吉里亞・普拉薩德已把野餐會丟在身後，游向更遠處的珊瑚。她腦中的自己跟在他身旁一起游，肌膚因為海水的冰涼撫觸而一陣陣刺痛，背部因為陽光逐漸發燙。在她腦中，自己沉入了丈夫游過的珊瑚群中。至於吉里亞・普拉薩德，他在游過珊瑚堆上方時再次變回單身漢，外在世界已與他無關，沒有任何事物能阻止他追隨星背龜，他會一直追隨到牠到地平線邊緣，任由魚隻啃咬他的腳趾。

岸上的錢妲・德維突然從白日夢中嚇醒，一股恐懼劃破她的神遊，拉著頭髮把她拽出來。有種預感浮現，彷彿史前生物從深淵游出。她很快就意識到：吉里亞・普拉薩德並非獨自在水中。

在珊瑚之間，吉里亞・普拉薩德轉身，有漣漪陣陣襲來，他試圖辨識源頭，然後開心地看到是錢妲・德維正在拉他的腿。他對她的泳姿印象深刻，也敬佩她願意穿著紗麗下海游泳的勇氣，但她拉扯自己的樣子實在太著急了，他只得跟著她游回去。就在兩人在淺水處起身往岸上走時，她以壓過海浪聲的音量大吼，「我們得立刻回家。」其他參加野餐的人看到她穿著一身濕透的紗麗都嚇傻了，但吉里亞・普拉薩德完全沒注意，眼中只能看見她的恐慌。

「有人做了什麼讓你不開心嗎？還是說了什麼？」

「沒有。」

到底要怎樣才能讓你信任我？他好想這樣問，但最後只說：「你可以信任我。我是你的丈夫。」

「我是你的妻子，」她回應：「你也可以信任我。我們需要立刻離開這個地方，我只知道這麼多。」

他放棄無意義的追問，因為一旦她決定逃離世界，就只有她能把自己帶回來。吉里亞・普拉薩德將潛水裝備交給伐木隊長，讓他試著玩玩看。對他和妻子而言，野餐會已經結束了。

開車回家的漫長路上，錢妲・德維一直坐在座椅邊緣，她一隻手緊抓著門把，準備好隨時推門跳出去。她驚惶不安，渾身顫抖，困在由自身骨架組成的籠子內受苦。吉里亞・普拉薩德心煩意亂，他好想停下車，正視她的雙眼，緊抓她的雙手，說服她，無論是什麼嚇到她，現在都不在了，她現在有他陪著。如同阻隔在兩人床鋪之間的距離，她眼中的恐懼使他的心臟刺痛。

回到夠好小屋後，吉里亞・普拉薩德望著錢妲・德維在菜圃裡來回穿梭，她似乎沒有特定的摘採目標，又或者打算什麼都採一些，總之能別待在他身邊就好。

過了一下子之後，一名森林巡守員帶來消息：就在他們離開野餐會沒多久，一隻來自附近沼澤的鱷魚就張開大嘴把伐木隊長咬走了。話說都是潛水面具的視野太清晰，他才不顧危險地探索到海灘尾端的溪流處。

吉里亞・普拉薩德立刻穿上靴子，給來福槍填上子彈，一句話也沒說就離開了。他妻子眼中的恐懼也淹入他的眼中。

吉里亞・普拉薩德第一次搭船前往群島時，從比哈爾邦的動物市集親自選了八頭大象一起帶去。在加爾各答時，牠們就像牛群一樣被趕到通往船隻甲板的坡道板上，但到了布萊爾港時，因為港堤不夠穩固，這些大象必須靠著吊車搬運到地面。吊車的起重架掛著大象在半空中旋轉，最後還是撐不住，第一隻大象於是直直落入墨藍色的深邃海水，而吉里亞・普拉薩德不可能有辦法把溺水的大象救起來。直到生命的最後一天，他都不可能忘記那隻哺乳動物的表情，正如在搜索同事的身影時，鱷魚那雙充滿恐懼的眼睛也讓他永生無法忘懷。

搜索隊的手電筒及火炬點亮黑夜，嚇壞了那隻在紅樹林間尋求掩蔽的十二英尺長生物。因為被光線閃得什麼都看不清，這隻鱷魚沒丟下屍體逃跑，只是躲在屍體後方。吉里亞・普拉薩德蹲在小艇邊緣，跟鱷魚四目相交。

屍體少了一條腿、骨盆和腹部，看起來幾乎已經不像個人類，更不像本來跟他一起工作的官員了。比起鱷魚，這具屍體更讓船上的男人們害怕。他們決定隔天早上再帶著魚叉和陷阱過來。他在半夜一個曖昧難明的時分回到家，進門時發現她坐在陰暗的門廊上，目瞪口呆地望著天空。雨水將台階抹上一層苔蘚。吉里亞・普拉薩德腳滑了一下，但仍維持住平衡，內心煩亂的他坐在台階上，黑白相間的蚊子大啖他的血肉，又在他耳邊嗡鳴，成為他腦中交織思緒的背景音。月亮掛得特別低，從夜空中往下直視他的雙眼。

他從沒有感覺那麼噁心過，小艇才一碰上岸，他就對著正在後退的潮水嘔吐起來。人體內臟發出的臭氣，看到腸子如同沒有錨定的繩索在水中飄盪，在在都足以將他體內尚未消化的所有食物翻出來，另外也包括同樣令人難以消化的現實。那頭大象摔進港口的海裡時，從頭到尾都沒浮上水面過一次，彷彿牠在面對大海時直接放棄了求生本能。至於那頭鱷魚，牠在吉里亞・普拉薩德眼中看到了恐懼，而他也在牠眼裡看到了。

「請別殺掉鱷魚。」錢妲・德維打破沉默。「我們不能懲罰只是依照本能存活的生命，而且我們才是入侵者。」

吉里亞・普拉薩德試著從腦中提取有關死去男人的最後回憶，而且必須是真正像樣的回憶，但卻什麼也想不起來。他腦中沒有他最後說的話、沒有最後留下的印象，只記得在吉里亞・普拉薩德將潛水裝備借給他時，對方尋常地以「謝謝你」致意。這一切都沒道理呀。一開始他因為閒散游泳而感到喜悅，然後是妻子眼裡因為某件尚未發生之事浮現驚恐神色，最後是有人因為剛好游向食人鱷魚，就這麼迎接了自己的死期，因而出現一具被扯得稀爛的屍體。

「你也知道我們會怎麼死嗎？」他問錢妲・德維。

那天晚上，錢妲・德維將窗簾拉上，爬上他的加大雙人床。

6

吉里亞・普拉薩德花費了所有年輕歲月，如同螞蟻準備過冬一樣蒐集、囤積了大量知識，好能在漫長時光中擁有反芻的精神糧食，此刻卻覺得幻滅。就他所知，科學中沒有容納「預感」的空間。達爾文「適者生存」的宣言終究讓他失望了。如果這男人當初是旅行到安達曼群島，這個犧牲跟存活一樣關鍵的地方，而不是加拉巴哥群島的話，會因此形塑出不同看法嗎？如果錢妲・德維可以感應到水中有危險，為什麼還拿自己的性命來犯險？

吉里亞・普拉薩德非常堅持親自畫出群島的地圖。他對描繪這座島投入的熱情，就跟素描自己妻子時一樣熾烈。島上的景色觸發了他的各種回憶、好奇心及情緒，他於是透過繪製地圖與其許下誓約，這份地圖或許看起來像安達曼群島，但也是一名藝術家的自畫像。

攤在他桌面的白紙就是印度洋，手上的鉛筆尖就是大自然的力量，將群島從無到有形塑出來。地圖上有個等邊三角形代表哈里特山，那是南安達曼島最高的山，還有條溪流將安達曼群島中部跟哈里特山隔開。吉里亞・普拉薩德確信這座山是最高點，因為他在此地見過無數次日落，過程中沒有任何高聳處阻擋住視線。接著他在三角形旁畫了個小圓圈，用線條填滿了紫色和橘色。在吉里亞．普拉薩德的個人史記載中，哈里特山永遠是日落的所在，他還在學校時就讀過這座沒什麼名氣的小山，因為那是印度總督梅奧勛爵[13]遭謀殺的地方。

在某份聖誕節的雜誌特刊上，有人用栩栩如生的筆調描繪了哈里特山的日落，梅奧勛爵因此好奇心大起，並在心中記下了這件事。某次他來到群島，為的是視察惡名昭彰的流放聚落「黑水」[14]，但也特地繞路去喝了一場接近傍晚的午茶。「啊，多麼美呀！這是我見過最美的景色。」他在看著天空轉成金、紫及腥紅色時忍不住讚嘆。他多希望梅奧女爵也能跟他一起享受這難得的日落景致。兩小時後，他被一個躲在灌木叢中的犯人刺殺身亡，徒留全世界的人都想知道他目睹了什麼光景。實在太可惜了：他無法用語言描述自己經歷了什麼。

只有另一名勛爵才能同理梅奧勛爵的困境。夠好勛爵經歷的一趟趟旅程讓他明白，就算發明出新的名字，也無法完全解決英文這種語言無法精準傳達含意的本質性危機。他懷疑自己的母語無法表達出蟄伏於單一字詞底下的種種複雜性，舉例來說，英文無法像愛斯基摩人一樣用十幾種近義詞來描述「雪」，英文也無法看見隨著每片雪花飄落的多元樣貌。英文使用者沒經歷過馬六甲海峽的人見過的雨水，那裡的人提到天堂時是說「華美的雨」，地獄則

13 梅奧勛爵（Lord Mayo, 1822-1872），出生於愛爾蘭，一八六九年至一八七二年間曾任印度總督。

14 黑水（Kala Pani）也就是之後提到的蜂窩監獄所在地。黑水在傳統印度文化中代表的就是「海洋」，印度文化中有個古老禁忌，認為人只要越過大海，便會失去原有的社會地位。

是「淹死人的雨」，而所有的生命都是在這兩者之間擺盪。夠好勛爵在太平洋體驗到的強大力量，那種讓人移不開眼神的體驗，實在沒有任何字詞得以描述，無關痛癢的「愛」更不足以形容。他所目睹的不是單純的食人行為，也不只是吃掉摯愛心臟的儀式。

同樣的，任何人在哈里特山上體驗到的也不是孤獨，在紫色太陽面前，孤獨的本質似乎擴張開來，終將島上一切含括在內，包含所有的生命形式、山巒、河川、潟湖、海灘，甚至是那顆在哈里特山頂，俯瞰底下雨林之深淵的巨石。這是一種屬於環海群島的孤獨，此地靠著比任何陸塊還大的海洋與所有陸地隔絕，座落在比所有海洋及大陸合起來更大的天空下。

當一切如宇宙浩瀚，孤獨也彷彿化為宇宙的冥思。

吉里亞．普拉薩德和錢妲．德維坐在從哈里特山頂突出的巨石上，兩人彷彿化身成一對鳥夫妻，藉由棲息在最高樹木的最高枝枒上，不讓任何眼睛從海洋那側看見他們。他們只能聽見其他鳥的細碎低語，還有海浪拍打岸邊的破碎音響。這感覺很奇特，他們坐在那麼高的地方，身邊圍繞的是喜馬拉雅山脈的霧氣，同時又因為海浪的聲音昏昏欲睡。

「如果不是有海浪的起伏呼吸，」錢妲．德維說：「我會以為這就是一個待在山裡的傍晚。」

「也不是沒有這個可能，」吉里亞．普拉薩德說：「我讀過一篇學術論文，其中宣稱印尼及安達曼海上的火山島，其實都是喜馬拉雅山的延伸。換句話說，我們正坐在由海床隆起的山頂上，雖然難以置信，但確實有這個可能。」

她對他微笑，他也回以微笑。

陽光從枝枒間篩落在錢妲・德維身上，在她肌膚上製造出地理分布圖。他可以在她的前臂看到一座山脊，腳上有條河流，喉頭則因為髮絲映現出一道永不止息的瀑布。很快地，太陽就要往更西方移動，將她身上所有河流、山脊、山脈和瀑布淹沒在黑暗中。傍晚即將結束，唯一能重現這畫面的方法就是跟著太陽移動，一次又一次在不同經緯的地貌上體驗日落，比如蒙古的大草原、興都庫什山的多風山隘、喀拉哈里沙漠的沙丘、克里特的眾多小島、德國的黑森林，還有挪威的峽灣。就在吉里亞・普拉薩德神遊到蘇格蘭高地時，他因為一段回憶分了心。在潮濕的熱帶地區，他夢到了雪。

「你見過雪嗎？」他問她。

「沒有，那是什麼感覺？」

坐在安達曼群島描述雪是件不可能的任務。雨季帶來的不和諧噪音足以淹沒雪花飄落的沉靜。吉里亞・普拉薩德的思緒回到過去，想起自己曾走在一座地面覆滿雪的公園裡，當時他還是牛津的學生。記憶中那層最柔軟的白雪將一切尋常事物化為夢境，沒有什麼能躲過雪的手筆，無論是湖泊、天空，還是太陽都一樣。冰如同苔蘚般緊抓著光裸的樹，雪厚重地掛在尚未掉落的樹葉上，而他的腳步沉沉踩在雪上，感覺冷冽空氣刮過他的鼻腔，磨傷他的喉嚨。而此刻他棲居在環海群島的最高峰，剛好就立於赤道和北回歸線中間，內心懷抱著不可能實現的渴求。他渴求能在落雪景致中看見跟眼前類似的日落。

「我沒辦法向你描述雪，」他告訴她：「我們這種熱帶生物無法真正捕捉其中的美，就算是透過想像力也無法。但我能讓你知道太陽落在雪上是什麼樣子，我們冬天可以一起去喀什米爾。」

「這些島呀，」她說：「我們或許永遠不會想離開。」

「如果是那樣的話，就下輩子吧。」

對吉里亞・普拉薩德來說，「重生」是個很容易拿來調侃的主題，但他也必須承認那是個具有抒情吸引力的概念——有了這個概念，他或許就能在另一段人生中，和妻子在另一片土地上享受另一種落日景致。

她臉紅起來，他也是。吉里亞・普拉薩德伸手去牽她的手。

錢妲・德維的手指也和他十指交纏。

整座島就是為了這個場面而隆升起來的。飛鳥、昆蟲、樹木、海浪和落日都恰如其分地奏出這場交響樂，而編曲者正是合為一體的十隻手指。

若不是吉里亞・普拉薩德對雨林抱持學術興趣，他和雪本來可以心滿意足地談一場漫長戀愛。由於意識到生命倏忽即逝，他當時決定把握每個機會觀察雪存在的脆弱性，以及各種變化都非常微妙、精細的性情，直到他的手指終於失去知覺，睫毛也結成了細細的冰柱。

因為重新想起雪，吉里亞・普拉薩德當晚難以入睡，他在床上花了好幾個小時，努力將記憶中的雪聚集起來，放置到自己正躺著的這座島嶼上。在他的幻想中，這片草木蒼翠的土地因為大量落雪而白亮刺眼。

他想像樹冠被壓得低垂下來，雪散落在黏稠的熱帶土壤上。昆蟲成為困在冰塊裡頭的化石，而無法破冰而出的蚯蚓、蜈蚣和蛇被迫冬眠。冷血鱷魚發現很難在結冰的溪流中爬行，跟螃蟹一樣不停往側邊打滑，而受寒氣抑制的杜鵑鳥唱到喉嚨都痛了。吉里亞・普拉薩德好想將色彩斑斕的鸚鵡和翠鳥都塗成燦亮的白色，因為下雪時全世界都是一片潔白，反射在地面的夜空也閃閃發亮，讓月亮和星星相形黯淡。受到廣闊冰面的鼓舞，鴿子在小池子及溪流上踱步，愛把蛋下哪就下哪。雨林枯竭，葉子和水果瞬間枯萎，海灘成為由冰、沙子還有雪鑲嵌而成的區塊，藍綠色的海浪捲著大片冰塊敲擊岸邊。裸身的部族被迫撤退到溫暖洞穴中烤火，因為拒絕用衣物褻瀆身體是他們堅定的信念。接著雪的消失就跟出現一樣神祕，畢竟群島上什麼都無法持久，就連因為失眠而產生的幻想也一樣。

在幻象中，吉里亞・普拉薩德住的夠好小屋就跟阿爾卑斯山的小屋很像。他想像這間架高的夠好小屋穩妥地蓋在一整片雪地上，還有座臨時搭建的火爐用來溫暖盆栽蕨類和花朵。算是換換口味吧，原本從排水管流下的水在半空中就結冰了、懸在那裡，而原本雨季中不停啪噠響的水聲，現在也成為融冰後逐漸滴落的緩慢節奏。他的床成為群島上唯一溫暖的所在。在幻想中，吉里亞・普拉薩德繼續將雪覆蓋在已熟睡的妻子身上，她的肌膚因而透出粉色，突然冒出許多雞皮疙瘩，肚臍沉到肚腹深處，胸腔像是受驚嚇般劇烈起伏。

錢妲．德維隔天早上醒來時感覺喉嚨痠痛，鼻子也塞住了。她對丈夫很不高興。「下次你夢到雪的時候，」她告訴他：「也夢一條毯子吧。」

＊

那天晚上，吉里亞．普拉薩德為了將群島及他的新娘裝飾上白雪，始終沒睡著，九年後，他會發現自己再次陷入一片魔幻的白雪中，而且這次是以父親的身分。當時他帶著女兒在海灘漫步，為了避免她衝進海潮中緊握她的手，畢竟她比她的母親還難以預測。

「你是在哪裡找到我的？爸爸？」她問，同時因為手被緊抓住有點不開心。「你為什麼把我帶回家？」

為了安撫她，吉里亞．普拉薩德會從暮色餘暉中捏造出一個故事。「那是一個跟這裡一樣的海灘，當時也像現在正接近傍晚，你母親和我剛巧看到一個空瓶子半埋在沙子裡。我們打開瓶子，發現有張紙條：『請將組成你們夢想的所有材料放進瓶子，猛力搖晃。』我們照做。我用一根透明稜柱將陽光收進瓶子，拿木塞封口，猛力搖晃了好幾小時。然後你母親打開瓶子，深吸一口氣，將氣吐入瓶中，那就是你的第一口氣。」至於還用了哪些材料，為了抓住她靈動的想像力，他會捏造出一長串絕妙的清單：來自拉賈斯坦邦當地沙丘的金色沙粒、來自哈夫洛克島的白色沙粒；少量的金絲燕巢、粉紫紅色的玫瑰花瓣；一片群島上最古老的紫檀樹皮；河畔峇峇祝禱過的香灰；一顆鱷魚的牙齒、一根大象的睫毛；還有混雜了喜馬拉雅山上雪水的幾滴雨季雨水。

故事結束時，父親和女兒會沉默走著。你能看出她正花費大量心力在消化這個故事。他會感覺到女兒的思緒四處蔓延，在海潮的泡沫中翻騰、沉沒入不平整的沙地，遊蕩後消失在標記了叢林邊緣的石塊間。

「融雪和雨水之間的差別是什麼？」她會問：「爸爸，雪看起來是什麼模樣？」

7

如果錢妲．德維可以看見鬼魂、可以把吃牛肉的丈夫變成素食者，還可以預測鱷魚的攻擊，島民相信她一定也能跟神溝通。開始有謠言指出，吉里亞．普拉薩德是跟神女結婚，這名神女可以用控制丈夫的方式控制鱷魚和大象。

人們開始帶著水果和花圈來他們家門前的階梯奉獻。有個婆婆帶了懷孕的媳婦來，在連續八個孫女帶來的失望之後，她祈求錢妲．德維動用神聖力量賜給她一個「傳遞火炬的男性」，並以此拯救她的血脈。

錢妲．德維仔細把這名女士從下巴到腳趾看了一遍，從她的左邊耳朵看到右邊耳朵。

「懷孕的人不是我，」這位婆婆想說：「問題不在我身上。」但她沒說出口。沒人敢冒著激怒神人的風險。

「女神[15]用她擁有的九個凡間化身賜福予你，」錢妲・德維說：「如果你沒有好好對待她們任何一人，她會對你展現出無邊怒火。」

「但為什麼我兒子非得養一個沒兒子的家庭，尤其是這頭懷孕的母牛？」

「你可以下輩子再來想這個問題，到時候你會轉世為一條蚯蚓。所有蚯蚓都像閹人，在牠們的生命中，究竟是男是女沒有分別，這就是為什麼女神會讓所有折磨女性的人下輩子轉世為蚯蚓。」

那天晚上，想改變自己的這位婆婆煮了晚餐。她餵飽所有孫女，為了賠罪，還幫她們洗腳，乞求她們原諒。她一走出錢妲・德維家的門廊就決定這麼做，因為她留在屋外的那雙拖鞋上，就有一條被太陽曬黑的蚯蚓。

*

森林局同樣也找了錢妲・德維幫忙，為的是治療一頭在三週內踩死兩名象夫的大象。儘管這頭大象徹底瘋了，但比起具有生產力的動物來說，象夫畢竟還是比較容易取代。吉里亞・普拉薩德的下屬被迫面對這頭發狂的厚皮動物，只好去求他妻子指出一條活路。

「我只跟自由的靈魂對話。」錢妲・德維宣布，大象於是被脫下腳鐐，官員因此更是害怕。她花了一個下午的時間輕撫這頭動物的硬皮和肚子，餵這頭母象吃香蕉，還給她一桶水喝。離開時，她告訴這些官員，第一名象夫是因為喝私釀烈酒喝醉了，第二名象夫則是把比迪菸[16]的菸蒂在母象腳上捻熄。「如果還有下一次的話，你們的腳鍊就阻止不了她了。」

從此沒有人在工作時喝酒或抽菸。看到事態如此發展，吉里亞・普拉薩德不可置信地笑了。他的妻子做到他一整年都做不到的事。

*

錢妲・德維發現自己每天要跑的行程比丈夫還多。早上時，她安撫在「驕寵海灘」溺斃的男人靈魂，到了下午，她為一間糖果糕點店進行開幕儀式。而在這一切工作之間，總還是有一些處境嚴峻的人來向她求援。

群島上的行政官員害怕那些英國官員、將軍、吊死犯人，還有神職人員的迷途鬼魂——簡單來說，就是那些殖民肥皂劇幻想中的壞蛋——可能會詛咒印度建立新國家的大業。那些鬼魂就是一切不順的原因：檔案遭人暗中調換，又或者是儘管找來能力卓越的官員（只要工作超過四小時就得打個盹才能撐下去的傢伙），卻還是老是執行錯誤的決策。所以他們希望她去羅斯島一趟，那裡有英國留下的舊總部建築，他們希望她鍊住那些害島嶼沉淪的鬼魂。那

15 印度文中的「女神」就是德維（Devi）。

16 比迪菸（bidi）通常是用葉子捲起菸草片的細菸或迷你雪茄。

些鬼魂雙眼邪惡、口吐粗話、嗜吃蛋糕，而且還狂抽雪茄。

因為平常在夠好小屋內生活，錢妲・德維已發展出對各種國籍的鬼魂視而不見的技巧，正如吉里亞・普拉薩德也能對妻子的古怪行徑恍若未聞，但她無法拒絕這些行政官員的請求。若是拒絕了，她的愛國情操會蒙上一層陰影。羅斯島是一座很小的島，上頭滿是泳池、湖泊、烘焙坊、默片劇院、舞廳和教堂。那裡甚至有間超市，來自歐洲的已婚上流婦女可以在超市裡買到當地水果，還有新鮮的司康鬆餅。

就跟大多數完美的理想一樣，這個計畫也幻滅了。地震摧毀了夠好勛爵在布萊爾港的視察小屋，羅斯島裂成兩半，島的大半跟冰山一樣沉入海中，剩下部分則因為地面歪斜遭人遺忘。日本人在二次世界大戰轟炸這座島時，這座島早已遭摧殘殆盡，因此他們只是為了享受精準打中這個小點的純粹樂趣。

正是在這個被炸爛的小島上，錢妲・德維遇上了生平見過最蒼白的鬼魂，他們旁若無人地輕快走動，進行每日的必要儀式。跟夠好小屋中總是打擾人的鬼魂不同，這些鬼魂太過驕傲到不願意承認她的存在，只願意給她張大雙眼望著他們好幾小時的殊榮。他們所記錄的不是時間的流動，而是靠著數十年來執行固定的每日行程，來否認像是死亡或者印度獨立之類的事件存在。他們甚至學會忽視那些代表「當下」的鬼魂——那些活著的人。

一對衣著精美的夫妻吸引了她的目光。那名女子身穿天鵝絨長袍，戴著蕾絲手套，一手握住陽傘，另一手挽著丈夫的手臂。男子則從頭到腳趾都是高級衣飾，鬍鬚也上了蠟。「在這麼熱的天氣裡這身打扮嗎！」錢妲・德維忍不住驚叫起來。這對夫妻爬上一道螺旋階梯，輕巧地從一個樓層走到另一個樓層，這優美姿態可是經過了好幾世的練習。但這道階梯當初就跟裂開的島一起斷了，沒有通往任何目的地。這對夫妻打算盛裝參加的晚宴已經躺在海床上。錢妲・德維看到那對夫妻在崖壁邊踏空，落下，漂浮在海面，再如同葉子被微風吹送帶開時，表情變得目瞪口呆。她看著他們游回岸邊，帶著跟衣服一樣乾燥的表情離開。

在一座迷你湖旁的花園中，錢妲・德維看見一名男子為一張椅子拂去幻想的灰塵。接著他站上椅子，將一副套索綁上樹枝，頭滑進索圈，腳踢開椅子。錢妲・德維知道他是鬼，但他的身體掛在繩索上晃蕩的畫面仍讓她背脊一陣發顫。終於慢慢地，他的眼皮鬆弛下來，嘴巴閉上，額頭的皺紋也消失了。再過一陣子後，他把頭從套索中退出來，像隻笨手笨腳的猴子摔下地面，起身，拍拍長褲上的灰塵，把椅子擺正，再次拂掉椅子上的灰塵，再次綁上套索，再次上吊。對某些人來說，死亡似乎是一種嗜好。

其他靈魂早已有了新身分，或去了不同大陸，這些靈魂卻選擇緊抓舊有的每日儀式及時光不放，就像不願放棄棒棒糖的孩童。他們有經驗了，改變沒有任何用處，活著是能有所改變，但他們執著的事物始終沒變。

有些人光是在這一世出生，就感受到了別人一百世的寂寞。

回到家後，錢妲・德維檢視鏡中的自己，用指尖拉扯眼睛底下的肌膚，眼白周遭那圈粉色的黏稠讓她安心。她用力掐了自己身上的肉，放心地看到留下紅色瘀痕。這都是人還活著的證據。

那天稍晚，吉里亞．普拉薩德夢到有許多鴕鳥那麼大的孔雀在金黃色沙漠上奔跑，突然之間，天空出現一隻大手從中抓走一隻，他嚇得醒來，卻發現是睡著的錢妲．德維正用盡全身力氣緊抱住他。他清醒地躺著，試圖解讀她臉上輕微震顫的涵義，真想知道是什麼呀，她在眼皮後方究竟看到了什麼。

*

錢妲．德維就像住在一幅畫裡，而畫家每天都會為她的肌膚添上一層白顏料。子宮內的動盪對她來說是全新體驗，其中的起伏跟隨的是父親的心跳，而且比起她吃下去的素菜，這股起伏也跟父親一樣渴望某些更重口味、更肉食性的養分。隨著這股起伏的成長，來自腹中的要求也更多，她實在跟不上，只能在盯著衣衫襤褸的日本鬼魂時，不禁理解起他的處境。她總是覺得餓。

布萊爾港只有一名醫生，那是一名從二戰及印度獨立戰爭中倖存下來的英國紳士，他繼續生活在這裡的原因很簡單：他是群島上唯一的醫生。在他的堅持下，日本人消毒了一部分蜂窩監獄[17]，改造為臨時醫院，也是在他的堅持之下，森林局從印度本土帶來一位獸醫，因為他實在無法同時應付人類及大象的身體問題。

面對錢妲．德維的蒼白狀況，醫生給了一個名字：貧血。「群島上的水因為某些理由降低了血液中的鐵含量，」他告訴她丈夫。「羅斯島上的大多數婦女跟孩童就是因為這樣逐漸失去生命力，就連某些男人也是如此。他們死於一種名叫『蒼白而死』的神祕症狀，後來在電報上直接簡稱為『蒼白死』，但其實就是我們說的貧血。」

「我妻子之前沒有貧血。她到島上後健康狀況一直很不錯。」

「懷孕讓她的身體變虛弱。」

這種蒼白的問題迫使她必須撐著椅子扶手才能站起來，也總是覺得暈眩。吉里亞．普拉薩德不再讓她煮飯，洗澡時也會從旁協助。他不敢把她獨自丟下，所以開始在家上班。他應該要為了孩子欣喜若狂，但現在只感到害怕，而唯一能尋求慰藉的人又是他最擔心的人。

「你眼前發黑時會看到什麼？」他問錢妲．德維。

「我看到紅色，新鮮的紅色。當你在強烈的陽光下閉上雙眼時，眼皮看起來就像著火一樣。我看到的畫面很像那樣。」

醫生建議她吃紅肉和雞湯，但就連吉里亞．普拉薩德都不欣賞這個建議。他選擇去採番

17 一八五七年印度民族起義之後，英國統治當局認為，需要建造一座安全的新監獄，而且位置要夠偏遠，用來關押政治犯，並於同年稍後在安達曼群島動工。蜂窩監獄（Cellular Jail）因其建築風格得名，整個監獄有六百多個單間，互不相通，又稱其為分格式監獄。

茄、菠菜跟甜菜根，每天兩次打成新鮮果汁給她喝，還用小湯匙餵她吃黑芝麻。大自然中沒有大自然不能解決的問題，他如此相信。

到了懷孕的第四個月，每天記錄她膚色、暈眩頻率、反胃狀況、體重及心情的吉里亞・普拉薩德認為她沒那麼蒼白了。她已經可以蹲在印度式馬桶上而不昏倒，但情緒仍顯得抑鬱。

「這個膚色很適合你。」他試著哄她開心。「我也可以去跟女神請求，讓你一直保持這種膚色，但女神恐怕不會回應我的要求。我吃肉的過去在印度神明眼中可能不是太好的紀錄。」錢妲・德維微笑起來。他在說玩笑話，但其實也是真心。她看得出來，她的丈夫正在受苦，他想禱告，但又沒有信仰。

她坐在竹椅上，為了騰出空間給肚子而雙腳微張。儘管她坐得安穩，背貼著靠墊，兩隻手肘也放在扶手上，暈眩的感受卻始終停不下來。地心引力的力道前所未有的強烈，逼得她必須暫時放下一切後躺下，直到終於失去意識。她開始做一種古怪的惡夢：坐在花園裡的自己開始長出根，而她無法將自己從土裡挖出來。

她想回應吉里亞・普拉薩德對自己的讚美。她想說些機智的話，好讓丈夫臉上露出微笑，心中也能生出信仰，但語言從她的思緒中滲漏出去，就像精力從子宮流淌到地面。她愈坐愈往地底下陷落，就連微笑時都熱淚盈眶。

吉里亞・普拉薩德從口袋扯出一條漂白、漿燙過的手帕，傾身向前沾掉她的淚水，但下一次看向她時，她的眼眶卻又盈滿淚水，他只好又沾掉。這次的淚滴大到足以在布料上留下一個潮濕的小點，所以他用手帕的另一角擦。他把手帕的所有角落都用來擦去妻子的淚水，直到一滴也不剩，她的睫毛也如同草料般乾燥、挺直為止。他等著，他看著，直到錢妲·德維重新振作起來，他才將手帕折了三折，重新收回口袋。他離開房間，打算為了晚上那杯果汁去採集蔬果。

要把整顆甜菜根從土裡完整拔起，但不能傷及附近植株，又不能把甜菜莖扯斷，實在是項挑戰。你必須先用鐮刀讓土裡的根裸露出來，不能一開始就硬拔。吉里亞·普拉薩德是個行事嚴謹又有耐心的園藝家，對這項事業也非常投入，不過，對於今天傍晚降臨在自己身上的不踏實感受，他還是忍不住厭煩起來。追求孤獨的人只會從中尋得有人陪伴的價值，播種也是為了連根拔起。打從很早開始，吉里亞·普拉薩德就假定，存活的意義是要成為一個目標明確又堅定的人，但如果吉里亞·普拉薩德無法對自己作為丈夫的角色有信心，作了父親後又該怎麼辦呢？

儘管只差一步就要成為父親，但一切似乎就跟初冬傍晚的月亮一樣遙遠、無形又難以理解。父親這個身分存在於光年之外的宇宙空間中，那是一個書籍、學術知識或自然史都無法企及之所在，只能夠拓炭筆描述的粗糙筆觸浮現。

吉里亞·普拉薩德開始畫想像中的樹木。這種樹的枝幹如同腰支纖瘦，上頭突出一顆顆瘤節，枝條就像人類手指一樣往四面八方翱翔，其中有些還在落地後再次發出新芽，另外有些則統御了雲之領域。所有種類的水果和花朵都能在同一棵樹上找到，水仙、蓮花和蘭花都有，蘋果、西瓜和沒什麼價值的椰子都有。任何事都可能發生，因為一切充滿可能性。

*

吉里亞．普拉薩德把兒子抱在手上時，實在看不清他的五官。他的頭所占比例最大，接著是有點膨脹的肚子，他的雙眼就是兩道小裂隙，感覺上下縫在一起，手和腳非常細小。吉里亞．普拉薩德甚至在花朵上看過更大的萼片。他的兩隻小腳可以直接收進他的掌心。

他的兒子是顆皺縮的蒼白葡萄乾，表皮就跟老人家沒兩樣，由於外表看來歷經風霜，你很難判斷他是處於生命的開始還是結束。吉里亞．普拉薩德把他迷你的小手握在自己手裡。

錢妲．德維的羊水破掉時，只有他一個人在她身邊，當時她才懷孕五個半月。他在床墊上發現一滴血，立刻警覺起來，接著那個血點就在他面前擴張成一整片，甚至還持續蔓延，接著整張床很快都泡在血裡。他抱起妻子，把她放入裝滿溫水的浴缸，從頭到尾握著她的手，就連醫生抵達後也沒放開。一切結束，兩人脆弱的夢無疑已蒸散無蹤，他才把她留給醫生照顧。他把床單和床墊都丟了，刷掉滲入木製床架上的血漬，之後把她帶回乾淨的床上。一旦她閉上雙眼，進入一個只有她能隻身闖入的世界後，吉里亞．普拉薩德抱起那個嬰孩，搖晃起來。

他握著兒子的手，數了他的所有手指和腳趾，總共二十隻。他似乎已經長得很美了。

「流產是常見的現象，在這些島上就跟順產一樣常見，」醫生告訴他，「但若不處理失血的問題，她可能會變得更虛弱。」

吉里亞．普拉薩德就跟之前的每個日子一樣為妻子製作蔬果汁。他把意識矇矓的妻子留在家裡，把兒子放在大腿上，驅車開上哈里特山。他怕錢妲．德維一醒來之後，就得將孩子交給別人，遵照印度的傳統儀式火化。作為他的父親，屆時必須由他為這具瘦弱的身體點火。

他獨自用雙手在和妻子初次牽手的岩石邊挖了個小坑，將兒子埋在這個由濕軟土壤構成的子宮內，那種能竭盡全力讓種子安頓的孕育之處，最後用一層薄毯般的土壤將他蓋住。

但他就是無法蓋住他的臉，萬一他張開眼睛，哭叫起來，卻被土嗆到呢？

吉里亞．普拉薩德的襯衣遭淚水浸濕。那淚水是為他曾經愛過、之後也將去愛的一切而流。

8

妻子流產之後，吉里亞．普拉薩德就沒再回去工作，而是把辦公桌搬進臥室。錢妲．德維還沒恢復體力，她的頭髮如秋葉紛紛落下，光是洗一次澡都能用掉所有氣力。她的意識時而清醒、時而模糊，不停蹣跚跌入既迷人又嚇人的意識暗角。

就連鬼魂都擔心起她的健康狀況。夠好勛爵就像她的英國婆婆，他會在悶熱的下午為她搧風，讓她避開蚊子的攻擊。「最好是禁欲。」這是他掏空腦袋才給出的一條建議。

旁遮普叛變者則忙著擔任吉里亞．普拉薩德的岳父角色，完全不顧他無視鬼魂的冷漠。「我的七個孩子中只有四個活下來，」這名鬼魂對他說教，「剩下的也沒能成年。其中一個還是嬰兒時被蠍子咬了，另一個因為高燒而死。我最愛的女兒在大壺節[18]走失了。我向神禱告，希望祂帶走我的母親，換我的女兒回來，但祂沒回應我的禱告，所以我不再去任何宗教慶典了。在那種場合，走失的人比真正找到神的人還多。」

吉里亞．普拉薩德正在閱讀檔案，專心的他無話可說。

「孩子呀，我知道你支持英國。瞧瞧你，穿得就跟獄卒沒兩樣，但你的內心深處還是個印度人。聽從祖先的教誨吧，身為一個男人，你不能放棄，只有繼續生出孩子才能將你的家族傳承下去。如果一個妻子累到不能生了，那就找下一個，別只是晾著你胯間的傳家寶劍不用。磨利你的寶劍，好好使用！」

房間感覺要讓人有幽閉恐懼症了。吉里亞．普拉薩德起身打開窗戶。他發現錢妲．德維醒了，於是坐到她身旁。

即便身體虛弱，她也能看出自己的丈夫跟瓷娃娃一樣易碎，表面還爬滿裂痕。有時候，當他在讀報時，手指會在沉重但靜默的呼吸中顫抖。早上時，她常會在他的枕頭上發現一片濕漉的痕跡。她玩弄的他的手指，丈夫的肉體柔軟，手指跟孩子一樣胖嘟嘟，不知道兒子的手指是不是也長這樣？他的手長怎樣？她不記得了。

「他長得像誰？」她問吉里亞・普拉薩德。

「你。」他回應。

吉里亞・普拉薩德用手帕抹去她的眼淚，他那天後來都沒再回去工作。

當天傍晚，錢妲・德維努力想盛裝打扮一下。她丟開睡袍，穿上紗麗，還用茉莉花油為頭髮造型。她在暌違兩個月後走進廚房，兩人沉默地共享一壺茶。喝完之後，兩人做出同樣的結論，那是他們兩人無法獨自作下的決定。

*

一個月之後，吉里亞・普拉薩德帶妻子一起出差。這對夫妻從位於南安達曼島的家揚帆出發，到了鄰近的中安達曼島。獨立後的印度就是在此從無到有建起第一座小鎮，並藉此為叢林帶來建設。如果英國人能讓緬甸人建立起那些破破爛爛的村莊，新政府當然也能蓋出一座小鎮。

---

18 大壺節（Kumbh Mela）是印度教每十二年舉行一次的宗教活動，相傳是因為印度教的神明和群魔，為了爭奪一個裝有長生不老藥的壺而大打出手，結果把壺打翻，四滴藥灑落到舉辦節日的四座城市：安拉阿巴德、赫爾德瓦爾、烏賈恩、納西克。

這個想法本身就夠天真了，作出的計畫竟然還更天真。印度政府將充滿木材的鄰近叢林租給一名來自加爾各答的商人，毫無條件地任由他大肆開發，只希望能活絡一個鎮區。就跟其他有遠見的偉大人士一樣，這位有錢得流油的商人將這座伐木小鎮以自己的繆思女神命名，也就是他那位更加肥得流油的妻子薩薇特麗。他將這座小鎮命名為薩薇特麗鎮。

吉里亞．普拉薩德和錢妲．德維必須搭乘公差船「海上花」沿岸航行一整天。為了抵達薩薇特麗鎮，也就是中安達曼島唯一的港口，他們必須先航過「分隔溪」入海口處的強力海流，還得避開與「垂死之海」上的所有部族接觸。

海上花是艘非常堅固的船，上頭配備有起居室、臥房、工作空間、廚房，還有船長室，還有足以用來觀賞飛魚、海豚和海龜的搪瓷甲板，堪稱吉里亞．普拉薩德的海面總部。每當必須前往遙遠、孤絕的住民聚落探訪時，海上花是他唯一能在奶茶陪伴下舉行會議的所在——奶茶是所有政府辦公室的基本配備。

儘管隔天早上就會抵達薩薇特麗鎮，吉里亞．普拉薩德卻無法待在床上。海浪讓他不停翻來滾去，提醒他始終尚未開始遺忘的那份失落。他放棄睡眠，決定完成那封等著收尾的信。

他坐在位於海上的辦公桌前，等待字詞浮現。「敬愛的弟弟，」他下筆，「這封信是為了跟你說個糟糕的消息。」

又或者說是個不公義的消息？悲劇性的消息？「你姪子在你弟妹孕期的第五個月時早產了。她的身體現在非常虛弱，可能不是你記憶中那個活力四射的女子了。」

吉里亞．普拉薩德實在寫不下去，他的淚水將整張信紙滴出一顆顆斑點，所以他把信紙揉爛，又拿了一張新信紙來寫。

「我親愛的弟弟，」他寫道，「我把你姪子埋在有植物圍繞的地方。理智上來說，我或許接受了他的死，但想像力還在跟噩夢搏鬥。我還是會因為恐懼睡不著。如果在我用土壤蓋住他之後，他又睜開眼怎麼辦？如果十二小時後，他的肺臟突然決定開始吸氣，結果卻被土嗆到怎麼辦？如果我是把他活埋了怎麼辦？我該為他的死負責嗎？」

吉里亞．普拉薩德開始號哭，扮演一家之主的重擔壓垮了他。他大口喘息、他啜泣，他努力壓抑自己的抽泣。他無法停止哭泣，也不想抹去眼淚。就在把信紙揉爛、丟到地上時，他看見了她的影子。她就站在門口，身後是破曉的天光。

她之前見過他哭，但總是假裝沒注意到。就跟所有受人尊敬的男人一樣，吉里亞．普拉薩德不該哭——無論公開或私下都不應該，他應該抑制住自己的淚水。他取出手帕來擦乾臉、脖子跟領口，還清了清喉嚨。

「我睡不著，所以打算乾脆把信寫完。我記得薩薇特麗鎮的郵差是星期一離島送信，就在我們抵達後的兩小時。」錢妲．德維點點頭。就跟那些和他們住在一起的鬼魂一樣，她丈夫正處於最脆弱的時期，而跟這種人講道理毫無意義。她早已反覆學到教訓。

＊

根據英國人的說法，隔開南安達曼島和中安達曼島的是一條溪，他們因此將其命名為「分隔溪」，其中較長的垂直支流是「長分隔溪」，而往南轉向的較短支流則是「短分隔溪」。如果英國人是過著裸體生活，身上除了大地的色彩之外無所披覆，而且用跟愛人互動的方式跟周遭環境來往的話，他們就會知道，中安達曼島其實是個跟南安達曼島完全不同的世界。這條溪就像一條蜿蜒的蛇，只是剛好睡在兩者之間。

中安達曼島的土壤是印度洋中品質最頂尖的土壤之一，那是受過啟蒙的土壤，獨立於生死循環而存在。當樹木和植物對自己在島上的生活感到滿意時，他們會自願倒下，讓脫落的葉子成為新生命的養分。空氣輕盈，沒有絲毫懊悔或孤寂的氣息。這裡的母雞就跟印度大陸的烏鴉飛得一樣高，牠們將巢蓋在芒果樹枝上，其中有些母雞還會跟老鷹比賽誰飛得更快、更高。由於容易因為小事緊張，牠們會在飛行途中或棲息在樹枝上時下蛋。這裡的母雞抱有極大野心，可不是單純的家禽。

一旁的印尼王國是個興盛的文明，這文明就依偎在強勢又易怒的統治者腳邊：火山群。就算這群統治者只是隨口發個牢騷，所有島民也會被迫屈服於它們的意志及一時興起。不過，中安達曼島上的火山怒氣只能算是輕聲嗚咽。這些火山藏身於叢林內，就連蟻丘和灌木叢都比它們顯眼。只能說命運實在不公，當它們的表親如同神明一般將恐懼、信仰，及介於兩者之間的存在灌輸入人民心中，這些火山卻幾乎只能說是「可愛的小東西」。它們就像火山寶寶，高度不超過一英尺，證明就連造物者都在這項任務途中失去興致。

*

有好長一段時間，安達曼群島一直處於帝國邊緣。等英國人真正抵達時，沒人指望他們能跟當地人合作——畢竟當地人（還）不會說英語，英格蘭的人類學部門也（還）沒教授那些沒什麼人聽過的沿海民族語言。但就像獨自被留在珠寶店內又無人看管的竊盜癖患者一樣，想接手一切的渴望強烈得讓英國人難以抗拒。

很快地，英屬印度的各個角落貼起海報，表示只要有一群人願意挺身而出，就有機會拿到免費土地。一名來自緬甸的克倫族人決定接受挑戰，他是位積極進取的本堂牧師，由於宗教組織的階層結構有志難伸，一直渴望能帶自己的教區信徒出走，所以立刻抓住這個機會。政府極為讚賞他的勇氣。「確實有些未受過文明洗禮的人住在這些島上，」一名官員告訴他：「我們希望牧師可以將此視為增加信眾的機會。」

但這位牧師沒有拯救他們的靈魂，反而將這個部落的人命名為「垂死之族」，等於寫下了他們跟新來的殖民者——印度人——永久疏離的命運。他初次見到這個部族時，是看到有屍體跟屬於屍體的個人物品被放在獨木舟上漂浮，並很快意識到那是項儀式，這個部族會把將死的老弱之人及傷患留在獨木舟上，只留給他們有限的口糧。所以他將周遭海洋命名為「垂死之海」，等於直接警告人們避開這片海域。

如果這位牧師是殖民帝國的貴族，大概也會出航到其他地方磨練自己的命名才華，但他畢竟不是這種身分。在離開教會的管控範圍後，他利用自身創造力發明出許多新的信仰內容。移民後的頭四個月，他的信眾直接減半，全是給砍伐矮樹叢、建造小屋、農忙、打獵及製造後代等辛苦勞動給消耗掉了。

為了激勵大家的士氣，他創造出一個教條，出自他擁有的唯一一部祕密聖經。「靈魂不滅，」每次只要有人遭到動物殺害或吞食，他就會重覆這句話，「你的靈魂仍活在吞噬者體內。」這也是為何某位克倫族村民的妹夫是條鯊魚。牧師也相信，這也是有些惡毒生物變得慈善的原因。透過餵食這些動物的親戚，牠們也成了我們的親戚，於是一名農夫有天變成蜈蚣的父親。這群信眾對牧師的信仰沒有動搖，就連一位女子深信某隻特定鱷魚是她的母親，卻在向其奉獻食物時被吃掉，他們的信仰依然堅定。這也是為何有個老人的妻女都是同一隻鱷魚，而另一名年輕男子的妻子和婆婆也同樣是那隻鱷魚。

「疾病是擔憂的產物，」牧師會在某人因病去世的葬禮上如此宣稱：「這個可憐的靈魂實在太擔憂村莊能否建成，結果被這樣的擔憂擊垮，別讓她白白犧牲。」這些村莊完成了，但三分之二的村民都在過程中死亡，命運跟南邊建造蜂窩監獄的囚犯沒什麼差別。

這些克倫人後來花了五年才蓋起三座東拼西湊的村莊，到了最後，牧師實在是精疲力竭，連像樣的名字都懶得想了。其中兩個村莊直接使用所在地的地名湊數：「臭雞蛋」和「口水巢」。至於最後完成的第三座村莊，牧師決定舉辦啟用儀式，但除了他的妻兒之外沒人出席。「客人始終沒來。」為了施洗這個地點，他按慣例敲開椰子，同時如此哀嘆地說，接下來，腦中就再也擺脫不了這句哀嘆之詞。結果這座村莊就叫「客人始終沒來」。

＊

這個教區的人終於安頓下來，幾個月後，他們開始享受珍貴的平凡村莊生活。某次牧師和妻子睡在屋外吊床上，身邊圍繞著星星和蚊子，她突然找牧師吵了起來。

「你是個頑固的男人，」她說：「你看到信眾一一死去，卻不回緬甸。」

「我愛上這裡了。」

「你這傻子。真是個頑固的傻子。」

第二天，牧師帶妻子去一條蜿蜒的小徑散步，小徑上方是樹枝及葉片緊密交織而成的樹冠，就連太陽都無法在此施展其意志。而在飛鳥彼此爭鳴，還有他們踩碎葉片的腳步聲之間，牧師妻子又聽見了另一個聲音。

她可以聽見有雨輕柔落在頭頂如迷宮般交錯的葉片上，卻沒有水真正滴下，整座島也沒下雨。天空是一片空曠的藍。

「怎麼可能？」她問他：「我沒聽錯嗎？」

「這地方有魔力。」牧師回答，把她拉近身邊。在村民之間，這條小徑後來成了「永恆之雨小路」。

*

吉里亞・普拉薩德抵達薩薇特麗鎮後，卻發現這裡根本沒有「小鎮」可言，又或者說，全印度只有這座小鎮是由一間工作棚屋、一間旅屋、一間郵局，還有一條連接三座村莊的道路組成——而且僅憑如此就曾讓首相自豪地熱淚盈眶。眼前的景象或許讓吉里亞・普拉薩德大為光火，但中安達曼島也確實給了他放鬆下來的理由。這裡的空氣非常適合錢妲・德維，讓她不再那麼蒼白。之前的她從未見過飛得比烏鴉高的母雞，或者彷彿馬戲團成員般用兩條後腳跳舞的大象，當然也沒見過有男人以父親般的柔情跟蜈蚣說話。這裡的木瓜嘗起來像人心果，蓮花氣味像木蘭花。錢妲・德維身上的氣味也變得不同，原本帶有花香的吐納現在被他的土味取代，這種氣味總能讓她的欲望蠢動，尤其當眼角餘光又撞見有動物在交配，例如大象和狗，她的情慾更是勃發。

就跟所有戀愛中的男人一樣，吉里亞・普拉薩德想把妻子介紹給自己最親近的「朋友」，這些朋友總能讓他心中充滿喜悅及好奇，也讓他奉獻了終生時光，只為了理解這些朋友的行為。

他先從藏在懸崖上的三十一個洞穴開始，裡頭窩居了一整個家族的褐雨燕，牠們都是用口水來築巢。在環海群島這個界線明確的世界中，牠們的群居處讓他聯想到奔忙的大都會：吵雜、骯髒，是靠著居民的汗水、苦勞及口水才建立起來，但忙了半天之後，死不要臉的人類爬進來，就把好處都偷走了。這些燕巢是東方湯藥中極為引人垂涎的材料。他們因此把這些鳥推向絕種的邊緣。

吉里亞・普拉薩德也帶錢妲・德維去叢林散步，走的是當地知名的「永恆之雨小路」，在那裡，從不休止的雨聲會讓人心跳加速，激烈地彷彿熱帶季風。

「這也是幻覺吧，」錢妲・德維說：「是在雨水本身都已離開後，土地和陸塊的移動仍替雨滴留下回憶吧？」

吉里亞・普拉薩德笑了，但也暗自感到讚嘆。這是個有趣的想法：雨水竟也能變成化石，而且是只能聽見卻無法看見的化石。這實在太值得浮想連篇了。

「很抱歉得讓你失望了，」他回答：「答案跟陸塊的變動無關，而且恰恰相反，這純粹是種不起眼的普通現象。你誤以為是小雨落下的聲音，不過是數千隻毛毛蟲同時在吃葉子和排便，一顆顆小小的排泄物打在底下的葉子上。」

他拿了片落下的葉子當證據，上頭滿是孔洞，而且小得就像長滿雀斑的皮膚毛孔。兩人都笑了。

這對伴侶走過沒有路的矮樹叢，抵達一片空地，空地上有許多迷你泥火山藏身在蟻丘和樹林之間。

「如果這些火山夠大，就能創造出屬於自己的島嶼了，」吉里亞・普拉薩德告訴她：「這場景彷彿讓我穿越到古代，讓我覺得自己強壯又巨大，像頭恐龍。」

他像恐龍一樣用力跺步，還往冒出泡泡和泥漿的火山口裡瞧，彷彿化身「安達曼暴龍」，成為群島歷來最強大生物，長長的尾巴還能在退潮時連結兩座島嶼。在之後出現的史前紀錄中，人們會發現這隻龍的牙齒跟鋸子一樣厲害，可以一口咬斷安達曼紫檀的樹幹，儘管力量驚人，卻是草食性生物。安達曼暴龍作為這個時代最殘暴的草食動物，可說是古生物學家無法理解的謎團。他們不知道的是，爬蟲類的進化就跟人類一樣，除了受到氣候跟環境資源影響，還跟牠們的另一半有關。

吉里亞．普拉薩德環顧四周，卻沒看到錢妲．德維的蹤影，最後終於在一旁的叢林內找到她，她被一棵枯萎的棕櫚樹迷住了。

「根據紀錄，這種棕櫚樹一輩子只開一次花，開完就死了。這些正在枯黃的葉子代表死亡的齒輪已開始運轉。」他告訴她。

錢妲．德維聽了感到憂煩。「為什麼呢？」她問。

「有些植物進化了，它們不再只是過度活躍地製造出大量存活率偏低的種子，而改為一生只繁殖一次，但會確保種子擁有存續下去的最大機率。」

「我們哪有資格奪去自己的生命呢？怎麼可以呢？」

「如果用西方知識來進行擬人化解讀，會說這是一種自殺行為，但你比我更清楚，在我們的文化中，進化過的靈魂願意在進入三摩地[19]時放棄肉身。關於道德或靈性，我沒有評判的資格，但在植物的世界中，」吉里亞．普拉薩德想了一下，「這種行為無法被歸類為兩種中的任何一種。棕櫚樹將自身的成長酵素及養分都轉移到種子裡面，因此一旦開花，就會耗盡樹本身的生命力，就是這樣，沒人能用人類的律法去批判植物。」

*

吉里亞．普拉薩德夜晚的睡眠若是一篇文章，夢就是其中的標點，而且他鼾聲大作之時，夢境就早早進入了他的睡眠。代表一天開始但仍幽微的光線將他帶回歷史的開端。

當時的他是一隻史前的爬行動物，在炎熱、乾枯的地景中漫遊。他正在找尋些什麼，但徒勞無功。在受夠了褪色的草和棕櫚樹的細葉之後，他開始找肉來吃，那種活生生的、多汁的肉體，然後他看見了，有頭山羊就坐在一棵孤零零的樹下。

等吉里亞．普拉薩德恢復神智時，一切都太遲了。他因為夢中的興奮感咬了錢妲．德維擱在自己胸口的手臂。她一臉警覺地張開雙眼，雖然本來就沒睡著，但毫無預期的暴力行為仍嚇到她了。

「抱歉！抱歉！」他大叫，「我只是在作夢，結果太激動了。」

她從頭到尾都沒睡，跟棕櫚樹的偶然相遇讓她心神不寧。這樣一個空靈精巧的生命正在枯萎，但錢妲．德維在輕撫樹皮時，卻無法感受到任何的痛楚或憂傷。

---

19 三摩地（samadhi）另譯為「禪定」，是禪修的最高境界。在這種境界裡，個體的意識和宇宙意識合而為一。

樹感覺到了她的憂慮，告訴她，「你知道你為什麼會跟樹說話嗎？」

錢妲・德維不知道。

「你知道你為什麼會在我的臨終時刻找到我嗎？」

「不知道。」

「我們是一樣的。你是我們的一份子。」

「那他呢？」

「他不是。但你已經愛了他好幾世。有些靈魂會透過愛將不同世界連結起來，是愛讓我們相聚。」

*

吉里亞・普拉薩德常做一些毫無道理可言的夢，他會分類所有經歷過的夢境。那種在深沉睡眠時降臨的夢境有時能讓人很有收穫，個性被動的他會因此獲得滿滿的驚喜及奧妙感受。淺眠時，夢境可以受到周遭環境影響，因此不夠可靠。不過從中安達曼島返家途中，他在「海上花」經歷的已經完全不算是夢，如果一定要分類的話，吉里亞・普拉薩德會說自己看到了異象，也就是帶有預言性質的畫面。

在那個灑滿月光的夜晚，他醒著，有名老人走進他的船艙。透過窗戶，吉里亞・普拉薩德看到他是從高聳浪尖走上船甲板，彷彿大海是堅實陸地。老人動作敏捷，但仍有些駝背，步態也不是很穩，應該拿根枴杖比較好，但看得出每踏出一步的目標和目的地都很明確。他在床上坐下，就在吉里亞．普拉薩德身邊，身上散發平靜氛圍，吉里亞．普拉薩德也因為他的出現感受到這份平靜。他不想去質問發生了什麼事，畢竟自從孩子流掉之後，他早已不記得心靈平靜是什麼感受。老人伸出手，用充滿皺紋的冰涼雙手輕撫吉里亞．普拉薩德的額頭，眼中閃爍的光芒代表他是活生生的人，而非鬼魂。吉里亞．普拉薩德陷入深沉、無夢的睡眠中。

吉里亞．普拉薩德想把一切告訴錢妲．德維，畢竟她是看到異象的專家，但還是克制住這股衝動。他沒辦法找到適當的語言或時機這麼做。他對另一個世界一無所知，不知道究竟是這個世界結束之後，另一個世界才開始？還是兩個世界一上一下緊密疊在一起，如同肌膚的不同皮層？但他很快就理解了異象的神聖之處：異象只會出現在命定之人眼前。

回家一星期之後，吉里亞．普拉薩德去了哈里特山，將一片石板設置在兒子的墳地上，上頭寫著：德維．普拉薩德．瓦爾瑪，一九五一年出生。他們本來決定，如果生的是女孩，就取名德維，如果是男孩，就叫德維．普拉薩德。吉里亞．普拉薩德在經過幾個月極為痛苦的思索之後，終於決定放上沒有墓誌銘的石碑，一片空白的石板最能描述這段沒機會展開的生命旅程。

9

錢妲．德維是在前往薩薇特麗鎮的一次旅程中認識了瑪麗。她第一次見到這名克倫族的年輕女孩時，她正坐在大象營地的入口處，手裡剝著一顆未熟的芒果。這一帶很少看女孩穿著及踝長裙，即便克倫族信仰基督教，他們通常仍穿傳統的緬甸筒裙「籠基[20]」和寬上衣。她那件連身裙上的該死破洞比釦子還多，釦子也破裂缺角。她的腳上有血點，大概是因為光腳走過許多水蛭出沒的小路。錢妲．德維覺得奇怪，群島確實遠稱不上已開發，但之前還沒見過一個窮人。

在薩薇特麗鎮的最後一天，牧師帶瑪麗來旅社找錢妲．德維。「她不到二十歲，但人生已經結束了。」他告訴錢妲．德維。瑪麗的丈夫是來自緬甸的工人，之前死於一場意外，牧師花錢將他下葬，還把他們八個月大的兒子送回仰光[21]，畢竟瑪麗自己都還是個孩子，光靠她自己怎麼可能照顧嬰兒？由於她是跟一個外來的佛教徒私奔，父母已經跟她斷絕關係，其他村民也是，不過牧師還是可憐她。她是在這個聚落出生的第一個孩子，他無法放棄親自施洗過的孩子。

錢妲．德維明白這個男人話語間的暗示。「我會跟我丈夫談談看，」然後她送兩人出去。那位牧師是愛說話的類型，她怕他占用掉整個早上的時光。

接近傍晚時，吉里亞．普拉薩德質疑妻子打算留下她的決定，而她回答：「她需要我們，我們也需要她。」

「她不只是基督徒，家人還來自緬甸。我很確定那女孩不吃素。」他告訴她。身為一家之主，吉里亞．普拉薩德覺得受到背叛，一名家務女傭竟然都比自己更能引發她的同情心。

瑪麗跟他們一起搭乘「海上花」離開時，沒有人來送別，就連牧師也沒有。在布萊爾港時，錢妲．德維會一大早帶她去市場。此後瑪麗會跟其他緬甸人一樣穿筒裙「籠基」和寬上衣，因為若有人光著雙腿在夠好小屋附近走動，錢妲．德維無法承擔可能帶來的風險，更別說那裡還有一批飢渴的男鬼。必買清單完成之後，她從自己揭幕的糕點店中買了甜食請這女孩吃。

「還有其他要買的嗎？」錢妲．德維問只能聽懂簡單印地語的瑪麗。

女孩搖頭。她穿了印度式的皮製涼鞋，但腳跟仍在滲血，皮膚也有曬傷問題，手肘和臉頰像蛇褪皮一樣片片剝落。

「你是基督徒還是佛教徒？」

20 籠基（longyi），緬甸傳統服裝，由一塊長方形布料圍繫於腰間而成，狀如裙。

21 此處用仰光舊名 Rangoon，二〇〇五年為止一直是緬甸首府。

瑪麗困惑地點點頭，又一臉歉意地微笑起來。

「你信神嗎？」

瑪麗眼中湧現淚水，她用手掌遮住雙眼，卻又把微笑拉得更大。

那天晚上，錢妲．德維要求吉里亞．普拉薩德帶一本英文聖經給瑪麗。

「為什麼？」他問。

「她有讀到五年級，英文讀寫沒問題。」

「她有想要聖經嗎？」吉里亞．普拉薩德現在已經能分辨，哪些事是他妻子擅作主張。

「她一下子失去所有人，實在太突然了，」錢妲．德維說：「沒有了神，失去不具任何意義，她需要靠著信仰重新開始。」

「但人不需要靠信仰來對生命虔誠，病毒也不需要靠耶穌基督來理解適應環境及生存的重要性。」

錢妲．德維暫停下手邊無休無止的整理工作，單調的儀式性氛圍讓她知道，現在是該停下來了。她透過梳妝台上的鏡子望向他。

「我們是人類，不是病毒，病毒不會因為失去一個孩子或配偶而難過。當生活奪走帶給你人生意義的人時，病毒不會質疑生活做出的決定。」她在矮板凳上坐下，開始哭。

吉里亞．普拉薩德放下手中的書，走向櫥櫃，拿出自己的手帕。

瑪麗搬進了食物儲藏室，她只從女主人口中得到簡單指示：「不吃肉、不能讓老鼠出現，不能帶陌生人來。」一個晚上過去，她就已順利融入屋內的日常節奏，工作時跟睡著一樣安靜。

*

她如同一道影子跟在女主人身後，一切作為都反映了她的日常習慣和心事。她總是在拔花園裡的雜草、把乾燥的苦楝塞在屋內各個角落，而且就像有強迫症一樣抹掉每一絲濕氣。每當錢妲．德維坐下冥想時，瑪麗也拿著聖經坐下，而當錢妲．德維跟前來問事的人談話時，瑪麗就會站在角落觀看。她決不會獨自丟下女主人，若錢妲．德維需要一點獨處時光，還得特地派她去辦點事才行。由於瑪麗和女主人的生活步調如此一致，兩人的經期似乎也同步了。瑪麗就像一道影子，只是擁有人的形狀，做著人類能做的事，但卻沒展現出任何活著的跡象。她的眉眼間沒有來自過往的皺紋，也不見對未來的憂慮。她的表情很少變化，每天的言行舉止也幾乎一樣。

錢妲．德維某天下午走進食物儲藏室時，瑪麗正頭靠著牆睡在地板上。錢妲．德維注意到她的寬上衣有潮濕的痕跡，雙眼於是盈滿淚水，她的胸脯也因為流產而滲了好幾個月乳汁。

*

婚後的第二十三個月，瓦爾瑪夫婦在一起的時間夠久了，久到足以體驗男性和女性之間最神聖的互動模式：她現在是個愛叨念的妻子，而他是個永遠搞不清楚狀況的丈夫。

「瑪麗，千萬不要被婚姻耍了，」某天晚上，瑪麗正在服侍他們吃薄餅，坐在餐桌邊的錢妲．德維這麼說：「男人只可能跟他們的工作結婚。」

跟那些能從妻子叨唸中昇華出情懷和哲學的資深丈夫不同，吉里亞．普拉薩德對此深感困擾。確實，最近他滿腦子都在想柚木苗圃的工作，畢竟是他提出要引入這個外來物種，並透過環海群島絕妙的土壤繁衍壯大，而一旦嘗試成功，他會成為一位商場奇才。另外他還得不停煩惱薩薇特麗鎮的問題──或說這座小鎮如同人間蒸發般的問題。這位精明的商人開始從那座島輸出火柴，但對方答應出的貨量卻遠不如預期。身為安達曼群島上最資深的政府官員，吉里亞．普拉薩德勢必得採取行動，但又還不到時候。於是今晚，他得好好對待支持自己追求一切目標的女神：他的妻子。

他試著在床上擁抱她，但她轉身避開。「那株你從卡林邦一路運回來的玫瑰，」她跟他說話時雙眼死盯著牆面，而不是他的臉。「其中一片葉子被菌類感染了。」

「那株玫瑰都兩歲了，怎麼可能現在才感染？如果是會受到感染的體質，菌類應該早把整株玫瑰吃光了。」

錢妲．德維沒回答。最近這些日子以來，群島似乎快把她消磨殆盡。

「你還醒著嗎？」他問。

「睡了。」她答。

「兩年了，對吧？」

「我怎麼知道？玫瑰是你帶來的，人家的年紀你來問我？」

「我們結婚兩年了嗎？」

「是嗎？」

「感覺不只兩年。」

「感覺還不到兩年。」

＊

由於妻子的叨念，吉里亞・普拉薩德帶錢姐・德維到長分隔溪邊野餐，那是一條蜿蜒流過密林間的水流，兩邊都與大海連結。

此地垂落的紅樹林望入漣漪深處，為魚群擋掉太陽熱氣，退潮時裸露出來的根脈比樹幹還巨大，還配備了足以侵蝕溪流的無數腿腳和腳趾。這裡是彈塗魚大量生長的所在，牠們不是用腳行走，而是拖行著魚一般的身體，為了泥沙上的下一個洞穴拋棄上一個洞穴，我們的爬蟲類祖先也有過類似行為。

彈塗魚的領土也是鱷魚冥想的地方，這種最古老的禁欲者親眼目睹了生物的進化。牠們看過隨處走動的神明，這些神先享受了自己創造出來的果實，然後才散播出去。祂們目睹了鸚鵡螺的誕生與衰亡，目睹牠們的外殼變成堅硬的化石，柔軟的螺肉也與石頭融為一體。祂們見過土地和海洋改變地點，有時還看得入迷，彷彿那是場大風吹遊戲。「演化，」祂們多想跟彈塗魚說，只要牠們願意聽，「純粹取決於時間。」

在溪流的岸邊，鹹水侵蝕石灰岩，創造出無人知曉終點在何處的通道。石頭帶有水的質地，與漣漪和水流共同起伏。石灰岩穴就是座活生生的博物館，你能看到鐘乳石和石筍真的在彼此接近。

他們一早進入洞穴探索時，錢妲·德維在岩壁上發現濕婆的輪廓，一系列小山脈，還有一根鐵鎚擱在地上，彷彿此地正在進行另類的室內裝修。吉里亞·普拉薩德什麼都沒發現。這裡沒有任何事物跟外頭世界相似，這些洞穴就像巨人的鼻孔，而創造出群島的這些巨人正在休眠。對他而言，這裡是用來一窺造物者心靈運作的所在。

一陣痛苦的淒厲叫聲從洞穴暗處傳來，吉里亞·普拉薩德反射性地抓緊妻子。錢妲·德維接過他手上的火把，開始尋找聲音來源，光線落在一頭小狗身上，牠的頭皮有撕裂傷，裸露出血肉和頭骨，或許是為了逃離傷害牠的人才躲進洞穴。

這對夫妻望著這隻受傷的小生物蹣跚爬到洞口，那裡看起來是一整片遙遠的陽光。錢妲·德維突然喘不過氣，她覺得受困，跪下開始嘔吐。

吉里亞·普拉薩德不知道妻子有幽閉恐懼症。在旅屋睡了場較長的午覺後，他打算彌補妻子，於是規劃了一趟鸚鵡島的傍晚之旅。吉里亞·普拉薩德打算親自划船，除了鸚鵡之外，沒人能介入這段兩人時光。

到了踏上船那一刻，錢妲・德維緊抓住他的手，但不只為了平衡，還為了保命。這天的她似乎不抓住他就無法做任何事。在兩人結婚還不算太久的此時，這是展現兩人親密情感的最佳例證，吉里亞・普拉薩德也特地記下這件事。在他的地圖上，他會把鸚鵡島標記為「我們花最長時間牽手的地方」。根據他的推測，這些回憶會成為兩人一起老去後的樂趣，用來提醒彼此早已遺忘的事物，還能拿來談笑一番。

事實上，這根本不算一座島，只是一塊住了鸚鵡的巨石。如果當地的克倫族嚮導可信的話，這裡總共有五千零二十二隻鸚鵡。水流逐漸和緩下來，船隻以如同呼吸的輕柔節奏搖晃，他的妻子也放鬆下來。為了舒適，此刻坐著的她已解下髮夾、珠寶首飾和鞋子。

在沒有其他人注目的溪流上，她允許微風撥弄髮絲。他早已仔細看過她身上每一吋肌膚、每一綹髮絲，還有將身體所有部位連接起來的曲線，但那隻從紗麗底下探出來的腳，儘管沒有意識到自身光彩，卻仍讓他如癡如醉。無論周遭環境多麼炎熱或潮濕，錢妲・德維有一種特殊能力，能讓自己保持在極致冰涼狀態，手腳像海浪一樣能使人清涼舒爽。吉里亞・普拉薩德好想立刻拋下船槳，爬向船的另一端，抱起她的雙腳，再捧起她的雙手，就算沒了槳，他們得花上幾個小時才有可能重回文明世界，他也不想管，但最後還是不好意思這麼做。他剛經歷了高壓又費力的一天，身體散發濃烈汗臭，此外，就算身邊沒其他人，此時是一九五〇年代，男女之間之所以維持距離，不只是礙於社會規範，也是一種自發行為。真情流露是一種特權，只能交付給寺廟及洞穴中的小石雕像。

一輪紅月從鸚鵡島上方升起，溪流兩側樹木高聳，足以連結月亮跟水面。藏在叢林深處的鸚鵡發出的響亮鳴叫結束了這一天，命令月亮升得更高，太陽沉得更低，叢林中所有鸚鵡也乖乖循聲回來。少數幾隻散落在溪流兩側的鸚鵡彼此叫喚，接著加入規模逐漸變大的盤旋隊伍。天空的鸚鵡數量每分鐘都在增加。

吉里亞．普拉薩德和錢妲．德維結婚兩年了。吉里亞．普拉薩德的母親每個月寫一封信給他，催促他們搬到離家更近的地方，錢妲．德維則渴望成為母親。他的部門上司希望看到收益，比他資淺的人則被派駐到更好的地點。伐木營地裡的大象都累壞了，苗圃裡的柚木苗營養不良。不過對他來說，生活仍堪稱滿意。曾有太長一段時間，他是個不怎麼認真的無神論者，基於科學原則拒斥宗教，但他的理智在此刻變得無比清晰。唯有真正完整體驗過一個時間片刻——是真正看到世界本身，這世界擁有獨特的形貌及軸心、自己的太陽和月亮，還有專屬的內在律法及哲學——也唯有心滿意足地嘗試過一個時間片刻的所有可能性，人才不會再有需要禱告的理由。就跟這些鸚鵡一樣，光是每天能夠回家就已讓他心懷感激。

之所以沒有伸手碰觸妻子，不是因為缺乏勇氣，而是對這個充滿渴望及滿足的片刻心懷感激。錢妲．德維靠過來說了些什麼，但她的話語被鳥群的喧鬧聲淹沒。

「我的女士，」他說：「你的對手是超過五千隻住在這座小島上的鸚鵡，你得大聲一點。」

「我懷孕了。」她又說了一次。

鳥的吵鬧跟這句話讓他迷糊起來，所以問了，「你怎麼知道？」但立刻意識到這是個蠢問題。他對她的瞭解不多，但知道她對這種事一定早有感應。

「目前不到一個月。」

飛在天上的鸚鵡分成兩大群，看起來就像太極的「陰」和「陽」正在空中彼此追逐。

「那麼我們該搬去加爾各答，」他說：「我該對那名商人提起訴訟，代表森林部到那邊的高等法院去打官司。」

「為什麼？」

「他保證讓這裡有座小鎮，才換到了獨家伐木權，但我只看到一間破爛的小錫屋和一條路。」

「但為什麼得搬到加爾各答？」

「你需要這個國家所能提供的最佳醫療協助，而不是仰賴一名同時還必須治療大象的退休英國醫生。我還可以要求母親跟我們住在一起。你不能再像上次那樣受苦了。」

「沒有人能改變我的命運。」

「那些玄學的事，我無法跟你爭論，我的知識無法理解這個領域，但你遭遇的問題是我的錯。我早該清楚，這座島上只有監獄和環境嚴苛的聚落，又缺乏基礎建設，在這裡懷孕很可能衍生出各種複雜問題。如果一切依原定計畫進行，你知道我們的孩子會在哪種地方出生嗎？」

錢妲・德維本來預設自己會在家分娩。「我打算消毒蜂窩監獄的一間牢房，改造成臨時診間。既然你對鬼魂那麼敏感，我還挑了間沒人死過的牢房，裡面之前住的是位詩人，後來也有活著回到印度本土。換句話說，那是一個幸福快樂的結局，他的鬼魂沒理由在牢房中徘徊不去。」

海水開始漲潮，船隻像鞦韆一樣擺盪，在他們面前，鸚鵡一波波降落在島上。每當有一波鸚鵡在枝條上站定位，另一波才會降落下來。等天空中的鸚鵡一隻也不剩之後，吉里亞・普拉薩德撿起船槳。

抵達登岸碼頭後，吉里亞・普拉薩德先下船，他在妻子下船時握住她的手，另一隻手扶住她的腰。

*

多年之後，準確來說是十年之後，他會發現自己在傍晚的同樣時刻來到同一地點，只不過這次跟在身邊的是女兒，而且因為女兒很輕，他可以直接把她從船抱到岸上。這裡仍是屬於彈塗魚的領地，之後的幾個世紀也將是如此。小女孩就跟父親一樣能分辨蝌蚪、彈塗魚和蠑螈的差別，還會把「演化」當成童話故事，拿來發展天馬行空的幻想。

「爸爸，」她在他把自己放到地面時開口，「經過幾百個世代之後，彈塗魚會演化成青蛙或魚嗎？牠們會住在水裡還是陸地？牠們會往哪個路徑發展？」

「孩子，我無法看到未來呀。」

「為什麼不可以？」

要是可以就好了。

10

一九四二年，印度獨立的五年前，戴著眼鏡的「詩人」進了布萊爾港的蜂窩監獄，其他囚犯因此歡天喜地。他們希望在接近他後獲得救贖，就像在耶穌基督身旁釘上十字架的小偷，因為詩人就是在英國議會中拉開自由旗幟的那名年輕人。

「所謂最危險的罪犯，就是那些鼓動他人犯罪，自己卻站到一旁觀望的人，」法官如此宣布。詩人手上沒拿槍、棍或炸彈，但威脅要透過思想的傳播瓦解帝國，當初正是他親筆寫下這場運動中最受歡迎的口號及歌詞。

詩人聽見法官的話時笑了，法官也注意到他的反應。他的所有判決都是為了正義而奉獻的藝術傑作——包括判決的文字、做下判決的姿態，還有練習過的莊重形象。他也跟所有藝術家一樣很沒安全感，那頂法官戴的假髮讓他很不自在。

一開始，詩人成天都在冥想，他流放了所有過往回憶，也不讓自己渴望那個製造出回憶的世界。他將意志力凝聚為一把刀，此刀極為鋒利，讓人望而生畏，然後用這把刀抵住腦中的瘋狂。

他只讓自己活在蜂窩監獄的現實中，但眼前所見盡是不公不義。囚犯被迫代替公牛犁地，絕食抗議者遭到強迫餵食後死去，還有那種由一根鐵棍組成的束縛器，這根棍子會將囚犯從脖子固定到雙腳，迫使他們只能直挺挺站著。詩人被各式各樣的靈感淹沒，因為沒什麼比不公不義更能激發靈感，但沒有紙筆也沒用。他甚至無法拿到粉筆和石板——這是法院下的命令。

他的被捕形同背叛同胞。他拋棄了年老的父母，讓那些在住處街上尋找臭酸薄餅的流浪狗失望，還有很多因為支持他而受罰的人，也因為他的被捕白白犧牲。當法官說他擁有英屬印度最危險的心靈時，他備感榮幸地笑了，但現在，就在刑期過了三個半月之後，他甚至讓他的法官失望了。

不過最大的問題，是這名革命家讓自己失望了。白天時，他試圖和瘋狂保持距離，但到了夜晚，瘋狂開始潛入牢房。在為期五天的絕食抗議期間，他出現一種新狀態，眼睛是開是闔並不重要，反正總有異象浮現眼前：眾多星座從絕對的黑暗中旋風般來到剛入夜的天空。詩人目睹了星子之流漫入牢房通道，燦爛光芒溶解了鍊條及束縛器。他看到這些星座在想像中重組結構，好裝進詩人內在的空洞。這些星子在他的體內活著、呼吸著，取代了體內外所有細胞。這些星子要的就是他。

站在土星的其中一顆月亮上時，他目睹了水以冰的型態出生，也看到冰因為看到暴風雪欣喜若狂。他眨著結冰的睫毛，透過冰的眼睛望向世界，冰就如同一個新生的女寶寶，將世界與自己視為一體，星子及其運行軌道視為自己的手腳。他蹲在彗星的翼肋上，跟隨冰來到地球，見到她成為這顆星球上有史以來最宏偉的海洋，然後站在一座環形珊瑚礁邊緣，玻璃般清透的海浪陣陣襲來，一波波節奏分明的海水浸濕他的小腿，並在他走入更深處時浸濕大腿及腰部，最後，他終於完全沒入她的總和中。她用自己的子宮孕育生命，但這些生命全是堅持不把「進化」當一回事的寄生蟲——進化本該是無止境的拋下，永遠沒機會重逢。

醒來時，牢房內讓人難受的熱氣將異象消融為淚水。他啜泣，身邊環繞著不明氣味，那是帶點辛辣的血味，還混雜著汗臭及橘皮味。那是讓人難以忍受的，寂寞的氣味。

*

傍晚例行巡房時，獄卒發現束縛器附近的灰塵被人抹出文字，看來是有名囚犯用腳趾夾著尖銳物體，在上面潦草刮出梵文。這名獄卒作為女王陛下的僕人，目前已在印度奉獻了十年以上，並因為語言天分熟習印地語。他也使用這項技巧監控牢內所有通信及宣傳材料。學習梵文是他的嗜好，研究那些經書及文本更讓他樂在其中。這名獄卒對這個古老語言相當熱愛，程度就連他自己都無比震驚，他甚至懷疑自己前世可能是位恆河畔的梵文學者。

作為這座監獄的管理者，他對這些梵文感到既憂心又好奇，看來有名梵文詩歌大師藏身在囚犯之間。那天晚上，那首詩在他的夢中有了生命，而他淚流滿面地醒來。

清醒無比的獄卒會離開小屋，到沒有月光的黑暗中漫步，他因為海浪及熱帶香氣而心神不寧，更因為比星光還閃亮的海面不知所措。即將破曉前，他終究會來到詩人牢房前，站在那裡，觀察詩人眼皮底下的激烈動靜。隔天早上，獄卒會再次找上詩人，當時他正在修剪絞刑台旁的天竺葵。

「我們稱她為特提斯洋[22]，」他會這麼說：「那座神祕的海洋。」

*

這開啟了兩人長達一生的交情，他們都渴望全心追求詩歌的美好。某天早上，詩人被要求放下手上工作，立刻去向獄卒報到。他在獄卒的花園中找到他，外表邋遢地癱坐在藤椅上，腳上沒穿鞋，身上只套了一條卡其短褲。花床上用細枝條寫了詩人的其中一個詩節，但重新調整了語句節奏。

獄卒開始訂閱科學期刊，也和詩人分享最新的科學研究。讓他昏頭轉向的不是各種化石，而是那些專有名詞。

「接受『志留紀』和『奧陶紀』這種時代分類，就是接受大英帝國的權威地位，」詩人表示，「是誰統御了時間？為什麼子午線穿過英格蘭，卻完全避開英國殖民地？」他選擇將特提斯洋稱為「乳海[23]」，這是他從印度神話得來的靈感。

儘管獄卒不同意這個做法，但也能理解面對被殖民者時，若使用「精緻的」威爾士語命名，會造成實務上的困難。對他們來說，這些名詞根本無法發音，所以他花了點時間處理這個問題。人類對於史前時代的興趣其實只限於少數幾個紀元和時期，至於如何命名，獄卒其實只需要在群島上尋找素材。他選了腦中最先想到的五個島上部族名稱，用來取代那幾個威爾士語命名。

隨著時間過去，詩成為史詩，有了屬於自己的結構和神話。

對詩人而言，乳海不只是海洋，而是一整座宇宙，其地理型態跟東方或西方經文內能找到的描述都不像。宇宙就是由各種界域組成的海洋，最上方是那吒羅闍之海[24]，又或者說是章魚界域，這隻章魚是由各整細微能量組成，不但能跳出超凡舞步，還能並將不同島嶼、海洋和天體平衡在每根觸角上。太陽是章魚的心智，它用光芒哺育所有生命及元素。此界域也是所謂「存有的界域」。海洋的最深處有座冰峰，光線及時間都無法對其造成影響，詩人將此冰峰稱為「須彌海」。對印度人、佛教徒還有耆那教徒而言，須彌山是宇宙的實體及形上中心，是超越人類理解及可測量範圍的最高點。

---

22 特提斯洋（Tethys）又名古地中海，是中生代時期的海洋。

23 乳海（Kshira sagar）是印度神話中的一座海洋。「乳海翻騰」出自印度教經典《毗濕奴往世書》（*Vishnu Purana*），是一個創世神話。

24 那吒羅闍之洋（Sagar Natraj）的那吒羅闍是濕婆（Shiva）的一個身分，字面翻譯也有舞王的意思。

「怎麼會用『須彌』命名最低的冰峰？」獄卒大叫出聲，對他的選擇感到不解。

詩人溫柔望著他，區區一眼就讓獄卒懂了。獄卒於是自問自答：「在宇宙海洋[25]中，最低就是最高，最高就是最低。」

*

這是一切都難以預料的年代，戰火在世界各地延燒，那些使革命家遭受終身監禁的思想，也如同瘟疫四處蔓延。蜂窩監獄中，有囚犯遭到非法折磨、剝削的消息傳回印度本土，政府在壓力之下組成調查委員會，但由於委員會無法證明這些事沒發生，只好使出權宜之計：釋放幾名囚犯來轉移注意力。獄卒出於善意，將詩人的名字列在名單第一位。「經過五年的單獨監禁之後，」獄卒向委員會報告的內容如此說道，「這名紳士已逼近瘋狂邊緣。他一天到晚自言自語，還在地上塗鴉一些胡說八道的內容。他的心靈不再危險，可說是精神錯亂。」

詩人在印度本土過世，之後參加了自己的葬禮，他雙手交抱胸前，站在角落，決定回到群島。是該以自由靈魂的身分探訪那間牢房了。獄卒變成靈魂後也決定留在群島上，詩人離開後，他在監督維修工作時，被一名過度積極的囚犯推下屋頂。

此時兩人不再受到禮儀束縛，初次擁抱彼此。自從他們最後一次見面，太多人事物都變了。首先，他們死了，再來，英格蘭贏了二次大戰，卻丟了殖民地。

「那場大殺戮沒嚇到我，」獄卒說的是印巴戰爭，「大家都清楚遲早要打上一場。」

「甘地遭人謀殺一點也沒讓我驚訝。」詩人說。

他們平日打發時間的方式，就是到植被蔓生的叢林小徑及海灘散步，總之就是隨心所欲行動。既然死亡給了他們不少時間，獄卒有個文學的提議：他想把詩人的作品翻成英文。

「一個死人的詩作對這世界有什麼用處？」詩人問。

「沒有，所以我想怎麼翻就怎麼翻。」

11

錢妲・德維有個要求：離開群島之前，她想去哈里特山上看日落。吉里亞・普拉薩德不是沒有時間開車載她去，卻不打算這段時間坐以待斃，消極丟下內心種種憂慮。他預先設想好旅程中可能的疑難雜症，做好因應計畫。他是有母親和弟弟在加爾各答等他們，但他還是緊張。

要是他們能拆開夠好小屋，再像西藏遊牧民族的帳篷一樣重組就好了，只要有一丁點可

25 宇宙海洋另一譯為「天河」，但為了文中的意象對照選擇此譯法。

能性，瓦爾瑪夫妻一定會這麼做。然而現實是，他們只得拆毀過往回憶，劈碎小屋賦予他們的喜怒哀樂，找出足以用來裝飾未來房間的合用碎片。那些還等著被他們夢出來的夢該怎麼辦？誰來讓那些鬼魂跟上外面世界的變化？誰來給玫瑰花叢澆水？

在他們打算帶走的九個箱子中，一個裝了吉里亞・普拉薩德的物品，兩個屬於錢妲・德維，瑪麗也只帶了個小捆包，其他都屬於群島，包括一瓶瓶乾燥磨碎的香料粉、變成化石的珊瑚、一顆取自安達曼紫檀的精緻樹瘤、海上花號的迷你複製品、一個將當地蝴蝶固定後裱框的玻璃盒，還有一張未完成的群島地圖。其中一些海島只速寫了一半，另一半直接消失於大海。另外還有神聖南吉斯使用過的一小片燧石和椰子殼、在羅斯島找到的一只法國破花瓶，和一只裝了哈里特山上墓地土壤的甕。

*

這是他們在布萊爾港的最後一夜。黑暗中，吉里亞・普拉薩德透過兩人間的距離測量妻子的清醒程度。陷入深沉睡眠的她總會往他的上臂黏過來，用她的各種欲望將他推向理智邊緣。

「可以問你一件有點傻的事嗎？」他說。

「可以。」

「那些鬼魂是誰？我一個都沒見過，不太理解他們的身世，或許也是因為如此，我不太有辦法相信他們的存在。」

錢妲・德維露出微笑。他這人執著的事物古怪，用來陳述的語言也古怪，但讓他更顯可愛。

「他們就像是你和我這樣的人，只是來自過去。他們穿的是舊時代的衣服，待人處事的習慣也很老派。」

「為什麼不是所有屍體都會變成鬼魂？」

「死亡……」錢妲・德維在蟬鳴、蛙叫和蒼蠅嗡嗡的吵鬧聲中思考著，「鬼魂不是住在他們死掉的地方，而是回到他們感覺最有生命力的地方，因為曾在這裡好好奮鬥過、生活過，而且享受過，所以難以忘懷。」

「你的意思是，我們是在有生之年變成鬼的嗎？」

「有些人是這樣。」

「你去過最多鬼魂不願離開的地方是哪裡？」

「這裡，在群島這裡，就是羅斯島。」

「為什麼我看不到鬼？」

你的運氣很好，才不會在吃飯時看到坐在身旁的鬼魂，也無法看到直直望向你的死亡，錢妲・德維想這麼說，但最後只告訴丈夫，「你的運氣很好。」

有種沉默在清晨到來之前萌芽。那是一種蓄意為之的暫時靜止，是充滿冀望及焦慮的反思，是在窗外的咯咯、嘶嘶、呱呱和各種啁啾聲中，藏匿的一首首滅絕之歌，是遠古之前吟遊詩人口中的進化史詩。噢，拋棄那使人迷惑的外殼吧，褪去舊皮，讓自己赤裸而脆弱，讓自己毫無克制地游水、彈跳並飛躍，再不留痕跡地消失，只為了再次因為求偶的呼喚而現身，正如太陽總會在西邊落下，又在東方升起……他們的故事及歌曲能被活人聽見嗎？他們疑惑地想。這些活人有意識到他們留在化石中的遺跡嗎？

迷失在夜晚交響曲中的吉里亞．普拉薩德說，「我變成鬼之後可能會回來這間屋子，或許到時候就能聽見那些夜晚折磨你的山羊叫。」

她笑了。「到那時候，山羊都投胎了，我也一樣，你為何要讓我在下一世枯等？」

*

今日天空特別清朗，陽光普照，藍天上的絡絡白色細雲彷彿難解的毛筆字，海面也特別平靜。大地如同墓地，被陽光蓋上一張閃亮的裹屍布。因為安達曼海上的某處暴雨，微風顯得清涼，蝴蝶如候鳥在開闊海面乘風飛了好幾英里，一名孤獨的漁夫於是驚訝地發現，身邊竟出現許多象牙白的蝴蝶，這些身上還餘有毛蟲皮毛的年輕生命也很驚訝。其中一隻蝴蝶在他膝頭睡著，讓漁夫在網子裝滿後逗留不去，原來就算只是幾隻昆蟲的陪伴，這種微不足道的小事就能讓他露出微笑。

沒過多久，他帶著凍結的微笑跌入水中。水流如同惡魔，彷彿巨石不停重擊他的身體。

他才剛被扯入水中，又被推出水面，耳內因此出現空氣爆破的聲響。他不知道是什麼導致海水激烈攪動，把他的船當作小卵石般翻騰，但慶幸再次吸到空氣，然而那也是他的最後一口氣了。船身撞到他的頭，敲碎了頭骨。

半小時後，那些蝴蝶如同葉片浮在海面，漁夫的屍體於其中浮沉，整個過程只花了一分鐘。才一分鐘，海床就能塌陷又隆起，如同一隻鳳凰。

*

群島上沒人能想起地殼是如何移動的——在那一分鐘之內，所有陸地和海洋的鬼魂都放棄掙扎。在地層的壓力之下，海洋先是往更深處滑動，並以兩倍力道回彈。在一顆星球的生命史中，星球外層地殼因為衝撞而整體搖動作響的情況並不多見。自從地震儀被發明出來後，一九五四年出現了有史以來規模第二大的地震，科學上而言，這是人類觀測到歷時最長的一次斷層運動，研究者也普遍認為，包括遠至西伯利亞的部分地區震動，還有另外數場地震及海嘯，都是這次擾動的結果。

倖存下來的人則永遠困在那一分鐘中，完全空白的一分鐘。倒不是說他們仍像當時那般驚慌失措，也不是因為記不清當時一切，而是缺乏想像力。始終沒有人能想像乘載著島嶼、海洋、珊瑚礁、森林和河流的堅實地面有可能在不到一分鐘的時間內裂開來，讓數世紀以來的野蠻及文明都倒塌在地，大片大片的灰塵如雲揚起，就像一座發狂大象腳下的蟻丘般脆弱。

在某些地方，懸崖崩塌入海，彷彿冰山脫離地球兩極，就連遠至波斯灣的窗戶都為此震動。西藏的鶴鳥放棄了原本的取食地點，漫無目的地在天空亂飛。印尼有火山吐煙，山坡上務農的人全都因此跪下禱告。岸邊船隻如同紙糊的一般擠在一起，再掉入水中。恆河猴、鳥、鹿，和狗一起發出一波波喧鬧的嚎叫，讓人的聲音都聽不見了。

就在那一分鐘之內，海床底部躍起，將一層層沉積物、珊瑚和沙子吐向空中。群島傾斜了幾公尺，淹沒了部分森林和農場。正準備收割的稻田之後成為海牛、海豚、鱷魚和魟魚的遊樂場。此後也不會再有人點亮環海群島上那座燈塔頂端的火炬，因為海水占領了燈塔入口。緊接著災難後出生的孩子會將父母口中的各種故事及遠古神話斥為傻子才信的無稽之談——正是這批傻子將燈塔建造在水深一公尺半的地方，還跑去乾燥的陸地釣魚。在擁有不同地圖的世代之間，認知鴻溝擴大為一道海灣。

至於大多數在地震中死去的人，他們腦中留下的最後畫面就是夏日的天空，那片天空淡漠地目擊了這一切。除了對陸塊的運動無動於衷之外，面對蝴蝶環繞的那具漁夫屍體時，天空也無動於衷。

＊

在加爾各答工作時，吉里亞・普拉薩德埋首於堆得像堡壘的檔案中，著迷地讀著一篇有關古特提斯洋的文章。古特提斯洋是一座推測存在的海洋，跟盤古大陸屬於同個時期。這名瑞士作者宣稱，由於各片大陸四散分開，阻礙了古特提斯海的洋流和環流圈，才導致這座海洋消失。

姑且說是他妻子的影響，或者是即將成為父親的一種預感吧，總之吉里亞．普拉薩德開始思考，不知道自然元素是否也有靈魂？他們也會擔心自己能否留下什麼遺緒嗎？他們的鬼魂會不會在地球上徘徊不去？就像羅斯島上的那些「歐洲主子」一樣？如果一個人類無法被簡化為單純的骨頭和血肉，那一座海洋又怎能被簡化為所在的地理空間、水元素，又或者外在形貌？生命不只是呼吸及各種細微動作的總和。

他實在太沉迷於自己的思緒中，因此花了點時間才意識到地面真的在震動。震動停止那刻，吉里亞．普拉薩德剛好衝回自家公寓，他打開門鎖，走進空蕩蕩的屋內，把所有房間看過一遍，然後驚慌起來。他先是往下跑到公共花園，再往上跑到頂樓露臺，才發現渾身大汗的她在那裡啜泣。他抱住她，直到她冷靜下來，擦乾她的眼淚，扶她走下樓梯。他讓她坐在一張扶手椅上，走進廚房，為了確認是否有瓦斯從鋼瓶中洩漏到處嗅聞，之後才開始燒水。他到處走動，評估損壞狀況，瑪麗留在桌上晾乾的茶具組已掉到地上，碎了，臥房內的衣櫃和床移動了幾英寸，還有浴室中兩個裝滿的桶子灑出水，就這樣。

他鬆了一口氣，拿出茶和香蕉脆片給妻子，在她對面的沙發坐下。他注意到有隻蝴蝶從柚木框內的底座掉下來，框上標籤寫著「尼科巴群島的蝴蝶」。那隻蝴蝶委頓地躺在底部，再次成了一具屍體。

「你為什麼在露臺上？」他一般解開袖口的釦子一邊問。

「我知道有什麼不對勁，站在花園時，我可以感覺到有一股緊迫的力量從地底升起，也知道那是一股無法輕易安撫的力量，所以我往上衝。我記得你之前跟我說的——當有震波襲擊群島時，要小心倒塌的樹木、牆壁和物體。」

吉里亞．普拉薩德一邊小口啜飲茶水，一邊拉開內衣通風。她沒說謊，但粉色鼻頭和腫脹雙眼仍說明了她壓抑的情緒。看來錢妲．德維哭了好一陣子。她在地震發生前就感受到了痛苦，那情緒也延續到地震結束之後。她目前懷孕七個月，而跟上次一樣，她似乎陷入了一座憂鬱迷宮。

「如果你一直這樣哭，」他說：「我們的孩子會成為這附近最難帶的孩子。」

她輕撫自己緊繃的肚皮，她很早就感覺到這是個女孩。

現在她正逐漸了解這女孩的本性。

「該怎麼處理我的眼淚，你本來就常練習，很有經驗了。」

「如果她像她的母親一樣難以預測，光靠練習可不夠呀。」

她的丈夫呀，他總是有辦法逗她笑。

吉里亞．普拉薩德盡可能蒐集了相關資訊，在腦中拼湊出這場地震的全貌。自從二次世界大戰之後，這是首次有直升機和飛機被派到安達曼群島。所有電話及電力線路都遭到攪爛。他有太多問題想問，但問出口勢必顯得輕率。比如面對這樣一場巨災，有誰能去確認一下空蕩蕩的小屋和玫瑰花叢的情況嗎？又有誰願意滿足他的好奇心，去看看那些彷彿小人國的火山是否不只是冒泡，還冒出煙了呢？

離開安達曼群島時，吉里亞．普拉薩德就站在甲板上，卻沒時間回頭看。他一直因為眼前展開的航程而緊張，不停確認錢妲．德維的身體狀況。要是他能預知之後會發生什麼事就好了。老舊的登岸碼頭一定會沉入港灣，而且跟吉里亞．普拉薩德用船從印度本土運來的大象一樣，因為體積過大而無從挽救，之後一定只會原地重建一座新的碼頭。至於從碼頭盤旋往上延伸至山區的那條道路，也就是可以讓人沿路走到山頂，再經由不同方向的多條道路下山的那條道路，一定也會在許多路段損壞到難以修復，迫使政府必須以舊有道路的殘跡為骨架，建出一條全新道路。

他到處尋找目擊者證詞，因為那些形容詞多少能緩解地震過程散發的恐怖氛圍，但卻完全找不到。他在環海群島上有過的生活只能為他提供線索，而非答案。群島上的死亡總是突如其來——突如其來又絕不失手，如同游在紅樹林間的鱷魚，如同在無人知曉時落下的紫色太陽。

*

地震襲擊安達曼群島的兩個月後，錢妲．德維在距離震央數百英里處生了孩子。吉里亞．普拉薩德將包裹住的嬰孩緊抱在懷中，嬰孩的母親則正在讓人縫補傷口。小德維用全新的黑眼珠望向自己的父親，他鬆開她身上的襁褓，想看看她的四肢。她將手舉到臉前，被自己的手指迷住，那些手指彷彿自己有生命般動著，讓父親和女兒都驚訝不已。

嬰兒的手和眼睛彷彿對他下了咒，臍帶留在肚子上的那個紐結更像顆氣球般裝滿無限的美妙，因此，吉里亞．普拉薩德沒注意到生命力正快速從錢妲．德維的眼中消逝。瑪麗注意到了，因此開始用力摩擦女主人的手腳，當時醫生甚至還沒診斷出她有內出血。等他終於這麼做時，一切都太遲了。

錢妲．德維幾乎沒說話，也幾乎沒眨眼，她是張著眼離開這個世界，同時深深凝視著那對緊緊相依偎的父女。要是吉里亞．普拉薩德有看出那些警訊就好了，要是他有深深望入錢妲．德維的雙眼就好了，要是望得夠深，他就能見到她的所見。

身為她的丈夫，他有責任點燃葬禮上的柴床，她穿得像新娘一樣睡在那張床上。根據梵學家表示，她運氣很好，因為是以已婚婦女的身分死去，而非寡婦。

就算火焰已將肉體從骨架剝下，吉里亞．普拉薩德仍拒絕相信這一切。有塊陶瓷般的踝骨拒絕被燒成灰，讓他想起她在鸚鵡島上光裸的腳。若要說的話，此刻的她比任何時候都更有生命力。

結果證明，「拒絕去相信」就是一種信念，那就是逆著專橫的時間及真相之流，反向而去的一條河水。這條河匯聚了海洋的所有神祕之處，將其還給凍結的源頭。這源頭以冰山的形式，抬高起頭，望向躲在天堂迷霧背後的神。

如果神無法將世界還原為你所祈願的模樣，那擁有信念的目的究竟是什麼？

12

地震在夠好小屋的所在地留下一道裂口，這道裂口蜿蜒穿過花園，還有高架小屋下的地面，彷彿一道季節性溪流。看似無所不在的植株遷移進來，藏身在裂口暴露出的所有空間內，將其轉變為蛞蝓、蜈蚣、蝸牛和蛇的永久聚落，另外還會有些訪客偶爾前來，像是母雞、豬和鴨子。

小屋本身隨著土地傾斜，靠著仍與地面垂直的角度倖存下來。玫瑰花叢僅剩的枯枝立得筆直，試圖藉此維護尊嚴，但原本盛放花朵的所在只剩一些突出的殘餘短肢。

女兒剛滿一歲，吉里亞·普拉薩德就因為想回群島而跟母親大吵了幾架。獲准陪他們回去的只有忠誠的照護者瑪麗，她現在就是小德維的保母，其他人都不能跟。因為當吉里亞·普拉薩德和錢妲·德維住在島上時，身邊沒有其他人，而他不想玷汙過往回憶。就跟所有鬼魂一樣，吉里亞·普拉薩德渴望回到讓自己感覺最有生命力的地方。

一看到夠好小屋傾頹的情況，瑪麗就表明了自己的立場：他們無法住在這裡。身為一名僕役，她知道自己沒有發言權，但她的主人已經跟這棟屋子沒兩樣了：整個人立於虛空之上，非常勉強才能保持平衡。

吉里亞．普拉薩德在小屋門廊留下一堆新書和報紙作為紀念，總得有人為這裡的住戶更新一些消息。吉里亞．普拉薩德想要相信鬼魂的存在，而這對他可不是件容易事。

在瑪麗的建議之下，他們搬進哈里特山上的一間小山莊。

建造這棟小山莊的英國人想必是受到某種奇特的鄉愁影響。他們在喜馬拉雅山駐紮站蓋的夏屋，就讓人聯想到英格蘭的鄉間生活，但當他們建造這間位於安達曼群島的小山莊時，紀念的卻是在喜馬拉雅山上的生活——當時的夏屋滿是落地長窗，足以讓住戶俯瞰底下狩獵老虎的一座座平台和叢林。只需要一些可供射殺的老虎，以及有關英屬印度的夢想，這間小山莊就能還原他們駐紮在喜馬拉雅山的氛圍，但其實在島上真正能滿足他們生活要求的事，就是將水蛭從靴子裡擠出來。等這些軍官退休後回到家鄉，在英格蘭的公園裡散步，望著天鵝滑過水面，讚嘆著每個季節的花朵及色彩都如此不同時，他們真正想要尋找的卻是群島上的金盞花，真心害怕在襪子裡發現的則是水蛭。如此看來，鄉愁似乎是一種短期記憶，渴求的總是近期消逝的過往，但很少追憶遙遠的過去。之後德國的神經學家阿茲海默也會證實，若一個人活在遙遠的過去，其實是一種要開始老糊塗的徵兆。

哈里特山和夠好小屋中間隔著一座海灣，來回岸的兩側只需要經過一小段船程。地震時打上岸時的浪潮很高，但在地震發生前，海水侵蝕岸邊的程度就已超過當時的危害，迫使農夫早早放棄了自己的稻田，就連日本人二戰期間建造的碉堡屋頂也已塌陷，但歌頌鄉愁的這棟小山莊卻仍完好無缺。

吉里亞・普拉薩德搬進小山莊時就已下定決心，他會在此目睹人生最後一次日落。他和妻子就是在這裡初次牽手，也是在此屈服於那顆彗星落下時的魔力。

住進新屋後，瑪麗忙著將各種家具及物件歸位、照顧新生兒，還得注意孩子父親的狀況。她從加爾各答帶來的窗簾和床單都是靛藍色，跟之前住處內部的綠色及黃色裝潢呈現強烈對比。畢竟如果不想辦法重新來過，他們可能都撐不下去。

人生已足以讓瑪麗明白，哀傷就像水，一旦滲入縫隙就無法真正排乾，不過只要每天重複單調的規律活動，就能防止日子硬化。吉里亞・普拉薩德總會在早上六點三十分喝茶，德維則會在八點時洗澡後著裝。瑪麗從不讓任何行程拖延或提早超過十五分鐘，因為只需要半小時的空白，就足以讓光陰硬化為哀傷。

在哈里特山上的屋內，瑪麗成為一切的重心，她是事物之所以移動或停止不動的主宰。吉里亞・普拉薩德和小德維以最深刻的形式，展現出對她的感激及愛——他們把她視為理所當然的存在。

*

四歲開始，小德維不再去廁所尿尿，而是尿在花園，瑪麗跑去責罵她，但卻發現吉里亞・普拉薩德就站在一旁看。「那算是施肥。」他一臉歉意地小聲說，就連看到女兒帶了一條死蛇回來時也是這副德性。小德維某天傍晚又在光天化日的沙灘上廁所時，他也只說了「肥料」兩字，但當時德維已經六歲，在大家眼中已經是個小女孩，他卻仍把她當嬰兒看。

八歲時，小德維已長成一個百無禁忌的人。她吃水果時會為了避免滴到衣服脫掉洋裝，也會在海中裸泳，或者騎大象時不坐鞍座。每天晚上，瑪麗會替她的皮膚抹蘆薈，替她的頭髮抹油，藉此計算小德維每天在身上留下的抓痕及傷口。每當小德維逃課跑去叢林小徑及廢墟探索，之後又跑去海灘時，瑪麗都一清二楚。只要德維出門，瑪麗為了觀察她的行動，會從面對出口的廚房牆面取下一塊鬆脫的磚塊，如果小德維是在花園玩耍，瑪麗就以切蔬菜為由坐在門廊上。

某天下午，園丁為了徹底根絕蛞蝓一次抓了近二十條。小德維跟著他來到位於矮樹叢內的殺戮場，著迷地望著在彼此身上爬來爬去的蛞蝓。牠們迫不急待想爬上籃子邊緣，但終究被一隻殘忍的手拎起，再毫無防備地被這隻無情的手用石頭砸爛。德維沒注意到的是，這隻移動的手逐漸離開籃子，伸進她的洋裝，輕撫她的大腿和屁股。

那天下午稍晚，園丁在走進廚房時止步，被瑪麗冷硬的眼神嚇到無法動彈。她雙手握著刀子，殺意直接由眼中射出。

「要是有任何人碰她，我會把對方砍成碎片，」她告訴他：「我說到做到，你很清楚。」

那名園丁再也沒來工作。

*

小德維是無意間發現了瑪麗身世的祕密。她在翻閱一本英國人的旅遊日誌時，無意間看到阿旃陀和埃洛拉石穴的照片，那是兩座擁有兩千年歷史的佛教石窟，而瑪麗長得就像洞穴中的石刻人像。那些人像都跟瑪麗一樣擁有東方風情的雙眼和細瘦骨架，肌膚被塗上發光顏料，身上衣物褪色，儘管忍受了數百年的光陰和苦難，表情卻顯得寧靜，動作也流暢自然。小德維因此做出結論：這些以自身形象刻出神明的穴居人，就是瑪麗的祖先。

13

為了慶祝小德維的九歲生日，吉里亞．普拉薩德帶她去中安達曼島的鹽原健行，這是一項成人儀式，是必須世代傳承的一堂課。打從她能記事，他就會抓住所有機會，希望幫助她理解地震帶來的影響。這個每隔幾百年就會發生的事件仍恍如昨日，而且很可能明天再次發生。

鑲嵌在崖壁上的貝殼目睹了那場暴力，那是創造出如喜馬拉雅山那般雄偉產物的暴力。不只是人類的各種文明，就連地球上所有物種的命運，都會隨著河流改道或海洋潮汐而改變。那座人們必須游泳才能抵達的燈塔曾建在乾燥的土地上，但現在因為圍繞在周邊的草料，成了儒艮和海龜的野餐地點。

吉里亞．普拉薩德最大的野心，似乎是詳細記錄下悠遠蒼茫的過往，面對不停消逝的此刻，他企圖追溯一切根源，並一路追到沒有留下紀錄的史前時代。這項野心的規模如此龐大，迫使他必須活在過去，若非如此，就代表吉里亞．普拉薩德跟所有未曾察覺的鬼魂一樣，被困在某個不停變動又曖昧不明的單一時刻中。

「爸爸，」德維在通往鹽原的叢林小徑上開口問：「為什麼要研究地震？為什麼不能聽廣播就好？或是去看電影？」

吉里亞．普拉薩德已將盤古大陸的分裂過程展示給她看過，還包括盤古大陸是如何演變為當今各片大陸的旅程，甚至為了讓小德維感興趣，還把這個故事做成一本動畫手翻書，並將其中每片大陸畫滿獨特又有趣的專屬角色。他知道要讓一個孩子搞懂大陸漂移的概念並不容易，這很正常，就連最有經驗的科學家要搞懂也很困難。光是在吉里亞．普拉薩德成長的過程中，他所理解的世界就是個謊言，他所推崇為永恆不動的陸塊，也就是拉丁文中的「terra firma」，其本質似乎正好相反。數千年來負責指引船隻和水手的地球兩極似乎也常游移不定。

「你覺得這主題不值得認識嗎？孩子？」

「我跟班上一個女生說，島嶼就是山，所有大陸也都是島嶼，她不相信，我說是我爸說的，她說：『你爸瘋了，因為你媽死掉，他就瘋了。』我不相信，她說是她媽咪這樣說的。」

他聽糊塗了。

「你很清楚為什麼島嶼是山脈，而所有大陸終究都是島嶼啊。」他對她說。

「我是清楚，」她回答：「但你真的瘋了嗎？」

為了完成這段旅程，他們已經花了兩小時，現在快到目的地了。一旦轉過下一個路彎，他們就能窺見鹽原，但他不會改變自己節制、堅定的走路節奏，他得為了孩子堅持這點。

「你的朋友使用『瘋』這個字時，」他說：「指的究竟是什麼意思？她指的是神經官能方面的問題嗎？就像是焦慮或臆病症？又或者是思覺失調那類精神問題？還是像阿茲海默症的退化性疾病？科學永遠都是精確的，不會隨便使用任何說詞或概念。科學追求的是真理，而且不計代價。」

小德維臉上露出燦爛的微笑，她以父親為榮——她跟父親一樣都是很有知識的科學人。她有足夠的證據相信，瘋的是她朋友和朋友的母親，總之絕不是他們父女倆。

遠方的鹽原如白雪般在陽光下閃閃發光。這對父女在內心推想，背後襯著藍綠色海水的極地看來一定就是這模樣，是一片未受到熱帶綠棕色調沾染的純白與深藍。

地震之前，鹽原是海灣的一部分，大家知道飛魚會因為下蛋而把一條條漁網直接扯下海。這片海無比平靜，就連蝴蝶都會忍不住遠遠飛出海。

最後一段路上，小德維是用跑的，她奔過灌木叢，跑上鹽原，抵達最閃亮的所在，那是進入太陽之國的入口。在這裡，漫無目的的每一步都會將鹽結成的白色硬殼踩碎成粉末，德維嘗了那些白粉的味道，感覺比鹽還鹹。她將手指穿過不停碎裂的白色鹽層，摸到底下一層油油的深色黏土，用大拇指緊貼住黏土，留下一個清晰的印痕。

在熾烈陽光的烘烤下，她的大拇指印將會不受干擾地躲在底下，一直要到九年後，有隻鶴降落在一模一樣的地點，此處也開始吸引一群群想要尋找安全地點休息、補給，並交換旅途所見的候鳥之後，情況才有了改變。

但此時此刻，德維和她父親是這片鹽原僅有的訪客。她在土裡亂翻時，手指碰到了硬硬的東西，於是撥開鹽層及黏土取了出來。那是一根有她兩隻手臂長的樹枝，她得勉強把身體往後彎才能舉起來，彷彿某位遠古之神正奮力應付手中權杖及隨之而來的力量。她用這根樹枝戳刺地表，希望有泉水從這片荒漠中噴湧而出。所有宗教都需要奇蹟，而她正在尋找自己的奇蹟，不過只找到一些蒼白的肉身。這些小得難以察覺的生物沒有顏色，模樣像蝦子，是在之前地震時被拋上來，於鹽形成的聖骨匣中呈現皺縮但完整的狀態。在小德維的世界中，這是比荒漠噴泉更了不起的發現。她真希望自己能多幾隻手——就算沒辦法，至少也能有把水桶——好將這些寶物帶回家。她一直無法把樹枝拿好，那是要送父親的禮物。她環顧四周，卻哪裡都看不到他，整個人因此僵住。

「爸爸。」她大聲喊，無人回應。

安達曼海上的每座島都是一個人，每個人也都是一座島。地層的輕顫和地震是常有的事，這些動態總是迫切希望藉此強取更多的土地及血肉。這裡的一切屬於海洋，也終會在適當時機遭海洋收回，包括近岸的海。因此，小德維的父親很可能已經消失，如同消失的近海，獨留她一人在鹽原上。

「爸爸！」她尖聲大叫。

在閃閃發光的鹽之地平線上有個小黑點向她招手。或許是因為高掛的太陽耍了些手段，讓那個人的剪影像是個彎腰駝背的老人。由於太想要撲進他懷裡，她拋下那些皺縮的海洋生物，往他的方向衝去，然後在他懷中哭了起來。「別丟下我，爸爸，別丟下我。」

他緊抱住她，擦乾她的眼淚。「孩子，」他說：「我一直都能看見你呀。你花了很長的時間在挖土，有找到什麼嗎？」

「你一定要跟我來，爸爸，我找到好多東西！」她大叫，睜得好大的雙眼中滿是驚喜神采，其中的眼淚說來就來，說走就走。「我為你找了根樹枝，所有神都該有根權杖。我還找到死掉的蝦子。還有，爸爸，」有隻名為「興奮」的怪獸正吞噬她的話語，「我知道該如何處理在我們這區死掉的生命了，放進海裡！」

之前的某個晚上，小德維質問吉里亞．普拉薩德有關神的事，他則做了個不尋常的提議：來創立屬於他們的宗教如何？包括他們自己的神明及神話？這樣的話，人生無論發生什麼事，他們都得負起全責。在父女共度睡前時光的美好世界中，宗教成為另一個創造各種故事的藉口。

吉里亞・普拉薩德點點頭，希望自己能說些什麼，讓他震驚的不是她如此真摯看待那些幻想，而是她展現出的情感智慧。小德維了解她父親為何想將屍體埋葬，因而拒絕焚燒屍體，因為你對屍體做了什麼，心就會淪落同樣下場。吉里亞・普拉薩德當時一回到群島後，就是跑到島上各個角落，將妻子骨灰一把把撒入大海，決心永遠不再離開。

*

印度本土的人並沒有放過吉里亞・普拉薩德的悲劇，儘管十年過去，人們還是會熱烈談論這個具有警世的故事，並藉此提醒大家品嘗牛肉可能帶來的糟糕影響。人們說他在失去妻子後瘋了，說他再也無法面對文明世界。「那個可憐的女孩子，」他們的遠親會在喝茶時嘆氣著說，「她會在充滿原始部落民族的地方成長，還會跟其中一位結婚。」錢妲・德維的父母對小德維表現出合宜的興趣，也會去信問候她的狀況，但也怕要是表現得太積極，這位父親會把孩子丟給他們，再去娶其他妻子。

母親死後，吉里亞・普拉薩德和印度本土的最後聯繫橋梁也斷了，只剩他的弟弟會去拜訪他們。在弟弟眼中，這個哥哥從小就會教他騎腳踏車，還會要他注意別輾過蛞蝓和蝸牛，而現在這個遊魂似的模樣讓他特別擔憂，但每次造訪也只讓他更為擔心。

根據他的回憶，吉里亞・普拉薩德會在不同場合搭配不同衣著，這是他非常沉迷的興趣，無論是吃早餐、吃晚餐、去辦公室上班、深入叢林、打高爾夫，又或是度過週日時光，他都會根據不同需求來打扮自己。但現在，他身上的衣服就像人們為了獲得祝福而綁在榕樹上的破布。某天早上，吉里亞．普拉薩德的弟弟發現他在讀早報，卻把閱讀眼鏡戴反時，就徹底放棄這個人了。

至於他的姪女，這個剛出生時曾被他抱在懷裡的天使孩子，現在卻是個被動物養大的野小孩「毛克利」[26]。她亂糟糟的棕髮糾結在一起，膚色因為曬傷而顯得相當不均勻。用餐時，她會盤腿坐在桌上，不坐椅子，早晨時都在逃學，能不穿衣服就不穿，而且跟父親一樣會在研究報告的邊緣塗鴉。小德維的叔叔已確定能夠讓她進入奈尼陶的一間寄宿學校就讀，奈尼陶是坐落於喜馬拉雅山腳的小鎮，那間學校校長是名英格蘭女性，也是吉里亞．普拉薩德在牛津讀書時的同學，所以願意為這位沒有母親的孩子破例。

「有什麼必要呢？」吉里亞．普拉薩德問。

「你讀過牛津，你以前非常享受英國詩歌，但你的女兒呀，她以為佛洛斯特的『森林又暗又深真可羨[27]』是你為安達曼紫檀寫的頌歌。」

吉里亞．普拉薩德溺愛地笑了。「她有看待各種事物的獨特視角。」

---

26 英國作家吉卜林（Rudyard Kipling, 1865-1936）在一八九四年創作出《叢林之書》（*The Jundle Book*），故事背景設定在印度叢林，而名為「毛克利」（Mowgli）的小孩因為跟父母失散，在叢林中被野獸養大。

27 這首詩句引自〈雪晚林邊歇馬〉（Stopping by Woods on a Snowy Evening），作者是羅伯．佛洛斯特（Robert Frost）。此處使用的是余光中譯文。

「就算如此，我怕要是現在不離開，她就永遠只會待在群島上。那她的高等教育要怎麼辦？誰要跟她結婚？如果錢妲大嫂還活著……」他沒把這句話說完。

吉里亞．普拉薩德的沉默中有退讓的意味。

「你為什麼不一起來呢？」他弟弟問。

「我要是離開群島，就永遠不會知道自己一開始為什麼要來了。」

14

吉里亞．普拉薩德不知道父母可以透過不停給予建議表達關心，也不知道小德維離開前的時光，應該用來裁製衣物、修補鞋子、黏貼標籤、並且不停反覆打包。為了假裝兩人沒有要分開，他拒絕面對在此之前的所有沉默時光。

他反而是跑去划船，成天把船划進隱蔽的大小海灣。「水底下的世界是一張水面上缺乏紀錄的地圖，」他總是這麼告訴她，「定居陸地限制了我們的理解範圍。所有的岩層及生命型態，以及陸地上發現的各種自然循環及情感，都能在水裡發展出更多樣貌。」

游泳是他最接近禱告的行動，他的內在與外在的疼痛都會在游泳時消失，沒什麼能拖垮游泳的人，就連悔恨和恐懼都不行。雖然身邊可能出現鱷魚、鯊魚和鬼蝠魟，讓人感到片刻緊張，但水裡的恐懼跟陸上的恐懼經驗不同，與其說恐懼，不如說那是一種深切的敬畏。

吉里亞．普拉薩德早已在地圖上認出讓他們聯想到大陸及動物形貌的一片片珊瑚礁、石塊區和雜草地。根據水下世界的地誌，義大利是烏龜殼上的一道疤，海水退潮時浮現的沙洲地是南極。

他們會望著太陽從「南極」升起，那地方位於中安達曼島的海岸彼方，另外望著太陽在被他們稱為「死海」的鹽原落下。小德維待在群島上的最後一天，他們跟隨一條大象走的路徑從白天過渡到黑夜，她迫不及待想跟著大象從伐木營地走到森林駐地。工人們告訴小德維，她母親是名先知，而且曾把這頭大象從瘋狂中拯救出來，所以德維亦步亦趨跟著這頭母象、輕撫她的象鼻，還抓著她的耳朵爬到她背上，就希望能在那雙眼睛中確認這段過往的存在。

到了下午，熱氣已浸透他們全身。吉里亞．普拉薩德可以看出小德維眼中的閃亮水光已蒸散無蹤，嘴巴也因口渴微張，但他們身上的水已經喝完，就連檸檬也沒了。他讓大象先往前走，等一陣子，然後在這頭母象留下的足跡旁停下，就這樣花了點時間後，大象留下的深深腳印中，已盈滿從柔軟、濕潤土地中擠出的清澈泉水。他用手掌將水捧起，濕潤德維的臉和喉嚨，有這麼一個短短的片刻，小德維在水中瞥見了父親和自己的倒影，她微笑起來。待在大象腳印中的世界多麼舒適呀，就跟群島一樣，在時間之洋中，一切不過是稍縱即逝的影像。

小德維因為白天的行程累壞了，而且想到自己快要離開也很害怕，因此問了父親，「你生我的氣嗎？因為我殺掉昆蟲，而且打破櫃子裡的陶瓷娃娃嗎？」

「沒有，」他回答：「我看起來像是生氣了嗎？」

「你要把我送去很遠很遠的地方。」

他輕撫女兒的髮絲，親吻她的額頭。小德維有一頭跟父母完全不同的波浪鬈髮，他總是因此清楚地意識到：她不只是兩人結合之下的產物。

「我是個衰老的科學家了。就我的研究而言，群島夠大了，但對像你這樣前景看好的年輕科學家來說，群島無法滿足你的好奇心。你得離開，才能帶著最新的發現及理論回來教育我……你一定要親身體驗下雪的感覺。」

吉里亞·普拉薩德是用成年人面對孩子的方式跟她說話，而不是以科學家的身分跟另一個科學家溝通。小德維沒有進一步探問。科學也有其極限。就算透過研究過去，人們可以預測分離時的各種行為模式，但當真正要分開的那一刻來臨時，往往仍會讓人深受打擊。

*

打從踏上印度本土的第一步開始，小德維的人生就無從逆轉地變了，彷彿永無止境又混亂無比的陸地讓她不知所措。她在火車的窗邊座位坐了三天，發現窗外的綿延景象很少受到河流或湖泊中斷，如果德維不是學識淵博的話，很容易就會相信這世上有四分之三都是陸地，但她確實學識淵博。她熟悉島嶼，例如她擁有的島嶼，那些島嶼起伏甚大、陸塊破碎，周遭圍繞著海洋。那些島嶼比大陸乘載了更了不起的真相。

隨著離開火車站的公車爬上高山時，德維的腸子更是絞扭起來。一旦離開小山丘，她就再也看不見山的腳趾頭了。習慣了大海總在眼前展現的一整片寬闊、深遠的空無之後，她第一次從那麼高的地方見識了空無，她覺得想吐。

*

一進宿舍，學生們很快就用家庭肖像、寵物照片，還有其他乘載鄉愁的物件劃定自己的領地，例如從老家帶來的舊玩具或慰問卡。小德維什麼都沒有，除了父親給的貝殼之外，她的包包裡沒有任何看了讓人多愁善感的物件。他堅持要她把在羅斯島上蒐集的寶物留下，包括從博物館展示櫥窗中敲下的一片珊瑚、一本貼滿羽毛、葉子和花的剪貼簿。她就連畫了父母的棕褐色畫像也沒帶。他相信這種包袱只會壓垮靈魂。

「你的家人呢？」睡在隔壁床的女學生好奇問了。小德維跟她說了吉里亞・普拉薩德和瑪麗的事。「她是你母親嗎？」女孩問。

「不是。」

「你的母親在哪裡？」

小德維不太知道如何回答這個問題。她的母親是已經分次撒在安達曼群島各個角落的一甕骨灰，她父親花了一年的時間，才完成這趟一一抵達環海群島各方位最遠之處的旅程。技術上來說，她母親就在那些地方，又或者說那是她最後為人所知的地方。

那天晚上，她聽見宿舍內有人竊竊私語，如同漩渦的水流在湧動，所有謠言彼此衝突，又各自想占上風，終於，有個女孩鼓起勇氣直接問了小德維。

「你母親跑了嗎？還是那女傭是你母親？」小德維的答案非常簡潔明瞭：她打了那女孩一巴掌。

上學的第一個星期，小德維在不同場合打了兩個學生巴掌，都是因為對方說她是孤兒。儘管她瘦巴巴的，卻沒人回手，因為她有一雙跟母親一樣的犀利眼睛。那雙眼睛足以逮住來不及逃走的動物，或者迫使人類屈服。小德維被取了「紅印地安人[28]」的暱稱，不只因為她有火焰般的紅皮膚，也因為她舉止粗野，跟她島上那些裸體的原始部族沒兩樣。有些人甚至直接說德維的父親是部落頭目，因為娶了太多妻子，小德維才不知道自己的母親是誰。

某天午餐時間，她走進餐廳，一群坐在附近的學姊挑起她的敵意。

「嘿，小女生，如果我們叫你紅印地安人，你會搧我們所有人巴掌嗎？」其中一人對她大叫，但她們沒獲得任何答案。

「如果我們叫你孤兒，你會搧我們巴掌嗎？」

「我們不在意被一個小學妹搧巴掌，」第三個人跟著起鬨。「總比被老師用竹條打來得好。」

整桌的人都大笑起來。

幾天之後，就在準備上體育課前的午餐時間，小德維翹了一節課，偷溜進餐廳，在那些學姊坐的長凳邊緣偷倒了半瓶番茄醬，等她們注意到時，一切都太遲了。最後，那群學姊只能穿著彷彿沾滿經血的裙子走向體育場。

*

小德維對大人的管教無動於衷，對她來說，被竹條打或留班察看算不上懲罰。每當覺得痛苦時，她的心思就會回到群島，手中緊握一只自然打磨過的海螺，那是父親給她的禮物。透過這只海螺，她體內會再次盈滿海浪聲響，也會將眼前的山巒化為最高、最雄偉的海浪，就連樹上裸露的枝幹都像海上的浮木，其中每個扯開的破口如同洋中的鹽粒。

一直到雨季只剩遠方的響雷，秋天已從樹木枝頭撤退，改變的輕微震盪才終於抵達，扭轉了她的人生途徑。在一個寒冷的十一月天，小德維起床時流出鼻血，代表季節已陡然進入冬季。走到洗手台的路上，她在空氣中感覺到不尋常的動態，真怪，她心想，然後望向窗外，看到某樣拒絕表明身分的東西。

「你是誰？」她問。

28 Red Indian 一開始指的是野蠻不開化的北美印第安人，現在已被視為種族蔑稱。

空氣中充滿膨脹的鹽粒，這些鹽粒將地心引力玩弄於掌心，不但沒有落下還愈飄愈高。透過增加自身的力量及尺寸，它們蔑視重力的拉扯，等終於落到地面或窗面時則消失無蹤。接下來整天的天空就是冰雹、雪，還有兩者間過渡物的總和。對德維而言，雪將永遠是某種類似塵埃、花粉、鹽粒或一小朵雲之類的東西——她永遠只能透過類比來理解。她是一頭熱帶動物，是被壞脾氣的暴雨及無止境起伏的海浪拉拔長大，因此對她而言，雪永遠都像一條裹屍布，以它的沉默覆蓋大地。

很快地，敵人變成玩伴，她的同學為了避免跌倒握住彼此的手，故意滑倒時更不放開。有些人直接把冰雹吞下，還把它們當免費糖果到處發送。

那天晚上，小德維目睹了雪花輕巧飄落在樹木、校區外牆及街燈上，甚至還看到雪花飄向月亮及空蕩蕩的天上。她開始了解父親說地球會發光是什麼意思，就像螢火蟲和某些浮游生物也有辦法自己發光，地球也沐浴在自己的光線中。她父親說這是「地表冷光」。「海床深處有光線，雪也一樣。」他曾這麼告訴她。

隔天，強大的陽光迫使冰霜撤退到樹蔭下及外牆邊緣。隨著冰霜取代草葉上的露珠，小德維開始期待冬天的到來。

她會永遠記住第一次看見雪的景象，就像那只螺旋狀的海螺，這個畫面光是出現在回憶中，就足以將之前的所有片刻，以及即將出現的所有片刻，都沾染上溫柔氣息。

15

自從得知地球就跟脾氣大的癡呆老頭一樣易怒，吉里亞．普拉薩德就決定放棄搖椅，改坐固定不動的椅子。他原本視為理所當然的地表，其實只是漂浮在地球液狀內部之上的地殼。隨著一九六〇年代的各項研究出土，科學家出現理解上的困難，即便有艘潛水器目睹了全新陸地從中洋脊湧出，感覺起來仍是不可能發生的事。地球的核心仍是個謎，面對這個議題時，各式各樣的理性迫使我們思前想後，並在理性之海中漂浮、沉沒，又浮出。

真正讓一切得以運作的是斷層線，而非堅固的大陸、帶有導引意味的兩極，或者偉大的海洋。因為每一英寸的新陸地都是從洋脊的某處生產出來，而每一英寸消失的舊陸地都沒入了斷層的裂縫中。負責平衡一切的是斷層裂縫，而真正傳承土地精神的，也是像斷層裂縫這般，具有生產及毀滅性格的狂人，而非什麼溫順的傢伙。

當吉里亞．普拉薩德將這些激進的地質學理論套用在群島上時，得到的結論就很明顯了。群島的地質就是一段衝突史。安達曼群島是隱沒帶的一部分，就像東南邊的印尼，還有北邊的緬甸、尼泊爾、喜馬拉雅山，和喀喇崑崙山脈。印度板塊正是在此陷入亞洲板塊。或許也是因為如此，在錢妲．達維造訪過的地方中，這裡成為最多鬼魂徘迴不去的所在。就跟大陸板塊一樣，這裡的生命拒絕屈服於命運，人們繼續以鬼魂的形式活下去，將死亡蔑視為多愁善感之人才會東想西想的一種詩意細節。

雙眼睜得老大的吉里亞・普拉薩德坐在扶手椅上，前一天傍晚，他剛好讀到一篇名為〈隱沒帶的萬有引力波動：一種推測〉，儘管背後支持的科學證據並不嚴謹，光是初步的研究結果就提出太多難以忽視的疑問。吉里亞・普拉薩德整晚沒睡，錢妲・德維讓他睡不著。

*

兩人結婚的頭幾個月，錢妲・德維並沒有公開宣稱自己能跟樹木說話，也沒有私下對吉里亞・普拉薩德透露這個祕密，只是直接開始跟樹對話。兩人一起散步時，她通常會站在一棵樹旁，有時笑出聲，又有時就是一臉莊嚴地凝視著，他總是看得興味盎然。一名植物學家能跟樹溝通的可能性，就跟一名牧師也許可以跟神聊天一樣令人興奮。

某次他們一起去健行，錢妲・德維為了跟一棵老榕樹打招呼而停下腳步，吉里亞・普拉薩德問她，針對他在森林部進行的計畫及研究論文，這棵樹是否有任何看法。他依序解釋了自己私心想要進行的計畫及想法，榕樹也透過她一一回答。榕樹認為他採取的行動及知識大多很合理，但否決了他想把外來的柚木樹引進群島的夢想。柚木是全世界最能賺錢的木料，安達曼群島的土壤跟氣候也很適合種植柚木樹，如果他能成功引入，森林部就會變得非常有錢。不過榕樹的預言指出，若是真的引入柚木，會發現柚木樹很容易感染當地植物群已有免疫力的真菌。吉里亞・普拉薩德認為榕樹的觀點很奇怪，他回到自家溫室，拿當地所有種類的真菌到柚木樹苗身上測試，但幼苗都非常健康。柚木之所以被視為世界上最堅固的木材，還能輸出到阿拉斯加當作鐵軌材料，並送去剛果蓋捕虎平台，原因很簡單：這種木料幾乎完全沒有病蟲害問題。有了科學證據之後，吉里亞・普拉薩德堅持原本的計畫，從緬甸訂了四百株柚木樹苗，有了實驗證明之後，安心的科學家認為一定會成功。

一直要到五年之後，也就是小德維成為三歲幼童，柚木樹苗也進入青春期後，才開始有一種神祕疾病開始蹂躪外地託運進來的柚木植株，這種病讓葉子長滿斑點，樹皮也在一夜之間斑駁破敗。事後證明，凶手是一直到當時才被發現的一種真菌，吉里亞・普拉薩德將這種真菌記錄在植物學年鑑中，還必須不情願地將自己標注為發現者。

有了錢妲・德維的協助之後，粉紫紅色的玫瑰花也開始跟他對話，身為從家鄉的蔚藍山丘被連根拔起的新苗，又在木盒內經歷的窒息又營養不良的處境，玫瑰花本來放棄了存活的可能性，但抵達群島後，盒子被掀開，它看到了吉里亞・普拉薩德擔憂的臉。由於他用大地之母的韌性養育它，玫瑰於是為了他盛開。

他覺得太不可思議了。「為什麼你可以跟植物說話？為什麼我不行？」他問妻子。

「精神上來說，我是他們的同類。」

「但你也能跟鬼魂說話。」

錢妲・德維笑了。「在創造物的精神網路中，植物最為敏感，是它們將土地、水及空氣連結起來，也將不同世界連結起來，是它們讓生命有可能發生。這也是為什麼它們能比其他生命型態看見、感受，以及聽見更多，尤其跟人類相比。」

「但你也是人類呀。」

「你以為你是跟什麼人結婚呀？」

吉里亞．普拉薩德本人就是研究自然的敏銳觀察者及科學家，但卻完全不理解她說的一切。錢妲．德維否決了他學過的一切。

「我是誰？」他問她。

「我不能告訴你。」

「但你是我的妻子。自然啦，你要是幫我，應該算不上作弊吧。」

「我們是好幾世的靈魂伴侶，但在塵世中，我們每次都要重新尋找愛，重新為了目標而奮鬥，所以當初我才會在地上鋪床睡了那麼久。你必須在我心中重新爭取你的地位。」

「所以我比較喜歡物理學，而非形上學，」他嘆氣，「物理學沒有謎語，只有方程式。」

「我現在沒時間對物理學抱持幻想，」錢妲．德維從門廊階梯起身時這麼說：「扁豆在爐子上，如果我不去顧一下就要燒焦了。幸好重力今天增加了，這樣水比較容易煮滾。」

「重力？」他問，暗自希望自己聽錯了。

「群島就是這麼難以預料，這裡的重力總是在改變，記得之前有一天，我們感覺到地面輕顫嗎？」

「對，當時有地震襲擊了印尼的巴布亞。」

「對、對，就是那天下午毀了我的扁豆。我花了幾乎半小時才把水煮開，然後扁豆就燒焦了，突然之間！」

*

吉里亞．普拉薩德對世界抱持的好奇心既深又廣，若是有機會，他會願意把世界直接吞下去。他年輕時爬了阿爾卑斯山和喜馬拉雅山、去地中海游泳，在搭船經過蘇伊士運河時，還渴望能用手指撫過阿拉伯半島的沙子。

但群島才是他的初戀，他只用了八頭大象和兩大箱的書和器材作為聘金，就希望群島滿足自己的好奇心，群島拒絕了。

他決定重新開始，接著為了妻子投入一切。與她的曲線貼合就像進入一個完全不同的世界，但那個世界又與他的世界相連。她的凝視不帶有超脫塵世的意味，她的凝視本身就不屬於塵世。

然而此刻，還沒五十歲的吉里亞．普拉薩德發現自己再次孤身一人。他追求群島，希望群島能再次屈服於他的好奇心，希望群島向他揭示有關重力的奧祕，也告訴他一切的來由，若群島真的回應了，他也想知道，自己是生來就得成為一座孤獨無伴的山峰嗎？

群島上有了許多新的道路和水路，於是吉里亞．普拉薩德成天都在漫無目的地駕車、走路和游泳。蜂窩監獄現在已淪為笑柄，羅斯島徹底成為廢墟，稻田和臨時營房已在侵蝕叢林。泥土小徑成了水泥路，群島上也出現了商店、陌生人，和垃圾。看到群島如此受苦讓他心痛。吉里亞・普拉薩德或許已經放下過去，如同從一根枝幹盪到另一根枝幹般渡過每一天，但結果只是遭遇了人生最大的諷刺：那些被你視為舊愛的人事物，終將成為生命中最漫長的存在。

由於他各式各樣的探索行程，群島終於回應了他熱切的眼神。「你這些年去哪了？」群島似乎這麼說，指責的語氣中帶有黏膩的情感，因為群島從未丟下吉里亞・普拉薩德，他也從未真正離開群島。

*

之前羅斯島上的鬼魂將鼻子抬得老高，假裝對錢妲・德維的出現視若無睹，但其實也只是假裝。因此，當吉里亞・普拉薩德獨自一人回來時，他們都發現事情不對勁了。

在將整場悲劇的細節拼湊起來後，他們在沒有屋頂的教堂為錢妲・德維舉行了祈禱會。「她的離去，」牧師說：「代表了一個時代的結束。只有靈視者存在，鬼魂才會存在。」

一名藥劑師的鬼魂特別點出吉里亞・普拉薩德的傷痛。這位藥劑師的殘破墓地就位於妻兒的墳墓旁，儘管成年階段都在為他人配藥，但妻子和三個月大的女兒生命受到威脅時，他卻束手無策。羅斯島上的水對身體虛弱者有毒，一年內就摧毀了他尚未成長茁壯的家庭，更讓這名藥劑師絕望的是，就連死亡都無法讓他和家人重聚。她們的靈魂已經轉世，而他還待在羅斯島上。一開始就是他發現了瓦爾瑪家的悲劇，通知了大家，而吉里亞・普拉薩德也是讀了墓碑上的文字，才將藥劑師的故事拼湊出來。

二十年過去，藥劑師仍保持追蹤吉里亞・普拉薩德去向的習慣，某天傍晚，他走在吉里亞・普拉薩德身後，並在他停步時跟著停下來。吉里亞・普拉薩德轉身，朝他的方向走來。他的腳步如此篤定，讓藥劑師懷疑他能看見自己。難道這名受愛情折磨的科學家，終於發明出看見鬼魂的方法了嗎？

兩人面對面站著，吉里亞・普拉薩德望入藥劑師褪色的雙眼。藥劑師感覺到有一股生命力碰觸到自己，雙腳濕濕的，然後意識到，他正站在一棵樹和這名尿尿的男人之間。

*

吉里亞・普拉薩德獨自一人進行漫長的散步，在海浪破碎處的軟沙地上，他驚訝地發現有人寫上一行行詩歌。有人正在思索詩節的構成，並用古老花體字寫了一首海洋的史詩，而其中被海浪沖掉的詩行，還有被飛沙掩埋的缺字激發了他的想像，讓他困在這些謎團的漩渦中。

他到處尋找詩人。他跑過整片沙灘，甚至包括路彎處的小徑，還爬到另一側的懸崖頂端，瞇眼望向地平線。他不停回想一切細節——這座海洋、這片天空，這首詩。

哭泣的人是有福的，
海的鹽分在淚水中流動。
海洋依靠他們的故事而活
他們漫遊於潮水起落……

妻子死後，吉里亞．普拉薩德始終沒哭。就算不用花上幾十年，大概也要過個幾年，他才可能為此流下眼淚。那天總會到來，一定會，屆時海洋將在他的眼中湧現。

*

瑪麗收到一封來自仰光的信，信中希望她回去，她於是離開了哈里特山的家。原來是二十三年前被她拋下的男嬰要找她。

「你沒有家人了，瑪麗。」她把信的事告訴吉里亞．普拉薩德時，他懇求她重新考慮。他怕瑪麗困在過去——就跟他自己一樣。

「小德維的未來在印度本土，」瑪麗告訴他：「等她一完成學業，就讓她結婚。」

「那你的未來呢？」

她別開眼神，開始擦拭放在餐桌上晾乾的陶器。她堅持每餐都把餐具擺好的繁複儀式，這是她讓他離開書房的方法，透過這項儀式，她想提醒他，像是叉子及湯匙這類實際物件仍存在。

「我有過一個兒子，」她開口，「這些年來，我始終只是有過兒子的人，現在我又擁有一個兒子了。他是學生，但獨裁者把他關進監獄……就像那些蜂窩監獄裡的囚犯……他不知道自己還有沒有機會出來。」

他先幫她清理餐桌，然後回到獨處的時光。他在書架間恍神，錢妲・德維會怎麼做？她比自己有同情心多了，若是換作她會怎麼做？

那天稍晚，吉里亞・普拉薩德遞給瑪麗一只小包。

「裡頭的錢夠你抵達目的地了，」他說：「另外還有你女主人的一對耳環和一條項鍊。等到那裡之後，賣掉耳環，雇名律師為你兒子打官司。如果法律形同虛設，禱告，然後賣掉項鍊，用錢把你兒子搞出來。確保讓你兒子回到緬甸，當然還有你自己。這個國家正經歷非常動盪的時代。」

「坐船前往緬甸時會經過開闊水域，最好空腹上船，暈船的話就吸檸檬。」

瑪麗離開的時候到了，吉里亞・普拉薩德送她到大門口。瑪麗彎腰觸碰主人雙腳，他輕撫她的額頭作為回禮。

「謝謝你。」他說。

「謝謝你。」她回答。

瑪麗離開之後，獨居生活比他想像的容易。哈里特山上的屋子沒有因此分崩離析，但有一股酸餿的氣息逐漸飄盪進來。

*

現在既然他孤身一人，也就沒有穿衣服的必要。吉里亞．普拉薩德可以明白裸體代表的部落智慧，所些層層疊疊的衣飾，還有透過何謂「得體」的繁複概念促成的文化，其實不過是愚人幻想出來的虛假樂園，但不屬於熱帶。他也開始在野外沐浴、上廁所，透過他的「感激之情」滋養土地。不過，用茶時間仍神聖不可侵犯，茶一定要在門廊上享用，用瓷壺盛裝，再配上小餅乾，畢竟在世界的這個角落，蛋糕實在難以取得。他已經徹底停止閱讀了，只會快速翻書，感覺紙頁掃過指尖的脈動。吉里亞．普拉薩德從小就是名熱情的藝術家，但總是因為害羞，不敢公開揮灑自己的創作，現在既然只有自己一個人，他想在哪裡素描就在哪裡素描，因此在地上留下一道由削鉛筆屑及揉皺紙團的軌跡。

他害怕，他害怕要是沒有每天冥想那張臉，那張臉就會從記憶中消失。

那雙眼睛完全無法在紙上重現。錢妲．德維是張著眼離開這個世界，而他拒絕讓任何梵學家或親戚將那雙眼闔上。她的眼神仍非常專注，沒有絲毫動搖，永遠也會是如此。有時候，這位父親也會在女兒眼中，再次和那位母親四目相交。

每張畫像都是一次發現，彷彿從回憶及執念的碎石堆取出一顆化石。他實在很想如此推斷：所有創造物都是某種形式的自我發現。他所尋求的那張臉無法從自然史的畫布上獨立出來。她是創始的一切，她源自想像，早在分化出各種不同動物、植物和真菌的原始生命之前，這想像就已經存在。在她所屬的時代，生命可以跟其各種可能的形式融為一體，因為所有生命皆為一體。

他已完全接受了自然的規律——規律的路徑已跨越他的心臟，而這說法可不是隱喻。某天晚上，他因為胸口有種陌生的搔癢感醒來，發現那條一英尺長的蜈蚣正爬過自己的身體。他屏住呼吸，一百隻腳的移動就像海浪打在岸邊後碎裂，泡沫由此端浮現至彼端。

就像一隻被自己編織的網纏繞住的昆蟲，吉里亞．普拉薩德這輩子都在受苦，儘管本質上是名獨行俠，他卻害怕寂寞。而此刻，赤裸又獨自一人的吉里亞．普拉薩德無意間跨越了一條隱形的線，那不是分隔了這個世界和其他所有世界的線，而是將所有世界包覆進來的線。

在哈里特山上，吉里亞．普拉薩德體驗到了環海群島的孤寂。

16

小德維看到父親的狀態時非常震驚。其他叛逆的青少女是威脅著要搬出去，她卻是威脅著要回家。

學期中她就跑回家，而既然都在家了，父女立刻回到原本一天到晚探險的日子，兩人不是跟著大象到處跑，就是漂浮在屬於他們的死海上。不過小德維不接近水面高過腰際的水域，幾個月前的一場野餐後，她就不游泳了。她當時跟朋友在某個週日去瀑布玩，因為很有信心所以游得最遠，其他人也跟著她游，但沒人注意洶湧水面底下有漩渦。突然之間，她感覺有人踋住她的一隻腳，驚恐地被扯了下去。小德維愈是掙扎，就陷得愈深，她不停踢腿，那隻手才終於放開。

兩人除了健行，吉里亞．普拉薩德還會開很遠的路，載她去看自己的最新發現——從某個山壁凹洞俯瞰翠玉般碧綠水面，會發現那清透又撫慰人心的模樣簡直是一只魚缸。他們兩人一同站在崖壁上，輪流注視著比底下海水更透亮的天色。

「跟我一起跳下去。」他對她伸出手。

「穿著衣服嗎？」正常來說，二十歲的小德維不該再裸泳了。

「孩子，只要曬曬太陽，衣服就乾了。這是生命的真理。」

小德維猶豫了，她做不到。吉里亞．普拉薩德握住她的手，指示她往前踏一步，她都還來不及使用淚水攻勢，就已落入下方水中。她根本不用游泳，父親把她拉上水面，將她帶到岩石邊。

濕答答坐車回家的漫長路上，她開口。

「我那次溺水時屏住呼吸，感覺耳朵快要被心跳聲炸開了。」

「你在母親肚子裡時，我會把耳朵貼在繃緊肚皮表面聽你的心跳，那心跳聲好大，連我都害怕我的耳朵會爆炸。」

「我很害怕，」她說：「我的眼睛張著，但只看到一片黑暗，唯一能聽見的就是我的心跳……我的同學……是我害死他了嗎？」

「不，你或許游泳技巧很好，但要想拯救溺水的人，你沒受過訓練。」

小德維一直沒說話，陽光開始減弱。「爸爸，」她又問了一次，「是我害死媽咪的嗎？」

吉里亞．普拉薩德真是對小德維那些教授生氣，他們的教學品質是要有多差，對學生的態度又是要有多麻木不仁，才會讓學生帶著這種疑問回家？他對瑪麗的離開生氣，也對自己生氣，因為他不知如何回答。

眼前的道路正穿越一片叢林，他找不出適當的語言，兩人面前只有在逐漸逝去的光線中，看來壯闊、古老，又無從穿越的一整片林木。

「那是很久以前的事了，那時你母親還沒懷上你，」他終於開口，「我們在中安達曼島的叢林中散步，身邊圍繞著彷彿小人國的泥火山群。我發現你母親輕撫一棵樹的樹幹，那是一株走到生命盡頭的垂葉棕櫚。這種樹開花就會死，她問我為什麼會這樣，我解釋，這就是樹的演化結果，有些樹原本是產出數百顆生存機率較低的種子，後來進化成僅僅開花一次，但會將最棒的能量灌注其中，來確保種子活下去……現在我明白她為什麼這麼問了，你母親是希望我能明白這個答案。身為一個人類，我無法以超越生死的角度看待世界，但身為一名植物學家，我可以去理解個人有限的生命循環。自然是一個連續體，自然就是靠著這樣繁盛起來。」

吉里亞．普拉薩德想多說些什麼，但又無能為力。他的人生似乎總是在從一個字詞跳到另一個字詞、從一天跳到另一天，或者從一個景觀跳到另一個景觀。一切都是破碎、不連續的片段，就像群島。隨著時間過去，他已經學會從圍繞自身的虛空海洋中打撈出意義，有時甚至打撈出信仰。

小德維能懂，她自己也是在那片海洋的邊緣長大，也曾為了那樣的追尋游向四面八方，而且游得既深又遠。

她在假期結束後回到大學上課。

*

在大學時，比起閱讀書本，小德維更愛研究花朵及青春帶來的全新感受。她很常照鏡子，也會避免被午後陽光曬黑。一年後，在她一年一度回哈里特山的返鄉度假時，小德維每晚都將一朵保存得完美無瑕的木槿花壓在枕頭下。她父親問起這朵花。

「一個朋友送的。」她說。

「他叫什麼名字？」

「偉什努。」

「他是哪裡人？」

「山上。在錫金邦和尼泊爾的邊界上。」

那天晚上，吉里亞．普拉薩德認真思考了木槿花的事，那些皺縮的花瓣很快就要粉碎了，這裡氣候那麼潮濕，等她要離開時，那朵花只會剩下花莖。那個男人是怎樣？擅長讓事物如蜉蝣般迅速失去生命嗎？他會等她嗎？又或者會像他交給小德維的木槿一樣，一下就乾萎了？

「你為什麼不邀請偉什努有空來哈里特山喝個茶呢？」他隔天一破曉就問了女兒。

「他住的地方距離這裡有六天路程，」她回答：「三天搭船、兩天搭火車，還有一天得爬上山丘。」

意識到她的遲疑，他說：「你之前在山裡上課，你享受過雪了。」

「群島就是我們的家。」

吉里亞．普拉薩德沉默不語。

「爸爸，你和你的樹這次說服不了我。」

樹倒下之處，花朵接著綻放。小德維在聞到木蘭花的香氣時哭了起來，偉什努從他的花園拔來那朵木蘭花，希望能以此種出新的木蘭樹。他想要她嗅聞到活生生的木蘭花香，他想要兩人的愛情不停茁壯。

小德維和偉什努畢業後一起來到群島登記結婚，吉里亞．普拉薩德是見證人。是該處理最後一張畫像的時候了，那是他要送給女兒的結婚禮物。一切都完滿了，就像幾十年前，曾在他夢中接合起來的盤古大陸。

透過吉里亞．普拉薩德的筆觸，錢妲．德維經歷了衰老的過程，如果她還活著，這就是她會在女兒婚禮上的模樣。畫家本人擅自作主，讓她在畫中穿上結婚時的那件紗麗。那張畫紙是特別為這個場合製作的，其中混合了安達曼紫檀、玫瑰花瓣，還有番紅花。錢妲．德維喜歡和植物談話，他希望用來製作這張紙的植物也能將自己的心思傳遞給她。

生與死都處於一個連續的光譜上，沒有人像他這般仔細地研究過。「我們所有人都背負著雙重命運：向我們的所愛告別，親自離開我們的所愛，」他在隨禮物送上的信中如此寫道，「但也別因此抹消我們共享的更偉大命運──我們一起擁有的，那些稍縱即逝的時光。」

*

小德維的女兒名叫提思塔，在她四個月時，小德維某天遇上了她少數不想進食、不想排尿，也不想哭的平靜時光，因此終於放心睡去。在夢中，她看見一個年邁的裸男漂在海上，立刻認出就是哈里特山上那片沙灘邊的湛藍海水，那座島正是在此處陡然往下延伸至海底。

他的四肢往四個不同方向伸展開來，表情非常平靜，還帶有一絲淡淡的微笑，她認得這男人。還在讀書時，每當她踏上漫長的回家或返校旅途時，這男人都會來她夢中造訪。這些年來他去了哪裡呢？她忍不住想。為什麼在她長大後就不見了？即便只是在夢中，他的每次出現都讓她平靜，但今天小德維卻在睡夢中大叫，「爸爸！爸爸！」

提思塔開始哭。偉什努同時安撫著妻子和孩子。「只是作夢而已，」他告訴她：「為什麼不打通電話給他呢？」

*

「孩子，看來我在你的夢裡微笑呢，」吉里亞．普拉薩德在電話上說，「為什麼擔心呢？」

小德維內心煩亂，她想去拜訪他，但又必須等提斯塔滿六個月。

「爸爸，」她說：「早安。」這些話曾是他早晨的精神支柱，每次總有辦法將他從夢境、回憶及絕望的深淵中拉出來。

「但現在是凌晨三點，」他說：「說『晚安』比較合理吧。」

「你不會回去睡了，我很清楚，你大概會去泡茶，然後讀書讀到天亮。」

「我可以聽見我的孫女在大哭了，或許她也能參加我的夜間研究？」小德維露出微笑。

「她會是個難搞的助手，她可不會乖乖合作。」

「我愛你。」在兩人的沉默中，她又開口。

「我也愛你，我的天使。」她父親回答。

這是吉里亞．普拉薩德第一次說出這種話，對他來說，「我愛你」是新世代用來表達這種情緒的簡略說法，在此之前，像他這樣的老人會為此投注一輩子的沉默。

大約一小時後，黑暗開始消退，烏鴉及其他鳥類吵醒死者，漲到最高的潮水逐漸退去。吉里亞·普拉薩德走出屋外，為了泡茶拔了一些新鮮的薄荷葉。坐在門廊上時，他感覺溫度陡然下降，天空隱約出現一些變化，代表某位不速之客即將現身。他為自己倒了杯茶，滿心期待地等著，但嘴唇還沒碰到杯緣，就有隻蜜蜂掉進茶水裡浮著。牠正經歷生命最後階段的掙扎，翅膀還在拍打，但身軀已經不再有動靜。吉里亞·普拉薩德撈出蜜蜂，將牠放在附近的盆栽中。

他沒辦法再喝這杯茶，儘管並不介意跟昆蟲共享一杯茶，這個杯子卻已被一次徒勞的掙扎給汙染了。他起身，重泡一壺茶，這次加入檸檬草和薑，這種辛辣的滋味很適合接待新來的訪客。

等他回到門廊時，訪客已經到了。天空開始下雨，不尋常的雨，跟他在熱帶習慣的那種戲劇化暴雨不同，因為眼前無風無雲。「山區的雨！」他大喊出聲。在高緯度的地方，攜帶雨的是霧氣。

他站在花園的霧氣中，看著竹子般筆直的雨絲連結起天堂與塵世，而他站在兩者之間。所有的雨都在徹底的沉默中落下，安靜到他能聽見自己的呼吸。這些雨打從出生就在餵養喜哈拉雅山的河流，而現在輪到他了。溫柔的雨點打濕他的額頭、嘴唇和四肢。

僅僅透過一次清洗，這場山區雨就洗掉他為自己周身建立的俗世網路，並讓他充滿想去探訪眾山之神的渴望——就是喜馬拉雅山脈的那些神。因為他是吉里亞・普拉薩德，他是眾山之子。

17

這是充滿渴望及挫折的月份。下了一個月的狂暴大雨遠自東方的波利尼西亞群島而來，還有更多雨水從西方的占吉巴島來。雨水以「太陽已死」的態勢落下，就連四季也跟太陽一起死了。這是海洋接管陸地的前奏。

這也是必須不停擦抹地板的月份，你得像發狂一樣不停開窗又關窗，將水桶依據天花板的裂隙位置不停移動擺放，甚至得用手抹掉苔蘚，還得在爐子上不停把手帕烘乾。這是會讓人不停向天堂喊話的月份，以免季雨連你的內在話語一併淹沒。

人們必須在此時正視自己的鏡中倒影，也得跟自己的影子攜手。這是吉里亞・普拉薩德把錢妲・德維帶到群島上的月份。這是六月。

*

吉里亞・普拉薩德在小樹叢中遊走，打算去哈里特山下的沙灘游泳。他走過日軍留下的碉堡，此時一道地底的雷電擊中他，連碉堡都應聲飛起，他的雙腳先飛到空中，才落到自己的頭旁邊，有棵樹打斷他的落下軌跡，讓他的鼻子埋入胯下。

這片土地瞬間甦醒，又迅即陷入沉睡，只在他走過的路上留下一道裂縫。前方的土地如蛋殼裂開，他把裹腰布和內衣折好，手杖疊在上方，爬進裂縫。他不想把衣服弄髒，他打算拖到孫女提思塔來訪時再洗衣服。

由濕氣及泥土混合而成的蒸汽在他周身浮起。蜈蚣和蚯蚓這些主宰底層世界的生物跟他一樣困惑，牠們爬到彼此身上，努力抓住卡在樹冠上的蕨類和枝葉。他緊張地望向自己的睪丸，腦中思考著有關雨季水蛭的事。

他正在尋找某種化石或證據，又或者是一種新形態的岩石。他用手指撫過裸露的地層，熱烈搜尋某種尚未被發現的物種留下的精采遺跡。儘管仍未出現相關紀錄，他懷疑東方的安達曼海床裂開了，一定是，就是那邊的推力導致地層陷落。不過所有科學家知道的似乎只有南邊的隱沒帶。

他放棄，從裂縫中爬出。四周有樹木倒下，還有樹木在倒下，又有樹把彼此當枴杖以免跌到地面。他可以聞到遠方退潮的味道，於是丟下所有尖聲大叫的鳥和動物，往沙灘前近。

他震驚地停下腳步。

海洋已退回自己的殼中，海草和珊瑚在午後豔陽下閃閃發亮，散落一地的魚上下彈跳、努力試圖呼吸。這些魚無法尖叫，在太陽照射下，反而看起來像是無法克制地在跳舞。

他走向海水，跟隨海水的足跡——那是一灘灘坐落於岩床間的水窪。退去的水流威力創造出一個陌生宇宙：一隻章魚、一條剃刀魚、一隻虎蝦還有一枚海膽出現在觸手可及的範圍內。掠食者和獵物都無助地躺在地面，身體彼此糾纏。吉里亞．普拉薩德對章魚的智商感到讚嘆，因為看到牠正主動一根根脫落自己的觸手。

他繼續往前，但看到自己映在薄薄一層海藻及海水中的倒影時，心思突然飄向遠方。他再過幾天就五十歲了，看起來卻比想像中的更老，皮膚已經因為常在熱帶氣候中到處探索而曬傷，表面充滿皺紋，頭也開始禿，肩膀開始駝，掛在骨架上的肉羞愧地垂下，試圖藏匿內裡真正衰老的程度。

他在很多場合見過這個男人。生活最艱困的那些時候，異象會從海洋中爬出來安慰他，不但輕撫他的額頭，還會握住他的手。他當時不知道這人是誰，但知道對方不是神也不鬼，可以確定的是，他也無法跟這個對象溝通。

但他還沒準備好。

他還沒見過孫女，還沒最後一次擁抱女兒和女婿，甚至已經兩天沒替溫室裡的植物澆水。如果今晚沒澆的話，植物可能會死。錢妲．德維的話語從時間螺旋中浮現，再次回到吉里亞．普拉薩德的內耳螺旋中迴響。「那樣是作弊唷。」她說。因為當你的時候到了，那就是到了。

根據海洋後退的水量和距離，他估計再過十到十五分鐘，海嘯就會襲擊沙灘。

因此他有兩個選擇。他可以衝刺到沙灘邊緣，往哈里特山上走，再爬上一棵樹——那會是個理想的制高點——又或者他可以直接走入海裡。眼前的地面陡然往下傾斜，如同非常靠近沙灘的懸崖。一般人可沒什麼機會一窺沒有水的生機盎然的海床，就算這次的觀察無法留下紀錄，但仍機會難得。

無論選哪一個，都代表他得開始衝刺，但他現在沒有流汗的心情。這是值得悠閒享受的時刻，其中的每顆細胞、每顆原子都值得細細品味。如果在海中央，你感受到的海嘯只能是巨大起落，而唯有在這種傾斜的沙灘上，才能感受到海嘯以最壯盛的姿態抵達：戲劇化，又具有毀滅性。

他在不同選項中猶豫不決，然後終於醒悟，眼前只有一種可能性。其實，他已經沒時間在布滿軟體動物及珊瑚的裸露地面遊蕩了，他不過是為了逃避即將到來的現實，才拿這一切抒情性的想像來分心。他甚至沒有眨眼的時間，頂多能轉身勉強再看自己的家一眼。有條線從地平線的一端延伸向另一端，據他所知，這條線甚至超越了地平線的範圍——根據已知資訊，海嘯會環繞全世界，再回到原發的裂縫處。

鳥叫聲愈來愈響。牠們驚慌飛到天上，軌跡如同一道道泥流，預示洪水將至。

*

海水以驚人的純粹靜默襲向島棚。宇宙或許是在一次大爆炸後有了生命，但所有可能性都是在靜默中孕育而成，再隨時間全數消失，包括群島、群島上的文明、珊瑚，還有海洋。留下的從來只有靜默。

吉里亞．普拉薩德打直身體，在海嘯接近時挺拔地站著。海水接近後，捲起的部分不再只是個形狀，而是同時作為屋頂及地面的存在，那是海洋的子宮，此刻正尋找足以孕育的新生命。彷彿是上輩子的事，也是在像這樣的一個日子裡，吉里亞．普拉薩德失去了錢妲．德維。當天熱得令人難以忍受，準確來說是攝氏四十二度，他獨自站在某條不熟悉的走廊上，彷彿隔絕於身旁整座醫院之外，但專橫的血味仍闖了過來。他的妻子被宣告死亡，她溫暖、柔軟的肌膚也被宣告死亡。

眼前出現窗框，窗外是個完全不同的世界，風吹過火海般的世界，榕樹氣根搖動起來，有隻鸚鵡獨自守著窗台。「也許鸚鵡太太是在護士的頭巾下蛋了。」他悄聲對抱在雙臂內的小德維說。為了他的寶寶，他發誓絕不崩潰，自從女兒出生後，他從沒哭過。

站在海嘯面前，他卻因為一種專屬於年輕的僵硬感閃神了。他勃起了——那勃起剛好與雙腿呈九十度，直直指向前方。他笑了，雙眼湧起淚水，吉里亞．普拉薩德．瓦爾瑪流下一滴眼淚。

然後海水將他捲走。

斷層線

1

柏拉圖被捕的那天早上，空氣中充滿颱風即將來臨的預兆，牆上凝結了許多水珠，一滴滴滑到下方的稻草席上，浸濕他必須換個不停的筒裙「籠基」。柏拉圖醒來時恰好遇上最喜歡的時刻：氣溫無預警下降、天空烏雲密布，你能聞到泥土混合著柑橘及焚香的氣味。

在雜草蔓生的中庭刷牙時，有隻蚯蚓爬上他的拖鞋，那隻蚯蚓的身體柔軟無比，跟柏拉圖一樣著急地在等雨水落下。他給牠潑了些水，免得牠乾掉。「等一下，」他把蚯蚓撥開時說：「再稍微等一下。」

那天稍晚，他剛好在路邊的茶棚跟一名陌生人併桌，兩人一個字也沒交談。柏拉圖專心做自己的事，他在讀卡繆的《異鄉人》，完全沒管桌上的印度咖哩餃和茶，彷彿不是他點的一樣。那名陌生人的眼神毫無目標地遊蕩，口中吹著曲調，也不管柏拉圖正專心在做其他事。就跟所有緬甸女子一樣，她為了保養皮膚在臉上塗了檀娜卡，雖然兩人靠得不夠近，柏拉圖無法吸入她身上的檀香，但知道她肌膚上那種化學組成已經改變了檀香氣味。她的衣著和外表沒有不尋常之處，上半身穿著粉色上衣，下半身是成套的籠基，頭上插了緬梔花。不過，她也戴了一只腕錶和珍珠鍊墜，再搭配手上的粉色指甲油，代表她是來自大城市的女孩。

柏拉圖從沒聽過女人吹口哨，聽到時非常震驚，那不符合他對「淑女」應有舉止的想像。她的手指隨著口中曲調敲打桌面，絲毫沒把桌子的應有功用放在心上。接下來呢？他心想。難道是要無恥地抽出一根香菸了嗎？

她身上有種難以捉摸的氣息，包括吹口哨的方式，還有對他的冷漠態度。她姿態隨興，口中吹出的曲調足以掀起覆蓋在行人及植物上的千年灰塵、喚醒毀朽的柚木家具，並讓所有等待或被等待的人心神不寧。今晚他會想著她入睡，儘管她終將無視他連書都拿不好的顫抖雙手。

柏拉圖的大學朋友總是鼓勵他接近渴望的對象，還說他擁有一切傑出追求者的特質——笑容有感染力，用字遣詞又厲害。他也總是非常注意出現在身邊的美人，卻總是缺乏行動的勇氣。

*

幾小時後，當柏拉圖獨自待在合租房內時，隸屬軍方情報機構的便衣逮捕了他。一直到被戴上手銬，他才將手上的書放下。他懷疑其他室友從頭到尾都知情，不然怎麼剛好都不在場？就算他們早就知道，他也會原諒他們選擇保持距離，畢竟他們也有必須擔心的父母、手足和家人，不像他只是個孤兒。

所有參加地下反抗組織的學生都被趕上一台廂型車，他們在午夜前離開了城市。儘管是晚上，很多狀況也難以確認，但柏拉圖卻覺得車子走的路線很熟悉。這輛廂型車開過一條泥濘的支線小道，抵達林中一間他祖父常去的僧院。

他感覺像是回到過去，當時的他會站在僧院邊緣瞪大雙眼望著。當時的他還是個孩子，靠著召喚其他不同世界來解釋眼前的世界。叢林是由老虎、鱷魚、那伽[29]——一種「像龍的蛇」——和名叫「納[30]」的緬甸神靈所主宰，而他屬於叢林。他的母親是那伽，為了生出他化為人形，而同樣身為那伽的父親是一條海蛇。地震、漩渦和颱風都是他們滑過蛇洞時的傑作。

柏拉圖的祖父兩年前過世了，當時他的祖母剛死八個月，她是因為心臟病發作而死，但不知道是什麼害死了他祖父？是寂寞嗎？還是衰老後冗長又乏味的生活？

據他得知，父親在他出生前就死了，母親則拋棄了他，和別的男人展開新人生，因此他就各方事實而言都是孤兒。因為沒有可以稱作家人的對象，他進入僧院，把頭髮剃光，嘗試冥想，但不到一星期就逃走了。他自己去了仰光大學註冊，因為意識到身為孤兒的他需要人際連結、尋常消遣和各種藉口才可能活下去，而不是靠一個明明什麼都有——王國、宮殿、父母、妻小——卻又全數放棄的王子，以及他所提倡的某種形上的空虛概念。

他加入了校園內的地下運動，受到共產主義啟發的他在兩年內發起三場罷工。作為學生會中的活躍成員，他以「柏拉圖」這個假名寫作、編輯，並到處派發小冊子。這個名叫「柏拉圖」的人相信應該稱王的不是將軍，而是哲學家。沒過多久，他就不再使用自己的真名，就算別人叫了也不回應。他會驕傲地告訴別人，自己的父母是躲在撣邦丘陵上的共產黨叛軍，這類革命背景總能讓女孩印象深刻。

*

軍隊將他們開車載進叢林後，柏拉圖無法克制體內湧現的怪異感受。在安達曼海上醞釀的颱風已往更西方移動，抵達印度的海邊，曾跟他共桌的女孩漫不經心地走入他的生命，此刻也早已漫不經心地離開。他的《異鄉人》仍沒讀完。早上在他腳上的那條蚯蚓現在反而占了上風：牠是自由的。

士兵停下廂型車，命令他們走入濃綠林中。柏拉圖又是緊張又是興奮，畢竟在兒時的所有幻想中，他的歸屬之地就是叢林。微弱的月光下，被銬住的學生們蹣跚走過一條條溪流與地溝，爬藤植物彷彿無人上吊的繩索垂掛著。為了保持情緒高昂，他們又是打趣又是唱歌，同時又無聲禱告。

走到林間一片空地時，少數幾位比較吵的學生被要求排成一列。他們那位讀醫學的學生

29 那伽（Naga）是印度神話中的蛇神，在印度，那伽是水的守護神，可以造雨。

30 納（Nat）是緬甸民間宗教中的神靈，也有一個形象是「龍神」。納的種類高達三十七種，有村莊的守護靈，也有樹神。

領袖遭到近距離射殺，超過二十人在那晚遭殺害，剩下的活人則被要求挖一條巨大地溝，把那些比活人還重的屍體扔進去，然後士兵要他們自己也跳進去。

一切都發生得太快了，柏拉圖簡直不敢相信。在地溝中，那位學生領袖的屍體就靠在柏拉圖腿上，牙齒緊壓住他的小腿。柏拉圖可以感覺到緊貼著自己的屍體逐漸僵硬。

士兵沒有動柏拉圖，但他已經在流血，比起死人，水蛭還是比較喜歡活人溫暖的血液。就在柏拉圖身上沾滿別人的血，又被自己流出的血沾得渾身濕時，眼前出現了一個異象。他看見一個女坐在米袋上，一邊搖擺身體一邊禱告，她身處一座尖頂寺廟，身體背對著他。他沒見過這女人，但知道她是誰，光看到她出現就讓他內心震顫。那些狂野又難以克制的震顫讓他又活了過來。他知道一切還不到結束的時候。有個故事還沒說完，他會活下去。

*

破曉之前，士兵把還活著的人從地溝裡拉出來，帶到仰光的音山監獄[31]接受審訊。柏拉圖坐在廂型車上，身上掛著四十多條水蛭，牠們在他的屁股上吸血，貼住他的耳垂及頭皮不放，還有兩條在吸他肚臍的血。

廂型車停下稍作休息，軍官和士兵下車吃早餐，只留一名士兵監視這些囚犯。他看起來二十五歲左右，比柏拉圖年紀稍大，獨自被留下之後，這名士兵再也無法忍受眼前景象，於是點起一根雪茄菸，開始把柏拉圖身上的水蛭燒下來，再用菸草燻過的水塗抹水蛭咬開的傷口。「菸草的味道會驅散所有昆蟲，只有人類會受到吸引。」他開玩笑地說。他把報紙撕成小片小片，黏在柏拉圖的傷口上，希望藉此止血，但沒用。每當一片被血染透的小紙片落下時，這名士兵就微笑致歉。

太陽出來了，柏拉圖卻坐在一片黑暗中，昏過去之前，眼前只有自己逐漸失去的意識的影子。

＊

十天之後，獄中的他有了訪客，那人得賄賂獄方，才有辦法以家人而非熟人的身分進來。他的名字是薩帕，是柏拉圖在茶棚認識的一個廓爾喀人[32]。兩人之前常一起吃飯，有時還整天待在一起。作為一個在腐敗政權中不太成功的走私者，薩帕跟柏拉圖一樣孤單。柏拉圖會跟他聊政治和哲學，而沒受過教育的薩帕為了有所回報，會訓練柏拉圖從商的技巧。他會為這位學徒提供最新的物價資訊，包括象牙、柚木、玉、珍珠、大麻、手槍，甚至是女人。只要出個好價錢，薩帕表示自己就能買到一個家、一

31 音山監獄（Insein Prison）在一九八八到二〇一三年間由軍政府掌控。此地關押的大多為政治異議份子。

32 廓爾喀人（Gorkha）的字面意思是「牛的保護者」，他們起源於十四世紀的北印度，世居尼泊爾首都加德滿都西北，信仰印度教。

位妻子，還有他人的敬重。

等把足以拉長對話的藉口用完之後，兩人就會沉默地陪伴彼此，他們會一起捲根大麻菸，在仰光歷史最悠久的區域散步，在能找到的所有水面上用卵石打水漂。如果奧運中有打水漂的項目，薩帕一定可以奪冠，他能讓一顆卵石如同鴨子般在水面滑行。他認為這跟成長環境有關，他出生於尼泊爾最貧窮的山村之一，那裡沒有電力、學校、道路或水泥建築，只有多到不行的巨石和卵石。「石頭在，故我們在。[33]」他常這樣跟柏拉圖說。

在獄中時，柏拉圖問了若要走私一封信到安達曼群島，需要花多少錢。「透過郵局會比較容易。」薩帕說，但柏拉圖沒有地址，只知道母親跟另一個男人住在安達曼群島上，她的名字是羅絲．瑪麗，克倫人，原本住在一座名叫韋比的村莊。「這只代表她不好找，不是找不到。」柏拉圖向他解釋。祖母告訴他的資訊只有這些。

遭到逮捕的那晚，那群軍政府人士讓他活著待在地溝裡是有原因的。他們希望不用透過繁複的折磨手段就擊潰他，他們成功了。躺在地溝中的柏拉圖滿臉淚水地發抖，腦中從未如此渴望地浮現了母親的身影。

*

一抵達安達曼群島，薩帕就輕易問出了羅絲．瑪麗在布萊爾港的行蹤，不過現在大家都叫她瑪麗。島上的克倫人不多，由於周遭的海域險惡，克倫人最遠也只來到群島首都。繁忙的市場中，有名在磨粉店外排隊的克倫女性直接為薩帕指出了瑪麗。

薩帕向她解釋，是她兒子派他來找瑪麗，「他不是罪犯，」他說：「他是一個策劃了反政府抗議活動的大學生。」

一片片白粉從磨具中飄出，覆蓋了正望著磨粉過程的兩人，瑪麗的眼淚如同劃過雪地的河流，和午後的汗水混在一起。

「他讀大學？」她問。

「他有。不過現在不讀書了，是當老師，他教其他人如何反抗，無論在哪裡都教。」

「他成績好嗎？」

「我不知道。」

「你跟他一樣在讀書嗎？」

「沒有，我幾乎完全沒上學。」

「你在哪裡認識他的？」

「在茵萊湖邊用卵石打水漂的時候。他看到我的卵石在水面上彈起超過五次，要我教他，訣竅就是不要多想，直接瞄準就行，但你的兒子就愛想東想西。」

薩帕幫瑪麗把麵粉蒐集到一個銅製容器中，但看到她沒付錢就離開，所以替她付了錢。

33 模仿哲學家笛卡爾的「我思，故我在」句型。

他又找到她時，她正在市場邊緣的野地晃蕩。

「你有比迪菸嗎？」坐在石塊上的她問薩帕，他點了一根遞過去。瑪麗沉默吸著那根菸，薩帕的眼神在四周的矮樹叢逡巡，尋找傳說中活在這座群島上的巨型蜈蚣，他目前一隻都還沒看到。

「他什麼時候被捕的？」她問他，然後把比迪菸在拖鞋上捻熄。

「六個月前。」

瑪麗試圖回想自己六個月前的世界是什麼狀況。「是幾月幾日？」她問。「我不記得了，總之是在七月。」他答。

七月時小德維在家，她的來訪總是哈里特山居生活的亮點，此時瑪麗內心深受罪惡感折磨，就像那些磨具中的穀粒。沒想到兒子被捕時，她還在為小德維的胃口及氣色忙進忙出。

「現在是哪一年？」她問薩帕。

「一九七五年。」

「他幾歲？」

「二十三。」

「二十三。」她重複了他的答案，確認這個男人口中的她兒子不是假貨。「他一定得趕快離開監獄，完成學業。他的父親是名漁夫，母親是女僕，最近的女孩子可難搞了，她們都想跟大學畢業生結婚。我的小德維明年也要畢業了。我一直跟她父親說，之後就要讓她結婚，她很難相處，一定要謹慎規劃。」

瑪麗坐直身體，彷彿突然想起什麼，薩帕正打算提起自己付了磨粉店的錢，但她打斷他。

「你叫什麼名字？」

「夏崙・薩帕。」

「他叫什麼名字？」

「柏拉圖。」

「那不是一個佛教的名字。」

「他自稱柏拉圖。」

「我兒子不可能是這個名字。」

「那是個奇怪的名字，但他很喜歡，是他自己決定要用的。」

「這名字是什麼意思？」

「他是其中一位哲學之父的名字。」

「什麼是哲學？」

「是一種思考的藝術——什麼都不做，只是思考。」

「聽起來像他父親會幹的事。」

上次見到兒子時，他才八個月大。之前的她每天醒來都想把兒子帶回身邊，也時刻盼望得到他的消息，可要是早知道要等這麼久，她可能早就不活了，但死前怎麼能不再見他一面呢？

薩帕環顧四周，他想安慰她，卻不知道怎麼做。接著他看到那隻有一百隻腳的怪物，那傢伙比他看過的所有同類都巨大。這是他第一次見到安達曼蜈蚣。他尖聲大叫。

瑪麗用拖鞋攻擊牠，她盲目的殘暴攻擊令他驚慌，即便那些爪子般的腳已不再扭動，砸爛的身體也黏在石頭上後，她還是沒有停手。薩帕不知道究竟誰是攻擊者，誰又該感到委屈。

她實在太想相信這個陌生人了，但卻因此更是無法信任他。她不相信他，她崩潰了。

「你一定是在騙我……是我哥哥派你來把我帶回村裡。他們只是想懲罰私奔的我。」她說。

四天之後，瑪麗跟著薩帕去了仰光。

2

瑪麗搭著一艘無篷小船離開環海群島。她的眼淚如生命古老，如雨水年輕，推動著小船朝伊洛瓦底三角洲前進。在那裡，伊洛瓦底河以九條支流拴住海水，透過創造出眾多沙洲進一步加深對大海的掌控。二十三年前，瑪麗就是將八個月大的嬰兒留在其中一座沙洲上。這艘小船有三座引擎，三位船夫，對於這樣一趟在開闊海域很少超過八小時的旅程而言，配置堪稱奢華。

有些海上的吉普賽人控制了連接安達曼群島和緬甸之間的水路。傳統上來說，這些吉普賽人之所以選這條水路上的船夫下手，是因為他們的心理特別脆弱。有一首航海者之歌就特別歌頌成功航過這片海域的船夫——說他們如陶土般防水、橡膠般輕巧，金子般強韌，因為本來在起伏海面上的一天，很可能因為穿越斷層線而成為人生的最後一天。沒有誰能逃過斷層的巨大拉力，就連氣旋雲及深海洋流都不例外。你可能在這裡面臨被吸入地層裂縫的危險。這道將緬甸跟群島連起來的斷層如同一隻哭泣之眼，望著所有從自己掉落的淚滴。不是所有痛苦都能被印度洋橫掃而去，渴望當然也不例外。

緬甸也曾是一片驕傲的大陸，卻遭到印度和亞洲的夾擊，印度大陸的漂流將它往北推，亞洲則不顧其意願從東邊擠來。緬甸的臉最後只留下那隻哭泣之眼，卻也已埋在碎石中。緬甸的邊界線條就像鷹勾鼻，突刺入人類難以征服的眾多山峰即峽谷，地面如同腐爛退化的膚質，又有潮濕叢林也有乾燥沙漠。絕望在平緩起伏的高地及熱帶島嶼上清晰可見，提醒人們此地曾有過的一切美好。斷層線遍布緬甸全境，從邊緣延伸到中心地帶——規模最大的斷層線以伊洛瓦底河的壯闊形態一路沿緬甸的脊椎延伸，將南方的群島及北方的喜馬拉雅山脈連結起來。在如此巨大的推擠壓力之下，緬甸永遠無法和周遭陸塊合為一體。緬甸只能碎裂。

小船本身是用一整根樹幹削出來的，即便周遭環境如何動盪，這艘船都不會裂開，也不可能沉沒，畢竟浮木向來不會沉。海水可能讓船激烈擺盪，彷彿漩渦中的羽毛，但終究會在放棄後把船拋回岸邊。

多年之後，這艘小船會在受到潮水沖刷的沙洲上成為一具殘骸。樹木的扭曲根脈、遭拋棄的貝殼，還有困在塑膠網中的鰻魚陪伴著它。潮水退去時，走投無路的村民會走上沙洲，將船架上的木頭砍回去當柴燒，而遭人遺忘的船架骨骸最後會重新漂回海上。除了一條好奇的狗之外，不會有誰注意到船身樹皮上的圖樣，那些圓洞、扭結、三角形及線條，曾在多年前被瑪麗想像成山脈、漩渦和河流。

瑪麗無處可逃地坐在小船上，眼淚把她帶回童年，她常會突然哭鬧，拿頭去撞地板，或者猛揍試圖接近她的人。沒人能理解她有多痛苦，更別提遭受背叛的感覺，因為她奶奶會一邊試著餵她一邊說：是被餓鬼附身啦。那已經是幾十年前的事，她不再是個孩子，也不會屈服於「飢餓」這種指控了。

她因為小船的瘋狂晃動深陷恐懼，於是開始用說故事的方式安撫自己，她奶奶以前就是這麼做的。木頭上那個隱然可見的三角形是一座山嗎？或者是茅草覆蓋的屋頂？是漁夫的小茅屋嗎？就是那種漁夫在沙灘上用來存放船隻的小屋？那些圓圈呢？是漩渦、太陽，還是月亮？太陽和月亮有可能不只一個嗎？愛人是不是也可能不只一個呢？

因為浸泡了鹹水，小船的木料相當柔軟，瑪麗只要用指甲就能在上頭刻下痕跡。她刻了一個象徵船隻的符號，弧度就跟她的指甲差不多，在那個象徵船的符號底下，她刻了海的符號，然後刻上一個圓圈，旁邊彷彿伸出手腳，圈內則切分得像是龜殼。她給它加上一顆頭，兩條隙縫般的眼睛，她還記得在彷彿上輩子的歲月中看過那些憂傷的小眼睛，當時她整個星期都得煮烏龜湯。她將刻出的圖案命名為「哀悼龜」。

至於那些線條有可能是任何事物：樹木、傾瀉而下的雨絲，又或者是沒有身體的鬼魂。那些鬼魂是永遠在尋求一個了結的躁動靈魂。

瑪麗不管不停吹亂頭髮的風，拿下髮夾，打算刻出腦中的各種幻想。她在那些線條上刻出臉、手，和腿，於是他們明確變成了人類，變成從船邊空洞盯著船內乘客的一個男人、一個女人，和一個小孩。又或者他們是樹木？是三隻鳥？她覺得自己認得他們，但又無法確定。畢竟現實很少聽命於幻想。

這些小人用己身故事幫助瑪麗冷靜下來，他們幾乎總能成功。

*

「站起來！」一名軍官用靴子用力戳柏拉圖匍匐在地上的身體。

「不，」柏拉圖說：「我不要。」

一整個星期以來，柏拉圖和他的夥伴都被要求以不同姿勢站在大太陽底下。他們被要求模仿成飛機，也就是單腳站立，雙手如機翼般張開，還被要求坐在隱形的摩托車上，忍受有人一直拿棍子打他們的大腿，又或者是以瑟敏瓦舞[34]的各種姿勢停住不動。如果有人跌倒，無法在這個折磨馬戲團中恢復原本姿勢，就會遭到一頓痛毆。

到目前為止，柏拉圖都逃過了毆打的命運，但知道遲早要輪到他。這事免不了，你只可能拖延或提早面對，而理想主義者會說這是一種自由。因為無法再承受等待的焦慮，他告訴軍官，「不管我是坐、是站，還是跑都沒差，你們反正都會揍我。」

最後柏拉圖根本無法自己走回去，得靠另外兩名囚犯攙扶。他們很感激柏拉圖，因為軍官被他搞得太氣了，根本忘了其他人的存在。

柏拉圖的眼皮疼痛地緊貼在一起，垂下的頭彷彿還留著被軍官靴子狠踢的感受，口中則是血的鹹味。他還能聞到軍官頭髮上的椰子油味，他口中吐出的檳榔渣味，還能聽見秒針走動的滴答聲。搧他巴掌的那隻手上戴著腕錶，散發出的汗酸味於是混著金屬味——那是光陰腐敗所發出的嗆人臭氣，嚴格來說是十年光陰的臭氣。柏拉圖因為參與三場罷工被判入獄十年。

他和另外二十二個男人住在一間十英尺寬、十二英尺長的牢房中，一次只有四個人能在特定時段躺下，有兩個人為了讓他休養犧牲了睡眠時間。白天的熱氣中，尿液會從尿壺中蒸散，再跟汗水及口水一起凝結在天花板上，之後再成為撫慰人心的「露珠」落下。

傍晚時，一個男人嘗試餵柏拉圖吃飯，把他臉上的水珠子抹去。由於頭部受到重創，眼皮又睜不開，柏拉圖搞不清楚方位，而若以臭氣傳來的位置判斷，這些學生和罪犯聞起來又沒兩樣。

「噢，他們打壞了你的牙！」男人在柏拉圖張嘴時如此大叫，柏拉圖用舌頭在凹凸不平的牙齒邊緣滑了一圈。

「看起來就像大使牌轎車的引擎蓋。」有人說。

「也像牡蠣殼。」另一個人的聲音加入。

柏拉圖的微笑激發了牢房內的詩歌創作。

等完全清醒過來後，他開始希望自己沒送那封信給母親。他不想以這種狀態跟她見面，他這輩子沒這麼醜過。

*

仰光大金寺好大，比瑪麗這輩子造訪過的教堂和寺廟都大，甚至比那些全部加起來都大。中央的圓頂建築上矗立一座面朝所有方位的寶塔，數百尊佛像保佑著世上八個角落。

瑪麗一圈圈繞著大金寺走，內心猶疑不定。她踏上緬甸土地的時間還不到一個月，雖然當時並不知道，但她抵達位於伊洛瓦底三角洲上的漁村那天，也是柏拉圖牙齒被打壞的那天。薩帕把她安頓在仰光的一個克倫家庭中，一邊想辦法打聽柏拉圖的消息。

---

34 瑟敏瓦舞（Semigwa）是一種緬甸傳統舞蹈，動作精細複雜。

只要仔細檢視，你會發現每尊佛像都長得不同。人世間的一千條不同生命就有一千張不同臉孔，心境也有一千種，而佛陀的特權就是能同時體驗這一切，但瑪麗這種生物只能抓住僅有的一次機會。

瑪麗看見一尊跟自己很像的雕像，這尊佛像的下巴很尖，稍微往前突出，臉上沒有微笑，看似平靜的額頭藏了一抹皺紋。瑪麗可以從那雙眼睛裡看出其中憂慮。這片土地上的所有人都在微笑，但又因為外人難以理解的憂傷彼此疏離。只有這尊雕像和她是不同的。

站在柱子旁的她內心毫無把握，儘管坐在這片誦經的人海中，但哪裡是她的歸屬？

有個老男人抬頭看她，用手指了指，她緊張起來，跟隨他的指尖望向立在前方的柱子，上頭用釘子掛了一些坐墊。她取下其中一張，坐在最旁邊。她的身邊充滿各種人聲——古老、篤定、年輕或顫抖——全以她不熟悉的音調誦唸著。他們搖擺，也輪流因為他人的碰觸跟著搖擺。

瑪麗跟他們一樣盤腿坐著，下背還因為那段小船的航程痠痛，腳跟也因為走到這裡的路程磨破了皮。她的上衣彷彿被汗水刺繡上一條條圖樣，但中間有些針腳缺漏了。

陽光開始攀爬上寶塔的尖頂。儘管坐了將近半小時，她卻仍無法將那個畫面從腦中抹去：有隻貓剛剛從她面前跑過去，嘴裡叼著一隻鴿子，那隻鴿子的脖子往後扭，羽毛沾滿血跡。

*

瑪麗走了兩個半小時才抵達這裡。

走去寶塔的路簡直是地獄之路，瑪麗從目前住的移民街區出發——此地塞滿四層樓高的公寓建築，在她看來，只有蜈蚣、蟑螂和蛇才會這樣疊在一起過日子，而且這裡比布萊爾港髒多了。瑪麗完全不認得路，只能在黑暗中亂走，身邊只有狗陪著。她走過兩邊種了印度苦楝樹、榕樹和娘瑞金膠樹的一條條大道，走進狹窄小巷，每當走到沒路走的盡頭時，迎接她的都不是恐懼，而是骯髒。眼前所見盡是無人處置的髒亂，以及從中散發的臭氣。

瑪麗在破曉時抵達大金寺所在的小鎮，她走的那條路穿過僧院的院落，兩旁有許多什麼都賣的市集，無論是檳榔、鵪鶉蛋、掃把還是佛像都能買到。要是信仰也能買到就好了，要是她能把所有祕密都奉獻給那些光頭又光腳、拿著碗到處遊蕩的僧侶，就能無事一身輕地走入大金寺了。

她見到一個男人在通往大金寺的巨大階梯上賣八哥鳥，得知將一隻鳥從三層高的籠子中放生出去能累積善業。她聽別人說過，這些鳥有受訓練，之後還會飛回主人身邊。牠們受訓在短暫的飛翔中體驗自由。瑪麗一拿到鳥就放手讓牠飛走，那個在她手中顫抖的小東西似乎隨時都會爆炸。

坐在佛陀前方的瑪麗為那隻鴿子及八哥鳥祈禱，保佑牠們平安吧，她在內心誦唸。保佑牠們平安。保佑牠們平安。

前一天晚上，薩帕為她帶來新消息，柏拉圖目前在單人禁閉室，應該關幾天就會出來，但也可能等上幾個月。

在布萊爾港的市場時，薩帕給過瑪麗一封信，當時柏拉圖寫道：「寂寞的人只有一個地方可去，我可能會比想像中更快去那裡。如果我不屈服，他們或許會把我關進單人禁閉室。」

她不知道那是不是他的筆跡，但打從那時候開始，她就一直把信帶在上衣裡。信紙的邊角破破的，但內容完好無損。「我成長階段一直是孤兒，祖父祖母把我養大，」他寫道，「我父親已經溺死在海裡，大家這麼說，我母親則是跟別的男人跑了。我一定是太醜了，我心想，所以媽媽才會丟下我吧。」

在毫不熟悉的低語聲響中，瑪麗努力在腦中思索自己唯一可能知道的禱詞，她試圖回想那些聖經詩節，腦中卻一片空白。她來到這片土地上最神聖的殿堂，為了最普通的事再三祈求。大多數母親大概都覺得沒什麼好求的，但瑪麗好怕到時候認不出兒子，甚至直接視若無睹從他身邊走過……

3

在安達曼群島的克倫聚落歷史中，五月是具有特殊地位的月份。沒有人記得確切日期，只記得在一個空氣熱到讓人幾乎窒息的早上，羅絲．瑪麗出生了。她是他們家族中九個孩子的最後一個，也是第一個在克倫村落出生的孩子。牧師因此宣布，「她的出生將這個聚落變成真正的家。她的到來是一種榮耀，她是上帝給我們的訊息。」

羅絲．瑪麗是帶來「好運」的孩子。她的童年時期都在農場工作、在教堂的小棚屋上課、照顧牲口、打掃家裡，還有清洗各式各樣的東西。克倫人是向大自然宣戰的前線士兵，而她是其中的童兵。

羅絲．瑪麗的父親會帶她去釣魚，兩人一起蒐集用來當餌的海蟲，透過這一切，他逐漸讓她學會獨處時需要的耐心、技巧及直覺感受力。她很早就發現如何在面對生活的不同狀態時，以最有效率的方法打發孤獨時光，比如一開始，她會去退潮的近海濕地，用連身裙撈滿彈塗魚回去給母親醃。母親也會為她剪短頭髮，以免她潛水蒐集可食貽貝時，頭髮被貝殼或殼上的刺勾住。自從可以帶食物回家後，她的生活有了目標，當父親沒能抓到更大的野味回來，母親怎麼翻都找不出存糧，而兄弟姊妹都還在追逐著宜人的微風玩耍時，她帶回來的彈塗魚就能救援了。從十歲那年開始，羅絲．瑪麗就會趁所有人睡覺時去偷父親的釣魚竿和比迪菸，夜晚只有蝙蝠、貓頭鷹和月亮在充滿漣漪的水面的倒影相伴，羅絲．瑪麗耐心地等著，等著有些什麼輕柔扯動手中釣線，偶爾還學父親抽幾口比迪菸。十一歲時，她抓到自己的第一條梭魚，也學會如何抽菸時不咳嗽。

儘管是非常有潛力的釣手，羅絲．瑪麗卻只能在岸邊捕魚，釣大魚的深海是男人的領域，她只能夢想駕著一艘專屬自己的獨木舟乘風破浪，她在想像中用魚叉刺穿魚心，那顆魚心比自己的心臟還大。

文字總讓她頭痛，所以她很快就不去上學，時間都花在捕魚和打獵上，等到身體各個稜角都圓潤起來時，當地象徵厄運的蜈蚣都咬過她三次了。

「動物咬人就是會痛呀。」母親安慰她。羅絲．瑪麗彎起身體，緊抱膝蓋，努力想撐過如同風暴陣陣襲來的痛楚。

「人類呢？」女孩問：「人類咬人會怎樣？」

「人類不咬人。信基督的不會咬人。」

母親的話比蜈蚣更讓她難受。凶惡的毒蛇、足以把骨頭碾碎的鱷魚，還有會把人吊死的爬藤植物，難道不也是神造的生物嗎？難道在水蛭無條件的親吻、叢林於肌膚留下的夜色瘀青，還有海膽的尖刺中，神所展現的意志，跟母親項鍊鎖盒中那位基督不同嗎？難道那是一位不同的神，而其信徒能隨意亂咬、傷害人，而且不會有罪嗎？

隨著工作量增加，投入的工作人力也得增加。為了將奔放的森林馴服為精巧木材，帝國從緬甸及印度帶來一船船失業工人。

羅絲．瑪麗十三歲時，那名緬甸男孩像艘船般靠上她的岸，彷彿潮水留下的一根浮木。這座村莊是剛開始發展的大家庭，其中充滿沒有親戚關係的成員和不受認可的關係。兩人過了將近一年才開始交談。

那個緬甸人跟另外五個男人抓到一隻人類尺寸的石斑魚，因為魚太重，他們舉不起來，只好把魚留在網裡，再用船一路拖回岸邊。這些凱旋而歸的男人將巨魚拖進村莊時，跟在後方的人群逐漸匯聚成一場遊行。有醉漢吼著調高薪資的口號，有女人要求辦社區宴會。這位未滿十七歲的緬甸男孩因此成了當地名人。

這條石斑魚幾乎有七英尺長，重量超過三百公斤，放在木柴棚裡展示時，就像一個使他們生活更寒酸的神話。

羅絲．瑪麗推開人群，擠到最前方，希望能看清楚一點。實在很難想像這隻巨獸在水中快速游動的模樣，她的腦中反而出現牠如同船骸沉到海底的畫面，那雙朦朧的藍色魚眼彷彿直接取自大海的顏色。羅絲．瑪麗想像這條巨魚用那雙突出的眼球搜尋海床表面，身體不受外在擾動，也沒有主動做出任何動靜。牠光是肚子就到她的腰那麼高，嘴巴就跟牠結實的身體一樣寬，外層還有豐厚的嘴唇保護。她凝望入這條魚最後渴求水的所在，也就是裸露又血淋淋的鰓。她舉起一隻手去摸，指尖陷入牠的軀幹，感覺質地和顏色都像苔蘚。一陣輕微震動穿越魚身體，她立刻把手抽回來。

「小心一點，」那個緬甸人說：「那張嘴巴可以輕易把你吞進去。」

羅絲．瑪麗覺得被小看了，她不只無法去深海捕魚，就連運氣似乎都比不上男人，還眷顧這種只在湖泊和河川上練習過，根本沒什麼技巧可言的外國男孩。

「我抓到的都能自己帶回來，」她回答：「才不需要整座村子的人幫忙抬。」

「如果我出現在你的網裡，」他問：「你也會把我帶回來嗎？」

「抓到的，我都會煮來吃。」就連羅絲．瑪麗也對自己的回答感到意外。

*

這些男人把石斑魚賣給一名來訪的英國人，大賺了二十五盧比。接下來一個月，這個緬甸人把自己泡在棕櫚酒中，但其實他真正激烈感覺到的是餓，而不是渴。他渴望吃到一頓專門為他烹調的餐點，甚至不介意烹調的人是心懷愛意或嫌惡。

某天下午，他發現羅絲．瑪麗在珊瑚間獨自涉水而行。

「小心一點，」他大喊：「你會割到腳。」

羅絲．瑪麗繼續把海草蒐集到籃子裡。他在沙灘上坐下，打定主意跟她搭話，就算她不想理會也無妨。那個下午像棕櫚酒一樣壓垮了他，他好怕自己會像汗水一樣蒸散無蹤，卻無人聞問。他不停喃喃自語，以免自己就這樣消失。

羅絲．瑪麗穿著尺寸過大的叢林靴從水中走出，腳步聲很沉重。

緬甸人很讚嘆。

「那雙靴子是哪來的？」他問：「你搶了一個來自英國的歐洲主子嗎？」

「我才不搶死人的東西。」

他笑了。

那是條很長的沙灘，明明四面八方都是野地，羅絲．瑪麗不知道自己為何走向這個男孩。她捲起下半身的籠基筒裙，脫下靴子，徒手擦拭雙腿，完全不在意他比太陽還熾烈的眼神。她開始整理海草。

「你知道我把石斑魚切開後發現什麼嗎？」他問。

「不知道。」

「在牠的肚子裡……」緬甸人望著她，思考著如何讓一切停下來，包括一波波襲來的浪、他逐漸退去的意識，還有她勤奮編織海草的手指。「我在牠肚子裡發現一隻章魚……」

羅絲．瑪麗把臉轉向他，但沒停下手邊的工作。

「……章魚的觸手中還有一隻螃蟹。」

她停下來思考。看到她的雙手停止動作讓緬甸人大為振奮，他因此挺直了背。

「怎麼可能發生這種事？」她問。

羅絲．瑪麗看到他的雙眼湧起淚水，那兩隻眼睛跟石斑魚一樣突起，但眼珠不像深海的顏色，而是雙眼通紅。風向變了，將他身上如同腐爛椰子的臭氣吹往她的方向。

「我不知道是怎麼發生的，」他回答：「但我好怕我也會淪落到誰的肚子裡。」

她微笑，接著繼續處理籃子裡的海草。

「你知道石斑魚是怎麼狩獵的嗎？」

「不知道。」

「牠們會用嘴唇把獵物吸進去，牠們沒有牙齒。」

「那要怎麼咬？」

「牠們不咬的，牠們會把食物整個吞下去。」

那石斑魚就跟她的奶奶一樣嘛，羅絲．瑪麗一想到就笑了。

「你不相信我？」

「不信。」

「石斑魚從鰓吸水的力道實在太強，水面會因此出現小漩渦，我親眼看過，我們就是因此找到那條魚。」

那天晚上，羅絲．瑪麗夢見自己被吸入一個漩渦。

兩個月之後，緬甸人請她的父母同意讓他跟瑪麗結婚，他們拒絕了。理由顯而易見。當然不只因為他是地位低賤、沒有道德觀又懶惰的那種佛教徒，還因為他在島上沒有值得一提的家人。

所以他們私奔到附近一座名叫韋比的村莊。當時她只有十四歲，事後回想，年紀很輕的她根本沒什麼戀愛或情慾經驗。事實上，她初次看到他的裸體時簡直嚇傻了，沒想到男人就跟狗、大象，還有馬沒兩樣呀。

她之前跟父母住時從未感到不快樂。五年級之後，她就沒再去學校，每天都把時間花在捕魚。身為安達曼群島上出生的第一個孩子，她在牧師心中擁有特殊地位，而牧師可是克倫族中最有影響力的人。

等她成為一位逐漸衰老的女性之後，這個十四歲女孩的行為看來絲毫不合理，而且跟她殺死蜈蚣時手法條理分明的習慣一樣古怪。她一看見蜈蚣就會出手攻擊，整個過程大費周章，她會特地把牠們從躲藏處薰出來，甚至因此讓自己身陷險境，偶爾還被蜈蚣咬。到底讓她無差別殺死蜈蚣的驅動力是什麼？可以想見絕不是恐懼。恐懼會讓人們遠遠避開蜈蚣，而不是接近。

到了晚年，她才開始理解，報復心的威力有多強大。

*

這對逃跑夫妻在野地中找了一片地來耕種，為了遮風避雨，兩人還蓋了間高架的茅草棚屋。緬甸人到處打零工，羅絲．瑪麗就在農地工作。

一九四二年發生了一場地震，震度強到將白日變成瀰漫煙塵的黑夜，等塵埃終於落定，日本人已經取代了原本的英國統治者。不過當地人繼續為帝國主義者進行建設及耕種工作，所以也沒被上位者找麻煩，直到一場颱風摧毀所有作物，好日子就結束了。日本人跟大象一樣大多吃素，當地以地瓜、鯰魚和蝸牛為主的飲食讓他們便祕，於是為了增加農作物產量，每個男人都被迫到田裡工作。日本人不太找克倫人麻煩，但緬甸人因為會偷倉庫的東西而處處遭到刁難。許多流氓跟羅絲．瑪麗的丈夫一樣惡名昭彰，因此會被特別針對，日本人還會搭配帝國主義口號的節奏毆打他們，要求他們覆誦這些口號，若是做不到就再打一頓。這座島似乎逐漸將緬甸人困入無從逃出的窘境。他不再工作，成天在家喝酒，某天晚上，他要求吃鯰魚，在發現盤子上沒有辣魚醬[35]後，就出手揍了羅絲．瑪麗。

她太吃驚了。男人打女人當然不是新鮮事，她奶奶甚至常說，男人的價值就取決於他狩獵、蓋屋頂還有打老婆的能力。羅絲．瑪麗遲早會被丈夫搧巴掌或踢上一腳，她也作好了心理準備，但讓她吃驚的是他力氣很大。他的力氣是哪來的？這個懶散的男人成天醉醺醺的，到底哪來這麼大的力氣？

每次毆打都會在身體留下一些新的什麼，比如鎖骨下方的齒痕就像戴錯地方的珍珠項鍊，比如屁股上的一片瘀青以花朵形貌優美綻放，又比如臉頰和脖子上的抓痕就像有棕櫚葉刮過。還有那些日本人的口號——他只用那種語言跟她說過一次話，當時就是在打她，而吼的正是那些帝國口號。

某天早上，她排隊準備把作物交給日軍時，排在前面的女人注意到她脖子上的抓痕。

「你老公打你嗎？」她問。羅絲．瑪麗點點頭。

「我老公也會。」

「我以為只有緬甸人會打老婆。你們是印度人。」

「所有男人都打老婆，無論是印度、緬甸、暹羅都一樣，就連日本人也會。」

「那些裸體人呢？」羅絲．瑪麗問起島上的部落民族。

「他們不打老婆。打老婆是文明化的徵兆，就跟穿衣服一樣。」

羅絲・瑪麗一邊排隊一邊仔細思考她的話。她問：「你丈夫會在打你時大吼日本話嗎？」

那女人笑了。「不會，」她回答：「他是自由鬥士，罵人都用印地語。」

羅絲・瑪麗臉上露出微笑。緬甸人總是口齒清晰地重複那句日語，所以她也學會了：八紘一宇！八紘！一宇！這句口號在她腦中栩栩如生地迴盪著。這句話的節奏就是他揍人的節奏。要是他毆打時沒講這句話，她還會感覺少了些什麼。排隊的羅絲・瑪麗像是唱兒歌般吟唱起這句口號。

輪到她時，她遲疑地將一顆木瓜和一顆甘藍菜放到軍官的桌上，這是他們能湊出來的僅剩作物了。他抬頭望向羅絲・瑪麗，因為缺乏共同語言，他只能透過皺眉表達不滿。

她很害怕。「八紘一宇。」她悄聲說。這是她唯一會的一句日本話，代表八方世界大同一家。

軍官微笑了。

*

一天晚上，緬甸人躺在通往他們家的竹製階梯上，醉到失去意識，他連續狂飲了三天棕

---

35 辣魚醬（nappi），一種魚蝦製成的發酵糊狀物，廣泛用於各種緬甸料理。

櫚酒，喝到連離家或進門的力氣都沒了。他躺在那裡，彷彿祭品，供養著蚊子這些夜之君主。羅絲・瑪麗試著把他叫醒，但他沒有反應，所以她在他身旁坐下。多麼純真的一張臉呀，她心想，雙眼愛慕地望著他的五官，內心希望某天能有一個長得像他的兒子。她把頭靠住他的頭，玩弄著他臉頰上新冒出來的鬍碴，然後取下自己的一根長髮，對他的鼻孔搔癢，他沒有閃躲。他不只呼吸有棕櫚酒味，就連衣服也散發酒臭，她坐在那裡嗅聞臭氣，還捏著他的臉頰玩。

然後她打了他一巴掌。緬甸人瞬間張開雙眼，但又迅速地再次失去意識。真奇怪呀，羅絲・瑪麗心想，她打得那麼用力，卻只留下一抹淡淡的紅印，到底要打多用力才能留下瘀青呢？為了搞清楚這件事，她揍了他的臉，緬甸人抬起頭，痛得暈頭轉向。羅絲・瑪麗把他推回去躺好，拍拍他的頭。

「回來吧，美好的靈魂。」她對他哼唱，克倫族母親都是這樣哄睡嚎哭的嬰兒。

4

坐了兩年牢之後，學生們開始為了免除繁重勞務絕食抗議，他們都是政治犯，不是一般罪犯。柏拉圖已經五天沒吃到任何食物，目前只剩下他還靠喝尿苦撐，管理牢房的長官說他根本瘋了。其他學生不敢模仿他，就怕之後他會瘋到開始用大便來做「泥娃娃」。

到了第五天傍晚，幾個當局長官走進擁擠的牢房，把柏拉圖裹進毯子裡抬走，他沒反抗，他的四肢就跟軀幹一樣只是裝飾。士兵們把一張浸滿血的毛巾壓在他臉上，就連在脫去他的籠基跟上衣時也沒放開，他裸體躺在水泥地板上，身體不停激烈發抖、冒汗。有雙手輕柔抓住他的手銬，將一段很長的電線捲在手銬的金屬部分，用電線裸露的一端刺進他的手腕，再對他的腳踝、額頭和睪丸反覆進行了同樣動作。人們可以明顯看出進行這項工程的每根手指都有所遲疑，正如他身邊那些強行壓低音量，但仍能聽見的喃喃自語。

電流通過時的每個高峰，都讓他在無法克制的痙攣中同時體會到生與死。之後的他不會記得自己的身體是如何誇張地抖動，甚至在地面上彈跳，也不會記得圍繞在身邊的那灘屎尿，還有沿著臉頰流下的口水。

他只會記得人的聲音。有一聲響亮又惡魔般的尖嚎將他從無意識中喚醒，如同在洞穴中迴盪的尖嚎。他因受折磨而精神錯亂，將自己的尖叫當成附近屠豬的哀號。

*

手拿一盤半熟米飯的一名照護工打開柏拉圖的牢房門，但在聞到迎面襲來的臭氣時大吼出聲，「就連豬都比這裡好聞。」他把盤子留下後就跑了出去。

每次只要腸胃絞痛，柏拉圖就很不開心，因為他用來擦屁股的左手已經不聽使喚。鼠蹊部的一陣陣疼痛讓他無法動彈，所以常常直接尿在自己身上。他在看到那男人像老鼠一樣小碎步跑開時很驚訝，也覺得好笑，這些軍政府人士已經不是第一次把他拿來跟豬比較了。在絕食期間，就有名軍官曾告訴他，死一隻豬需要寫的報告比死一個政治犯還要多。比起醉心於外國意識形態的學生，將軍對牲口及牛隻的福祉還更感興趣。

柏拉圖心想，要是那個男人回來取空盤時，發現在牢房裡的是一頭豬呢？要是他發現眼前出現一頭擁有完美蜷曲尾巴的粉紅色純種豬，看到那頭豬不停在臭氣中打滾，身旁滿是自己的大便，他會有什麼反應？他會不會尖叫著跑向他的上級，「我發誓真不知道怎麼會這樣，但那名囚犯變成一頭豬了！」若真是如此，他們會被迫好好照顧這頭變成豬的柏拉圖嗎？要是身為豬的他死了，將軍會因為他的死展開調查嗎？

關了兩星期禁閉之後，柏拉圖開始用手指撫摸燒傷在身體上留下的一條條痂，由於那些通電的電線，他的胸口、頭皮、膝蓋、睪丸和肩胛骨上都留下了無法抹除的象形符號。

他的人生時鐘在進監獄那一刻就停了，他永遠不可能成為大學畢業生。女孩用口哨吹的那首歌還沒吹完就停了，那本借來的書在看到第四十一頁時就闔上了，那條在他拖鞋上的蚯蚓乾扁後死去，而他的母親才把信讀一半就揉掉了。

死亡就是這樣，他心想，死亡就是你和所有人事物隔絕開來的那一刻，是超出人類理解之外，那個扭曲的、各種細節都極度放大的一刻，是再也無法擁有任何可能性的一刻。那是早已僵化的一刻，就像貽貝拋下的殼，能與這一刻相呼應的只有各種餘波及回音，而非生命。

柏拉圖四肢著地，像豬一樣哼哼叫，他笑，那笑聲淹沒了昆蟲的嗡鳴，還以其力道扯破了蜘蛛網。那笑聲吸收了虛空，像一波波海浪從冰冷的牆壁回彈到他身上。四肢著地蹲下之後，柏拉圖心中充滿了各種瘋狂的衝動。他像山羊一樣咩咩叫，像水牛一樣大打呵欠，像老虎一樣吼叫，還像蛇一樣嘶鳴。他用手拍打出像是傾盆大雨的劈啪劈啪響，還在地板上像離水的魚一樣拍動身體。他把自己像一朵綻放的花般離地撐起，像關籠的公雞一樣衝撞牆面。透過這些聲響、手勢和動作，他勉強抓住那個快要從手中溜走的外面世界。

他爬到角落，背靠潮濕牆面坐著，和牆面一滴滴流下的濕氣一起哭泣，然後又笑了。軍政府讓他理解了僧院裡的僧侶無法教會他的事：電流，他就是電流，他是通過不同身體及生命的電流。

有名獄卒來到柏拉圖的牢房中，他接獲的命令內容簡單明瞭，所以柏拉圖不懂他為何要反覆不停解釋，原本的安靜氛圍都被他毀了。保持安靜可是件困難差事，有時候，柏拉圖甚至希望自己的心臟能停止跳動，這樣身體才不再有脈搏，胸口也不再起伏，這樣的靜默多純粹。

獄卒命令他離開牢房，但柏拉圖沒有起身，他還不能離開自己待的這個小角落。睡醒之後的他只殺了三十八隻蚊子，根據計算，他還得至少殺死八十隻，才能限制這些蚊子的繁殖速率。在柏拉圖的牢房中，四隻蚊子一起飛就是舉行抗議活動，十隻一起飛是暴動，一百隻就是叛亂。牠們必須安靜，每隻蚊子都不例外。

獄卒本人也像是一隻帶翅昆蟲站在那裡，說出的話彷彿不停叮咬著柏拉圖的耳垂，讓他無法專心於眼前的崇高目標。然後他把柏拉圖拉起來，拖出牢房。

陽光燒灼著柏拉圖的雙眼。過去兩個月來，他彷彿讀點字的盲人，靠著閱讀黑暗撐了下來。儘管足以證明他仍在監獄內的物件不多，但他還是可以辨認出通風口上方的夾板、組成牆面的磚塊，還有天花板垂下的蜘蛛網。

他蒼白的肌膚在光線下發癢，堆積在頭皮及身體上的死皮如同永久凍土，隨著他的每個動作紛紛散落。柏拉圖不記得最近一次是洗身體是什麼時候，他沒有刷牙、梳頭髮、剪指甲、刮鬍子，或使用肥皂的記憶。他的腦中空蕩蕩的。

他走入中庭，如同地獄般的尖銳鳥鳴、看不見臉的對話、做木工的聲響，還有狗威脅敵人的嚎叫撲面而來。他曾無比牽掛這些存在外界的柔美景象，但這些景象此刻看來就像粗俗的諷刺漫畫。在他面前，一棵鳳凰木上開滿了花，火焰般的紅、橘、黃和綠色也讓柏拉圖的視野燃起烈火。他反射性遮住雙眼。

由於長期受到黑暗圍繞，柏拉圖更執著於色彩，除了作夢時夢到各種顏色，他也愛談色彩，整個人彷彿活在色彩之中。他的夢通常是紅色，他會在那一整片的紅色之海中游泳，踢腿、繞圈、拍打雙手，但卻只是沉得更深。有些時候，他會用爪子般的手去抓顏色，顏色也會抓回來。又有些時候，紅色帶來一種溫暖的感受，把柏拉圖帶入紅色的子宮。鳳凰木是被隔絕在外了，但吠叫的狗、不停傳來的逼人槌子敲打聲，還有金色紫檀樹散發的熟悉香氣，都還在微風中豐沛漫溢。

在此之前，柏拉圖從沒想過四月的一個早上會如此具有攻擊性。怎麼會呢？但他立刻破解了這個疑問。在與世隔絕的清明中，他不再將任何想法區分為友軍或敵軍，把人逼瘋的一切也能讓人獲得帶來平靜的啟示。他壓抑了所有回憶、渴望和厭惡情緒，以免在時間迷宮中誤入歧途，並因此困在過去或未來之中，但他知道緬甸的潑水節[36]快到了，因為金色紫檀樹上的黃色小花都開了，代表已經下過夏季的第一場雨。

柏拉圖在四月時結束了單獨禁閉，但之後會再被關回去兩次，一次是因為持有英文字典，後來則是因為發展出足以透過牆面跟他人溝通的密碼。每次的禁閉經驗都會讓他震驚地意識到——原來人可以忘記自己的名字，卻不會忘記季節。

他在中庭停下腳步，盯著頭頂鳳凰木的每根枝條、簇簇花朵、葉片和烏鴉瞧。他閉上雙眼，用力吸入樹的芳香。

獄卒輕拍他的肩膀，指向吊掛在樹枝上的蝙蝠，牠們每隻都埋在自己的翅膀裡，在一片窸窸窣窣的聲響中打呵欠、抓癢、作夢。

這兩個男人站在樹下微笑。

36 緬甸的新年（Thingyan）是一個佛教節日，通常在四月中，期間最重要的就是潑水活動。

親愛的兒子，

謝謝你的來信。你善良的朋友薩帕已經把我帶來緬甸。每天我都祈禱你能安全，也祈禱你能出獄。在那天到來之前，我會在仰光的巴漢替一個印度家庭作女傭。

薩帕坐在瑪麗對面讀信。瑪麗蹲在階梯最高的那級。她擁擠的租屋處內滿是汗濕手掌的臭氣、發霉牆面，還有偷偷摸摸的談話聲，因此這級階梯是她唯一可以獨處的地方。她緊抓住扶手，就怕眼前的現實塌陷。

「這是你寫的嗎？」薩帕問。

「不是，」她回答：「我只能讀緬甸文。這是我拜託房東太太寫的。」

兩年來，沒有人能進音山監獄會見柏拉圖。軍官只允許家屬進去，而柏拉圖沒有家人。瑪麗是一名來自印度的克倫族婦女，克倫族是這片土地上最古老的叛亂者之一，而印度又是個宣揚民主的國家，一旦他們發現他母親的背景，柏拉圖可能會被誤控為間諜，而且立刻吊死。

不過就在昨天，薩帕發現柏拉圖被移送到實皆，那是靠近曼德勒的一座小鎮，整座小鎮以僧院為中心。柏拉圖移監前已被關了六個月的禁閉，因為與外界隔絕，他的煽惑行為變得更為激烈。獄方實在受夠了他的絕食抗議和各種要求，所以把他轉到其他監獄，讓他遠離那些跟他一起鬧事的同夥。

位於實皆的卡姆提監獄是個很小的單位，所以可以輕易靠賄賂混進去。薩帕打算獨自去拜訪朋友。

他來這裡是要拿瑪麗回給兒子的信，但她想說的就只有這些？

「瑪麗太太，」他說：「軍政府或許也拜佛陀，但都是暴力份子，也沒什麼同情心呀。」

瑪麗似懂非懂地點點頭。「他總有一天會出獄。」她說。

「我們無法確定。」

「他會出獄的，」她回答：「自從他開始在我肚子裡成長，我就祈禱他能健康長命，不可能會有其他結果。」

那你為什麼拋棄他？薩帕想問，但只是別開眼神望向一面牆。那是一面沾滿泥巴的牆，上頭有灰藍相間的色塊，剝落的油漆裸露出底下的其他顏色——混有磚塊和灰泥的死白色。薩帕覺得自己就像灰泥一樣毫無遮掩，他赤裸裸的想法足以讓瑪麗羞愧。

如果有勇氣把真相告訴你的話，我會的，瑪麗在內心深處暗自尖叫。我甚至沒有說謊的力量，我說不出口。

我也有過一個兒子，薩帕向她坦露心聲，我也有過一個太太。跟你一樣，我失去了訴說這件事的能力，跟你一樣，我每天都在往下沉。

但你不是個謀殺犯。

沉默可能影射而出的真相讓薩帕驚恐，所以他開口問：「吃過了嗎？」

「沒有，」她說：「我的飢餓，多年前就死了。」

*

英國人跟日本人離開了群島，換成印度統治者將新事物引進環海群島，那是在印度本土已經興盛好幾世紀的事物，而且比起三色旗更能象徵新共和：貧窮。

群島出現大量來自東巴基斯坦的難民，這些人從孟加拉灣跨海而來，而且每天都有更多人抵達。他們無從謀生，又無法把責任推給殖民當局或颱風，於是貧窮開始如同雜草恣意生長。

羅絲．瑪麗懷孕七個月了。她在農場工作，多出來的作物就拿去賣，也餵養自己逐漸長大的肚子。緬甸人沉浸於期待的情緒中，還會非常偶爾地帶一些食物回家給她吃，比如芒果、鯧魚、家禽或鳳梨，每次她都心存感激。

然後緬甸人消失了整整三天，因為實在受夠了成天坐在家裡，他跑去海岸捕魚。某天早上，他背著一個袋子回家，裡頭裝了一隻活烏龜，體重超過二十公斤。這是他一個月以來帶回來的最可觀肉量。

羅絲．瑪麗很開心。若是節省一點的話，這麼大一隻動物可以讓他們吃上兩星期。她借來一只足以把烏龜裝進去的金屬水桶，把裝了烏龜的桶子放在角落。她先把龜腿砍下來，一天吃一條腿，每天還非常認真地餵食烏龜，照顧牠的傷口，唯有這麼做，肉才能一直保持新鮮。

某天早上，她把桶內的血水倒乾，重新裝滿乾淨的水，就在此時，羅絲．瑪麗犯了一個錯誤：她望向烏龜的臉，看到牠的眼裡有淚水。

她在那天晚上殺了烏龜，所有龜肉只花了十天就吃得剩下骨頭。瑪麗把骨頭放在空曠處徹底風乾。

孕期快滿八個月時，羅絲．瑪麗實在餓得頭暈目眩，她的脊椎幾乎撐不住那枚飢餓胎兒的體重。走投無路之下，她在某天早上拿龜骨敲成泥，混著番茄煮熟後吃下。

她拖著前後失衡的身體走過農地，熾熱的太陽讓她頭痛。她在自己的房間角落坐下，雙手撐住額頭，彷彿那是顆隨時要爆開的炸彈。

緬甸人當晚回家時沒注意到任何不對勁。明明廚房一團亂，房間沒整理，吊床也沒掛出來，他那位總是忙來忙去的妻子也蹲在角落，雙手抱著身體，彷彿身上每個部位隨時都會掉落。

但緬甸人因為棕櫚酒而神智錯亂，根本看不出有什麼問題，他把布袋扔在門口，臉上帶著笑，用著誇張步伐大踏步進屋。

羅絲．瑪麗沒有抬頭跟他打招呼。

「老婆，給你努力工作的老公送上食物。」他說。

「沒有食物。」

「但我餓了，我今天工作很努力。」

「那就自己煮呀。」

原本在屋內大步走的緬甸人停下腳步。結婚六年來，他的妻子總會為他送上餐點，即便有時送上的只有稀粥或鳳梨。

「送餐上來。」他命令。

「不要。」

彷彿一支兩人早已熟悉的流行民俗舞步，他開始揍人。他先搧她巴掌，她把頭閃開，而一看到她閃開，他就像收到指示一般提高強度，開始踢她。

因為疼痛，羅絲・瑪麗整個人麻痺了。那陣疼痛從子宮開始，橫掃至她的膀胱、脊椎，還有雙腿。

「別踢你的孩子。」她說。

「別告訴一個父親該怎麼對待他的孩子，除非那不是我的孩子。」

緬甸人覺得說自己的妻子是妓女很丟臉，但他太氣了，所以還是大喊：「你這個妓女。」

他幾乎是尖叫了。

他踢她的腰，寶寶踢著她的子宮。因為實在痛得難以忍受，羅絲・瑪麗伸長手臂，拾起擱在附近的米杵。她之前在那根米杵上刻了魚和青蛙的圖樣，手指認得上頭的每道凹痕及線條，正如她的手指認得丈夫身體的所有曲線。

緬甸人抬起腳又踹了她一下，她用米杵敲他的腳踝。他倒地，這支舞中的惡魔舞者倒地了，身體也因為疼痛而扭動。羅絲．瑪麗這位終結者從地上起身，走進拼湊搭建的簡陋廚房，仔細篩選武器。她大步走回來，蹲在他癱躺的身體旁，割開了他喉嚨的靜脈。她平常也是這樣在殺豬、禽類和狗。

毆打停止。舞步的韻律停止。時間停止。

羅絲．瑪麗眼睜睜望著血從他的身體流光。她躺在他身旁，雙手捧著他的臉，看見他的雙眼逐漸泛白。她跟著他一起掙扎、顫抖，最後屈服。慢慢地，身體的震顫被微弱的暖意取代。她數了他最後的氣息，連續四聲快速而輕淺的鼻息。

那個夜晚，丈夫、妻子和她肚子裡的孩子，就這樣一直泡在他的血裡。

＊

破曉時，羅絲．瑪麗洗掉身上和地上的血，用兩張床單蓋住緬甸人的身體。離開房子前，她注意到門邊有個袋子，知道是緬甸人留下的，袋子裡裝了七顆鰻魚頭。只要吃下這些鰻魚頭就一定能順產。

始終無法擺脫頭痛的羅絲．瑪麗走了四個小時，才抵達她打算生產的「口水巢」村。她找到牧師，要求他放下手邊所有工作，她需要跟他獨處，她需要告解。她的狀態讓牧師擔心，所以答應了要求。

「每個妻子都偶爾有過把丈夫殺死的幻想，孩子，別把幻想跟現實搞混了。」牧師告訴她。他不相信她說的話，是見到緬甸人的屍體才信了。如果不是因為她懷孕，他會要求她自首，但他們畢竟只是凡人，哪有資格毀滅一個還在肚子裡的孩子呢？牧師哭了好幾小時。群島抹消了螞蟻、蜈蚣、蛇和人類之間的區別，因為群島，他們全會為了存活進行最原始的爭鬥。

他把緬甸人的喉嚨用繃帶包紮好。之後面對外人，羅絲．瑪麗會宣稱他是在酩酊大醉時跌下階梯而死，不但摔斷脖子，還被石頭割傷喉嚨。大家都還來不及議論，緬甸人就下葬了。羅絲．瑪麗在懷孕期間和牧師及他的妻子住在一起。這對夫妻把她當成女兒一樣照顧，也把她的孩子當成自己的孫子，但沒有給他取名字，因為要是取了，他們會在他離開後久久放不下牽掛。當嬰兒已經可以斷奶之後，牧師就會去仰光找緬甸人的父母，將孫子交給他們，再想盡辦法讓羅絲．瑪麗展開新人生。

失落。羅絲．瑪麗帶去瓦爾瑪夫妻家的只有失落。她會讀聖經給小德維聽，也會帶她上教堂，慢慢地，這樣的習慣也開始滲入她的生活。神父跟她的主人吉里亞．普拉薩德一樣，都把她的習慣誤以為虔誠，瑪麗因此感到放心，因為這樣就不用跟別人解釋她這麼做的真正理由。隨著聖經讀得愈多，聽過愈多佈道會之後，她對跟自己一樣名為「瑪麗」的這位聖母，有了愈來愈多的同情心。上帝沒問瑪麗是否準備好要生兒子，上帝要她犧牲兒子時，也沒得到她的允許。至於她的兒子，當他打算為了彌補人類罪行放棄自己的生命時，曾有一次想到自己的母親嗎？難道在他想救助的人類當中，不包括母親嗎？

在一個由男人及神明統治的世界中，只有瑪麗可以同情那位處女母親的苦。

＊

開始講故事時，瑪麗坐在階梯最高那級，等說完時，她人已抵達地面，然後走入夜色。薩帕在階梯上蜷縮著身體，腦中不停思考有人在子宮裡踢你是什麼感覺。

幾小時後，他和她並肩站在一條陌生的街道上，周身全是小瀑布和湍流的狂躁音響，河水的激流嘩啦啦地在沉睡巷弄間迴盪。

他們迷路了。此刻受到過去的重力拉扯，朝他們迎頭壓下，他們站在那裡，無法移動四肢，彷彿剛爬上陸地探索的第一批物種。在踏出遲疑的第一步之前，水底世界無法為他們做好心理準備。這顆星球的重力來源是鐵和鉛，地球在太空中如砲彈般旋轉時，是鐵和鉛的重量將一切往下拉扯。

「你打了他的腳踝之後，就能停手了。」薩帕努力想理清思緒。

她是可以，但她沒有。瑪麗怕她的兒子同樣無法理解真相：他父親不是魔鬼，她也不是殺人狂。

「孩子，永遠不要把龜肉和鳳梨混著吃，」她告訴薩帕：「身體會上火，心靈會中毒。」

5

「最近的物價如何？」柏拉圖口齒不清地問薩帕。薩帕被朋友的樣子嚇傻了，他瘦成皮包骨，不再是那個渴望愛情的學生，而只是你在街上看了會同情的飢餓瘋老頭而已。他穿的籠基破破爛爛，頭髮也黏成一大坨，大量汙垢深深嵌在皮膚裡，看起來像一種病。

雖然長得跟之前不太一樣，但正是眼前這個男人鬧翻了音山監獄，薩帕提醒自己。那些學生成功地將自己認定為政治犯，而非一般罪犯，他們拒絕做苦工的要求也被接受了。

「最近的物價，」薩帕邊想邊說：「共產黨、克欽獨立軍[37]和克倫人都在尋找能拿來進行作戰訓練的武器，所以二手或壞掉的武器價位還是很高，不過最貴的還是鴉片。」

柏拉圖點點頭。「你過得還好嗎？」他問。

薩帕正在前往撣省的路上，那裡是緬甸與泰國的邊界。為了來找柏拉圖，他在前往曼德勒之前特地繞了路。「只要還有人貪汙，我就過得很好，」薩帕回答：「但有股勢力正在打壓通貨膨脹及人們的貪婪，一種盲目的恐懼，我懷疑將軍偷偷在收購白象，因為白象價格突然飛漲。黑市裡的一頭活白象價錢比象牙貴上十倍。貨源都被泰王切斷了，他囤積白象好幾個世代了。」

「對將軍來說，一頭豬都比我有價值。」柏拉圖說。

「豬很肥，你瘦巴巴的。他就喜歡他的人民瘦巴巴的。」

柏拉圖笑了。薩帕終於稍微放心下來。在這個瘋子放下戒心的笑聲中，他總算窺見了過去那個朋友的模樣。「而連續餓五天肚子要付出的代價是四顆壞牙。」薩帕說。

「我的牙齒沒有任何價值，又不是象牙。」

「如果人類的牙齒是象牙，大象就會統治世界。」

「你該去當哲學家，夏崙．薩帕，我之前一直跟你說。」

「你的朋友馬克思是怎麼說的？哲學家可以用各種方式討論這個世界，但卻沒有改變世界的方法。」

「不是。他是說，哲學家用各種方式詮釋這個世界，而重點是要做出改變。」

「噢。」薩帕說。幸好柏拉圖沒有自稱馬克思。

「你找到她了嗎？」

「找到了。」

「她在哪裡？」

---

37 克欽獨立軍（Kachin）成立於一九六一年，是以民族主義意識形態追求獨立的一支軍隊，九〇年代曾數次跟緬甸政府簽訂停火協議，但二〇一一年再次開戰。此組織至今仍在緬甸克欽邦及泰國活躍。

「她已經在仰光待兩年半了。要是我把她帶來這裡，或者在信中提到她，都可能帶來危險。當局會用各種理由找你麻煩，他們可以指控你是克倫人，或者說你是印度間諜。」

柏拉圖往桌子四周看了看。獄卒站得很遠，靠近門邊，薩帕賄賂了他，要他別管閒事。

「她看起來是什麼樣子？」

「像你。她要給你這個。」

柏拉圖翻看的雙手不停顫抖。那是包在籠基中的一件上衣、一塊肥皂，還有一支牙刷。

「她這些年都在哪裡？」他問。

「在安達曼群島。她在一個印度家庭當女傭。」

明明整個空間熱到讓人不停冒汗，柏拉圖仍無法克制地發抖。

「她為什麼丟下我？」

「她怕你不會原諒她。」

「那她為何一開始要離開我？」

「她離開你，是因為她殺了你父親。他喝醉之後會揍她，還在她懷孕八個月時踢她，她想救你的命。」

薩帕還記得瑪麗激動的表情，他記得她說的那些話。

「柏拉圖，你父親不是魔鬼，你母親也不是殺人狂。」

柏拉圖盯著桌面，原本的顫抖變成僵死的靜默，他看起來幾乎沒有在呼吸。

起身之前，他問了，「為什麼會發生這種事？」

薩帕之前思考了很久。他怕像柏拉圖這種受過教育的男人無法看清真相，但真相其實非常簡單。

「為什麼會發生這種事？」柏拉圖又問了一次，彷彿把腦中的思考過程朗讀出來。

「飢餓。」薩帕回答。

*

在一個滯悶的五月夜晚，柏拉圖再次夢到了紅色，但這次不是像海洋的一整片液體，而是沙一般的厚重質地：他是一隻困在血色樹汁中的蒼蠅。

隨著樹脂逐漸硬化，各種生猛的感官刺激變得清晰，樹脂嘗起來有點苦，氣味濃烈、帶點煙燻感，質地黏稠。他無法從樹脂中脫身，翅膀在黏液的重量下抖動，腿因為壓力彎曲變形。紅色橫掃了他的整片視野，樹脂蓋住他足以將光線散射為彩虹的複眼。他不停揮舞手腳，希望不要被石化，但其實一切只是本能反射，他已經放棄了。

柏拉圖聽見有人尖叫，於是驚恐地張開雙眼，原來是他揍了隔壁一名囚犯。他坐起身，動動手腳，希望擺脫那種癱瘓的感覺。

一隻蟑螂正在啃咬他的腳趾。牠想必已經爬過所有睡著的囚犯身體，希望找到賴以維生的一些什麼。有隻螳螂從通風口跳進來，一進室內就開始尋找可以大吃一頓的活物，柏拉圖望著螳螂攻擊蟑螂，一開始，蟑螂試圖在這場足以毀滅自己的殺戮中奮戰，但接著就屈服於命運。螳螂沿著進來的路徑離開，牠在兩條欄杆之間待了一下，等在牠眼前的是夜行動物的戰場及自由，其中沒有休養生息的選項。

＊

結婚之後，柏拉圖的父親曾給父母寄去一張他和羅絲・瑪麗的照片，柏拉圖從祖父母手中得到這張照片。那是柏拉圖唯一擁有的父母真實影像——在攝影棚拍的一張棕褐色照片。他的父親將頭髮上油、旁分，臉上鬍鬚刮得很乾淨，身上穿的籠基和上衣都很整潔，沒有一絲皺褶。他看起來容光煥發，只有牙齒因為嚼檳榔沾上一點污漬，但就連那雙眼睛看來都在微笑。那個畫面非常有感染力，父親的微笑讓柏拉圖也忍不住微笑起來。他跟女人相處時自在嗎？他好想知道，又或者是只要妻子在身邊，他就會像舌頭打結一樣說不出話？比起像是奴隸般的打零工，他會更嚮往思想的王國嗎？他也會毫無預兆地打顫或發抖嗎？

這個男人對他來說仍是陌生人。有時他感覺像是個好意的叔叔，有時像大哥哥，等柏拉圖的年紀超過他父親在照片中的歲數，他開始把父親當成大學中一個天性快活的晚輩看待。總之，柏拉圖從不覺得他是父親。

她站得離他有點遠，眼神低垂，凝視著介於相機及地面之間的一點。她的身高比丈夫矮，看起來還是個青少女，但臉上有著超齡的警戒神情，也沒有微笑。她看起來不像個妻子，更別說是母親。柏拉圖無法理解她，就連在照片裡也一樣。

這張照片仍夾在他筆記本的紙頁間。筆記本因為被認定為反國族宣傳物，目前還躺在某間官方倉庫中，但那張影像已經沒了，那隻螳螂已經在離開牢房前吃掉那張照片了。

*

在可以確定的遙遠未來中，柏拉圖將成為一名自由人，他會是在納德哈叢林裡的一位武裝反叛軍。就在顫抖掌心上躺著一塊琥珀時，他見到了腦中心心念念的死亡場景：一隻壁虎因為埋在樹脂內完全沒有腐爛。緬甸人踢他的母親時，她的子宮也有可能硬化起來，羊水流光，導致柏拉圖在張眼前就成為化石。

那塊琥珀屬於一名克欽反叛軍，就是他幫助柏拉圖跨越邊境進入印度，他們繞過不歸湖，跨越潘哨山口，進入連接兩個國家的叢林。數十年來，比起其他國家，此段邊界在克欽獨立軍掌握下的時間還比較長。這顆琥珀是這位克欽人家裡世代傳承的寶物之一，一開始是從他老家湖光山谷的礦坑裡挖出來。人們普遍認為這種緬甸硬琥珀比其他琥珀更硬、年代也更老，但這塊琥珀外表平淡無奇，布滿裂隙和塵土，充其量是個值得一看的小玩意。這個克欽男孩家擁有一系列包了生物化石的琥珀，裡頭保存了存在於過往的一整個世界，包括蜜蜂、昆蟲、蒼蠅、花、泥土、樹皮、黃蜂和貝殼等，但卻沒有任何人類相關的遺跡。人類不存在，因為人類沒被埋葬在琥珀中。

二次世界大戰時，同盟軍建立了一條穿越緬甸北部，將東印度及中國連結起來的道路。許多曬傷的美國大兵因此來到克欽人的家門前。一名皮膚紅得像甜菜根的軍官看到那系列化石，希望能用祖父給的銀幣交換，男孩的祖父考慮了一下，在這樣不確定的時代，銀幣就算無法保證他們擁有未來，至少可能確保這家子的逃亡機會。他同意了。

那名軍官始終沒有帶著銀幣回來。他的頭遭砍下，掛在路邊的樹上，根據傳言指出，他的屍體被切碎後扔進不歸湖。之前已有無數飛機在那座湖中墜毀，但光是金屬碎片無法滿足這座湖，這座湖要求更多的血。

對克欽人而言，獵頭和神祕的復仇行為並不是新鮮事，但這次事件卻對男孩的祖父造成了深刻影響。一顆放光血的白人頭真是他見過最蒼白的事物，那層曬過陽光的外皮彷彿遭到剝除，露出底下透白的肌膚及滑溜血管，更糟糕的是，他祖父發誓，那顆頭骨中裝了枚豬腦。他的結論是：就算是困在琥珀中的蜜蜂和黃蜂，都比那顆少了身體的頭幸運，死亡至少沒有摧毀牠們的完整。他決心不再讓這批琥珀離開身邊。「所有戰爭的開打，都是為了爭取死得有尊嚴的權利。」他之後這麼告訴孩子。

某個夏日夜晚，這個男孩從祖父收藏中偷了一片琥珀，其實只要有任何人問起，他就會還回去，但他離家前沒告知任何人。他沒有勇氣在加入反叛軍前跟家人告別。

柏拉圖手掌上的這塊琥珀是他的最愛，他告訴他，琥珀裡包的是一隻壁虎寶寶，很可能才剛出生。只有這種琥珀內的生物才能屬於此刻世界，但又同時屬於好久以前的世界。這種生物讓過去的時光顯得尋常、熟悉，幾乎跟壁虎很愛爬的草蓆牆面沒兩樣，而不知為何，等在未來的一切也因此變得可以忍受。

緬甸是他們為之奮鬥的國家，這個國家受到上天庇佑，擁有世上極為珍貴的各種寶石和金屬礦藏。除了琥珀、綠寶石、珍珠、金子、白金之外，甚至還有世界上最巨大的青玉及紅寶石。

「讓我們彼此戰鬥的，不是人類天性，」克欽男孩一邊把玩著琥珀一邊說，「而是大自然本身，一切都是為了爭奪資源。」他所屬的軍隊掌控了北部邊境的玉礦和迷幻藥產業，只要他們丟了玉礦，就會輸掉這場戰爭。

但柏拉圖覺得一切都是藉口——不管是為了共產主義、種族、民主，甚至資源都一樣，一切都不過是隨時代變動的藉口。身為一名學生，他是為了共產主義而戰，但身為一名前政治犯，他是為了民主而戰，因為唯有如此，印度政府才會支持他們的反叛行動。或許在不遠的未來，他也會為了能在金三角地帶[38]掌控迷幻藥市場而戰。對他而言，寶石的價值不在於帝王玉的質地一致性、金子的延展性、鑽石的硬度，又或者是紅寶石外部那層鴿血般的亮麗紅色，寶石的價值在於其象徵的意涵。這些石塊的美麗及硬度是經歷過極度暴力的產物，就跟跟柏拉圖身上的疤痕、斷掉的牙，還有那些內出血一樣，這些寶石也是某種核心性變化曾經

38 金三角（Golden Triangle）位於緬甸、泰國和寮國的交界地帶，總面積約十五至二十萬平方公里。

發生的證據。這些從斷層線中淘洗上地表的寶石，難道不是在這片土地受過最深沉的傷之後，所留下的傷疤及血塊嗎？

在他們進行聯合任務的五個月期間，柏拉圖只要有空都在把玩那塊琥珀。當他搓揉那塊琥珀時，散發出的香氣讓他體驗到不同人生，又彷彿置身於不同土地。有些時候，他腦中會出現某一世的人生，當時他是用線香和花裝飾供桌的僧侶，靠著信眾的施捨及冥想而活。不過這種醉人香氣最常讓他想起的，還是那名吹口哨的女子，她會再次來坐在他身旁，而那就是兩人僅有的關係。

一開始，這塊琥珀看起來是深紅色，但要是透著陽光看，就能看見早晨陽光的顏色，還有許多棕色條紋。琥珀的混濁內部有許多氣泡，細緻的裂紋就像髮絲從各處穿刺進去，若是就著清朗的天色看，裡頭的壁虎輪廓清晰，讓人感到熟悉。柏拉圖想像這隻壁虎正處於深層的冬眠。牠的頭幾乎跟身體一樣大，兩隻眼睛大得不成比例，眼皮像是從沒張開過，如果更仔細看，柏拉圖可以看出這隻壁虎寶寶的嘴巴位置，但那張小嘴太小，裡頭不可能有牙齒。牠的尾巴只有人類睫毛這麼細小。

這隻壁虎一定是孵出沒多久，就被樹脂就包裹住了，所以這隻小生物才沒有掙扎，就連睜眼或張嘴的機會都沒有就死了。這隻壁虎沒有體驗過任何味覺、視覺、嗅覺及觸覺，甚至沒有任何一個片刻足以回憶，堪稱擁有了地球上最幸福的一生及死亡。

柏拉圖心想，這隻壁虎出生時的世界是什麼模樣呢？根據他讀過的書籍，人類是在最近的歷史中才出現的，那代表在這隻壁虎出生時，統治這顆星球的是蜥蜴嗎？難道這隻壁虎寶寶注定要成為那些蜥蜴的「哲人王[39]」？若是哲人王終於張開雙眼，準備好統治未來的太古時代，世界又會變成什麼模樣？

＊

曾有為數不多的幾次，當他們越過一座高峰，或穿越狹仄山徑，在古樹間遊蕩或就地駐紮時，柏拉圖會發現自己意外處於濃霧中心。當他困在山脈的雲霧間，或者在山谷內聽到上方有流水潺潺，彷彿整座森林都浮在水中時，柏拉圖總會無法克制地顫抖，身體由內到外都在抽搐，因為他不是被一片迷途的霧包裹，而是闖入了一場白日夢。他所棲居的那片土地也跟他一樣正在作夢。

眼前的燦亮光線讓他什麼都看不見，他只能仔細聆聽。他聽到各種吠叫、狂嚎還有咯咯的聲響。他觀察到一些輕緩或沉重的動態，不同質地的觸感掃過他的肌膚，即便這些生物早已忘記了，他還是因為感受到牠們有過的情緒而癱瘓。柏拉圖試圖用各種顏色、線條和所知的生命型態重建牠們的樣貌。牠們是飛翔的爬蟲類、動作遲緩的鳥類、可以走動的植物、如

39　古希臘哲學家柏拉圖在著作《理想國》中提出了「哲人王」的概念，這種統治者熱愛智慧，本身也有智慧，並樂意過著簡樸的生活。

同巨蟒一樣大的蠕蟲、甩動長鼻的肉食動物，還有在水中行走並試圖游泳的巨型哺乳類。他在逐漸漫溢而出的湍流中搖擺，享受水流發出的高頻哨音——那是專門為他創作的情歌。

這些聲響及感受中埋藏了線索，預告了接下來發生的事。所有進化都是追隨原始本能，這種本能讓我們得以心懷嚮往地進入充滿未知的不同地形探索，但最後驀然回首，會發現死亡才是真正的福報。本能將我們帶回那座最原始的湖泊中，讓我們以毫不複雜的單細胞狀態漂浮，等待生命本身的消亡。

或許是柏拉圖出生的處境，讓他有了這種領悟，又或者是先存在這樣的真相，才導致他出生在那種環境中。

他常跑去跟朋友一起吸鴉片，那個朋友是當地的米什米人[40]，他在山谷的凹陷處種植罌粟。他們兩人會安靜地坐在火爐邊，一邊蒸餾一邊吸鴉片，小屋牆壁上展示了許多動物頭骨，都是幾十年來的收藏。在這裡，柏拉圖可以辨認出所有以叢林為家的動物——印度野牛、豹、飛鼠、長臂猿和麝香貓，其中還有一些頭骨的主人早已消失。周遭幾個區域的麝香鹿、老虎和犀牛早已被盜獵到絕跡，但之後某一天，他們會再次現身。

在獄中時，柏拉圖每天被電擊兩次，直到最後都搞不清日子了。每次電擊時，他都會被一條沾滿血的毛巾蓋住臉和塞住嘴巴，而對他來說，毛巾上沾的不是普通的血，根據氣味及味道判斷，那些血屬於所有飽受折磨及絕跡的生命。

＊

樹脂以自己的節奏從樹皮滴落，無視周遭轉變的速度，若是地景變化得愈快，相對來說，樹脂抵達地面的旅程就愈慢，像是石頭一樣沒在移動。昆蟲、葉片、塵土微粒和空氣泡泡都被困在裡面——在不停變動的「此刻」當中，這些是過去留下，又被樹脂放大的遺骸。

樹下的土壤中，有一層如同白堊的石灰岩，樹脂在此暫時找到墓地，在緬甸最北的角落待了好幾世紀，接著這裡又成為淺海圍繞的島。慢慢地，這塊樹脂被推擠到海床上，成為琥珀，水流的力量將稜稜角角的琥珀打磨成一顆清透的蛋，其中留下的只有那隻壁虎寶寶。

似睡非睡的慵懶水流將琥珀從海灣陸棚推向大海，推入堆積了許多貝殼及孢子的巨型墓地，這裡埋藏了古老的真相和新近的死者。有塊古老的鸚鵡螺化石埋在壁虎旁，螺旋狀的殼閃爍鏽色與金色，作為鸚鵡螺世界的創始者，牠曾幸福地漂在水面，寶愛地望著自己眼前的異象：天堂逐漸退去。因為印度已經開始往北漂，正打算圍困、消滅這片海。

然後是撞擊。琥珀發現自己再次身處陸地，身旁混雜著頁岩、砂岩和石灰岩。陸地及海洋的鬼魂之間的出現一場爭搶，海洋把琥珀重新奪回，陸地又搶了回去，最後，島嶼邊緣全升高成山脈形狀，將琥珀庇護在一座擁有帝王玉的山谷中。

---

40 米什米人（Mishmi）是在印度阿魯納恰爾邦（Arunachal Pradesh）的部落民族，使用藏緬語系的方言。

那場撞擊也創造出紅寶石、藍寶石、綠寶石和鑽石，但琥珀的生成比它們早了一個紀元。困在琥珀中的壁虎見證了史前最暴力的其中一個事件，這事件將地表徹底粉碎、劈開、搓揉、割裂，改變成超越想像的形貌。沒有任何土地和海洋能逃脫斷層線的擺弄，這些斷層線擁有自己的生命，因為構造地質學的海進及海退，這隻壁虎被從極高處甩下，過程中從未張開雙眼。這塊琥珀躺在斷層線交錯的山谷中。

如果生命的演化是由「生存」所主導，那麼主導大陸漂移的力量，就是超越生命能理解的想像力。

6

實皆斷層沒把土地扯開，也沒把土地往下拉。有人說這道斷層使這片土地徹底變身，彷彿使出了漫長而枯燥的冥想力量。

柏拉圖這次是因為把一本英文字典偷渡入獄而被關進單人禁閉室，如同困在琥珀裡的壁虎，某次眼睛閉上時，他也像壁虎一樣體驗了使稻田如漣漪般上下波動的劇烈地浪。黑暗活了過來，伴隨著來自地下又令人反胃的哭嚎。大地因恐懼而踉蹌，它怕自己骨頭被輾碎，也怕肉體被燒焦，於是跌跌撞撞地將他在牆面與牆面之間拋擲。

部分天花板塌陷，他因此有了逃亡出口。這是他第三次獨自被關禁閉。時至今日，比起有人相伴，他還比較喜歡靜靜待著，因為早已見到自己的恐懼及信仰全數溶入黑暗之中。沒了恐懼和信仰後，自由只是不合時宜的麻煩事。

這房間就是他的殼，是用他的血與骨打造，可以讓他躲進去的殼。地震迫使他必須去填補這些裂隙，還得照顧身上的瘀青。

*

瑪麗常以打掃為由進入吉里亞・普拉薩德的書齋，為的是能仔細翻閱主人的素描本，透過畫滿本子的肖像，他努力嘗試讓錢妲・德維在紙面復生，但也僅只於此——只能說他確實試過了。每當他把鼻子畫對，眼睛就太小。瑪麗認得出錢妲・德維的側臉輪廓，卻認不出她的臉。錢妲・德維的頭髮很特別，雨季時會捲起來，但在其他季節時是完美的直髮。瑪麗注意到，吉里亞・普拉薩德在畫頭髮時，會將髮質與天空的顏色彼此搭配。但不知為何，這些畫像總是有點不對勁。

回憶是反射在碎裂鏡面的人生。自從緬甸人死後，瑪麗對他的回憶只剩一些破片，儘管清晰記得他的各種特徵，她卻無法在腦中完整看見他的臉。她記得那道小小的尖鼻子、柔軟的雙唇、一片片脫皮褪色的皮膚、下凹的臉頰、稀少的胸毛、無比整潔的指甲、因為棕櫚酒而凸凸的肚子、脊椎上出乎意料的一道弧度，還有即便透過影子看，都翹得荒謬的頭髮⋯⋯

在這些破片中，她看見他神經兮兮的微笑，還有抹上一層憂傷的雙眼。她可以聽見他吹口哨，那哨音總是跟他的腳步節拍對不上；她可以看見他漫步時噘著嘴，雙手自在掃過身邊的枝條；她可以聞到他口中的檳榔氣味，還有汗水碰到自己皮膚時的涼意；但她就是看不見他完整的樣子。

瑪麗好希望他回到自己身邊，即便只是來夢裡也好。緬甸人曾告訴她，所有我們從他人身上拿取的，都有一天要還回去——就算只有一口氣也一樣。在他死前，瑪麗曾貼近他的鼻孔，吸入他的最後幾口氣息，所以緬甸人非回來不可，就算只是為了她偷走的那幾口氣。

*

瑪麗發現自己到仰光大金寺的時間比平常早，佛像正前方就有個空位。她走向佛像腳邊，閉上雙眼，本想祈禱，後來卻變成一個瘋女人停不下來的喃喃自語。比起兒子的安全，她反而先乞求佛陀照顧那些受傷的狗和鳥。她常有拿掃把來打掃大殿的衝動，因為實在忍受不了那些到處亂飄，還會擦過自己腳邊的糾結髮絲和灰塵。

她已經見過山脈粉碎為塵土，也見過海洋掀得比山尖還高，她見過長在樹上的珊瑚，還有長在珊瑚上的樹。當地震襲擊安達曼群島時，她見過正午變成黑夜。她見過自己的丈夫流血至死，也見過自己的孩子搭船離開群島，而且再也沒有回來。沒什麼能改變這一切。她沒有信仰，也沒有抗拒現實。

但她還是會在仰光大金寺待上好幾小時，她的身邊圍繞著念經的人們、沉默的人們、哭泣的人們，還有身體不停擺動的人們，每個人都在絕望中掙扎。因為聽見有人壓低聲音爭吵，瑪麗分心回頭看，才發現整座大殿已塞滿了人，她的身後現在至少有兩百人。有些人還想擠進來，但有些人雙腳像生根般動也不動。有些人在同步誦經，又有些人堅持自己的節奏。有些人閉上眼，有些人試圖找人交談，甚至找人吵架。所有人通力合作，決心發出震動整座建物的聲響，他們相信這是乞求能獲得聆聽的必要手段。瑪麗回頭繼續求神，她一邊回想自己剛剛講到哪裡，一邊盯著那些佛像，在她分心之前，她心想，到底是講到哪裡了？

一陣新的震顫襲向那些柱子，就像一道閃電同時穿越圓頂和地面，所有佛像也開始震動。有那麼一刻，瑪麗看見佛陀動了，他長袍上的皺褶擺盪，而那隻舉起來祝福眾生的手也輕輕抖動。他的頭往前傾，彷彿向人們屈服。

瑪麗的心思立刻飛回群島。對她來說，剛剛只是經歷了一點小震動，但她還是擔心她的主人。在吉里亞・普拉薩德的訓練之下，瑪麗和德維只要遇到地震，就一定會放下手中所有事，跑到空曠的地方。但在大金寺這裡，沒人停止祈禱，沒人起身，沒人意識到剛剛的事件可能改變河道、可能一路沿著地球的旋轉軸震動下去，甚至可能奪走數千人的生命，並永遠改變人們各自的情緒地景。

這些輕顫才剛出現就立刻消失。瑪麗在午夜前離開大金寺，到家時累壞了，她沒吃飯，甚至沒有打掃她的小角落或捲起地墊，只是在陽台邊盯著滿月睡著。那晚的月亮不只是天上的一塊石頭。那晚的月亮是被地球激烈甩出去的一部分，而留下的凹陷永遠無法被填滿。

*

緬甸人死後，瑪麗常在夢中找他。她會獨自走在沙灘上找，到田裡找，或者是在小屋內一邊煮飯一邊等他回來。他會在床上輾轉難眠，就希望一轉身撞進他懷中，那具身體還因為打呼而微微顫抖。

深沉的睡眠中，一陣疼痛跟那天晚上一樣刺穿瑪麗的子宮，她想屈起身子，但因為仍處於睡眠狀態動彈不得。夢中的瑪麗就跟那天晚上一樣無助，但這次揍他時不帶怒氣，伸手去拿刀時也沒有絲毫懊悔。她把他的臉捧在手中時，心中只剩愛的感覺，她望入那雙不再充血的眼睛，棕櫚酒力已經退去，所有惡魔也已離開他的身體。緬甸人深吸了一口氣，還是連續快速吸了四口？瑪麗不確定，但她的鼻子在他的鼻孔下方，就為了吸入他的最後氣息。

他溫暖的身體很快失去了血色。他的四肢逐漸僵硬，跟她交纏的手指也鬆開了。所有人都浸泡在他的血中——她子宮裡的孩子，她抱在懷裡的那位父親，還有瑪麗自己。

等他的身體進入冰河期，瑪麗的世界也冰封起來，兩人的靈魂如同化石般躺在一起。儘管她終將離開這個村莊，展開新生活，但感覺起來只是在夢遊。她的靈魂仍躺在他身旁，見證了他身體經歷的熱帶性溫暖氣候及極地性冬日的一次次循環。十億年過去了，生命從較為複雜及複合的形式，進化成較為簡單、樸素的型態。曬他們兩人身上的陽光增加了，在努力照亮大地的過程中，太陽將所有海洋蒸發殆盡，殺死所有植物，地球則為了報復冷卻、萎縮下來，整顆星球皺縮出一道道山脈，再衰老成一道道冰川。由於實在無法承受這場熱與冷之間的鬥爭，各種型態的生命紛紛移居地處，只有少數依戀地球的生物無法放下，選擇在此絕種。

瑪麗和緬甸人留在原地，兩人仍被凍結在開始的那一刻。就在太陽的亮度到達巔峰時，它也展開自我毀滅的旅程。落在地球的陽光本是火焰般燒紅光線，之後變成黃色，再褪成白色。終於，黑暗掌控一切，餘下一片空無。緬甸人雙眼中的空無反映在所有時空中。

從空無之中，一切又重新開始。一道孱弱的光線從他晶透的雙眼中洩出，一陣溫暖的震顫占據他的全身。他的手指伸向她，因為生命而顫抖，然後再次緊抓住她，她也因為他的碰觸活了過來。血液從她的心臟湧向眾多動脈及四肢，她捏捏他的手，回應他。

瑪麗眨眨眼，緬甸人也眨眼。「原諒我。」他神經兮兮地微笑，她流下一滴和解的淚水。

7

林間的一片空地上，有名僧侶看到瑪麗睡在草地上。她躺在兩張空盪盪的公園長凳中間，用一個包包當枕頭。他認得這個總在他旁邊祈禱的女人，她會固定出現在大金寺，模樣總是很累，但又努力保持平靜。

當時是一九八〇年，這名僧侶是來參加僧伽大會，那是全世界最盛大的上座部佛教會議。他的膚色比其他人都深，作夢時用的也是不同語言。他的長袍是土黃色，而非褐紅色，因為他在仰光算是外來者。他希望將軍能欣賞自己帶來的禮物，這位狂人讓他那區的資深僧眾相當著急，因為他去年答應幫忙翻修僧院，後來卻沒有任何動靜。那間僧院迫切需要外來資助者的幫忙，尤其附近正有場內戰在醞釀。

這名僧侶在腦中賜福這名女子。在她靜止的剪影後方，他看見有些什麼在動，看來是條深色的尾巴滑過她腳邊。根據上頭的黑白條紋判斷，那是一條有毒的環蛇，正靠著她身體底下的陰影遮陽，彷彿那是道小小的山脊。僧侶被嚇得動彈不得。要是把她叫醒，那一人一蛇中一定會有一方恐慌起來。所以他只是站著不動，為她的生命祈福。

瑪麗在睡夢中翻身，他可以看到她的雙眼在變化姿勢時眨動。她現在跟那條環蛇面對面躺著，彷彿蛇是她的情人，她睜開雙眼，不再眨動，凝望的眼神中沒有變化，沒有恐懼，也沒有驚慌，彷彿她只是剛醒來，還在回想稍早的一個夢，一個難忘的夢。她清醒地在那裡躺了一陣子，終於又逐漸陷入睡眠。她開始打呼，蛇被新出現的震動干擾，決定爬去其他地方。

那天之後的時光，僧侶都隔著一段距離觀察她。她祈禱時坐在神壇正前方，每隔一段時間就會起來用水潑臉、抽根比迪菸，然後嚼一下檳榔。她在接近傍晚時離開，走下大金寺階梯，停在帶了很多鳥籠的那個男人旁邊，付錢放生兩隻八哥，然後跟著那男人往下走。僧侶跟著她走到階梯最底下，走出大門外，抵達一個隱蔽的角落。在一棵樹下，她伸開雙臂，讓兩隻鳥停在上面，然後那個男人打開籠子，讓兩隻鳥再次飛進去。

僧侶無法再壓抑自己的好奇心。他從陰影中走出，賣鳥人因為他突然現身而嚇得趕緊拿起籠子離去，只留她在原地。

這不是僧侶第一次來緬甸，他之前就是在緬甸的僧院完成學業。他的緬甸文或許不流利，但足以清楚表達自己的意思。他賜福於她，她感激地鞠躬，即便她的年紀足以當他母親，他也年輕得可以作她兒子。

他生性沉默，常避免和別人四目相交。「這位佛陀的女兒，我見過其他人為了善業把鳥放生，卻沒見過任何人花錢讓這些鳥自由之後，還把牠們重新抓回來。」他說。

她試著開口時，眼神也同樣盯著他的腳。「我無法讓我的兒子自由，也無法改變一隻鳥的命運。我只能透過幻覺去看他們。」

她的話語在僧侶腦中徘徊不去，瑪麗在蛇旁打呼的畫面也還留在他腦中。他已見過生命之輪的運轉方式。他來自印度洋上一座淚滴形的小島斯里蘭卡，這座小島跟緬甸這片如同哭泣之眼的土地一脈同命。這片充滿傷口的土地不停流血，隨著時間過去，就連高掛天空的太陽也在流血。在即將來臨的一場場戰爭中，年輕人會死去，逃過一劫的老人們會埋葬他們。

他很清楚，就在他啟程前往仰光的兩天前，僧侶為七個在地溝裡發現的年經人舉行了臨終儀式。沒人敢問這些人是誰，或者他們的肉體為何被燒焦。

＊

將軍不遺餘力地組織這場僧伽大會，所投注的資源已到了荒謬的程度，他把整個國家年度預算的四分之一都花在這裡了。超過五千名代表預計前來參加，他邀請了遠自韓國、蒙古和美國的僧侶及教授出席。首都有謠言指出，將軍的迷信已進入了一個新境界，在他此後的一生中，他還會為了避凶，將貨幣面額改為「九」的倍數，甚至為了抗衡左翼份子的反叛行動，而突然決定將所有車子改為右駕。他還曾為了永保年輕而用海豚血洗澡。

將軍住在一棟湖畔大宅中。某些早上，他在床上盯著湖面時，會渴望湖水那片絕美的平靜能充滿他的內心。他有睡眠不規律和心律不整的困擾。他結過兩次婚，恐怕之後又得再結一次。他的內心深處很清楚，他所尋求的不是掌控國家或愛人的絕對權力。

大會開幕之前，將軍主持了一場私人見面會，他需要他們所有人的賜福。

一名年輕僧侶遠從斯里蘭卡帶了菩提樹的幼苗來給將軍。那棵樹是西元前三世紀從印度帶去斯里蘭卡的菩提樹苗後代。

「願這棵樹苗能為生長的土壤帶來和平及繁榮。」僧侶說。

將軍深受感動。他的心靈因為這名僧侶溫和又篤定的姿態獲得平靜。他幻想自己能拋下一切，成為這名年輕僧侶的信眾。他一直幻想著出家，隨著年齡增長，這個想法愈來愈常在他腦中出現。

因為喜歡這份禮物，將軍問僧侶他能回報些什麼。

「讓他們自由。」

*

「你為什麼活著？」軍官問柏拉圖。

柏拉圖已在獄中待了五年。他之前被判入獄十年，但現在刑期砍半，將軍為了僧伽大會特赦了一些政治犯和一般罪犯。

獄中針對將軍的這項舉動出現不少猜測。他是因為迷信才這麼做的嗎？又或者是狡猾的政治手段？因為現在全世界都在關注此地，所以他想博取大家的同情？又或者他是為了累積善業，決定與其把鳥放生，不如來放一些人嗎？

這是柏拉圖接受的最後一輪審訊，他出於習慣沒有回答。

「你會活著，是因為我們讓你活著，」軍官代替他回答，「你年紀太大，已經無法回去讀大學，但如果你願意，我們可以給你一份工作。擁有一份穩定的工作後，要結婚就不難了，就算是孤兒也沒關係。你的未來對我們非常重要。」

柏拉圖深受感動，孤兒可說是世界上最容易原諒人的生物了。

「軍政府照顧所有支持軍政府的人。我的母親已經癱瘓，我的兒子兩年前染上肺結核，如果不是有收入，我要怎麼付房租？」

兩人之間的桌面堆滿檔案、各種箱盒、紙張，還有將軍相片，他坐在軍官對面，明明彷彿跟他平起平坐，內心卻很氣餒。他好希望可以自在感受這場面象徵的平凡生活，這可是他在出獄後可能過的生活：告密者的生活。他或許還能跟其他情報官閒聊，甚至在某些時刻感到親密、欣賞彼此，又或者擁有共同鄉愁。「以前呀，」他們或許會說：「豬可重要了。」

懷抱著期待出獄的心情，也為了擺脫頭蝨，柏拉圖要求獄卒幫自己剃掉頭髮。他對自己的外表感到緊張，因為母親瑪麗會迎接他出獄，他發現自己正盯著反射在桌面的新月形牙齒。

「你知道我為什麼是孤兒嗎？」柏拉圖說。

「不知道。」

「我母親懷我時，我父親揍了她，她怕我會死，就殺了他，然後丟下我。你覺得我該原諒她嗎？」

軍官拿起杯子，小口啜飲茶水，但裡頭空了。他又叫來一杯茶，在等茶時對著柏拉圖微笑。柏拉圖也想喝點茶嗎？他不想。那杯茶來了，啜飲之前，軍官向前傾身，悄聲說了些什麼，因為實在說得太小聲，柏拉圖根本沒能聽見，只能靠唇形猜測。然後兩人都笑了，柏拉圖甚至笑到眼眶含淚。

＊

柏拉圖之後不會再見到這名軍官了，獲釋不到一年，他就會避開情報機構，逃亡到印度去。他會在印度及緬甸邊界的喜馬拉雅山叢林中訓練自己游擊戰的技巧，並且以新名字行動十二年。之後他作為武裝反叛軍的生涯會戛然而止，因為當時印度的情報軍隊將他的分隊誘入陷阱，再揑造罪名將他們丟入監獄。在印度時，他的母親又會繼續為了兒子的自由努力，許多人權組織也會為了他的案子奮戰。

有位來訪的律師會對柏拉圖的歡快模樣感到迷惑。他把他的微笑和笑聲都當成是癡呆症狀，但在此同時，他又對他清晰思考的能力及洞見感到讚嘆。

「我做了什麼讓你笑呢？」屆時他會這麼問柏拉圖。「你談起死亡、折磨和對國家的怒氣，但態度好像只是在講笑話。」

柏拉圖會再次笑出來，這就是他的答案。

他在印度監獄待了十年，出獄那年正是將軍死去那年。柏拉圖在其中一則訃聞中讀到他的六位妻子，因此回想起跟那位情報官的最後一次對話。

「我聽說比起共產黨，將軍更怕他那些老婆。」當時那位軍官說。

8

站在實皆的最高峰頂時，瑪麗想起了哈里特山，放眼望去，四周皆是綿延不絕的綠意。

各種形狀及尺寸的金色尖頂及圓頂突出在樹冠之上，像座落於草地的蟻丘。對他們來說，伊洛瓦底江是最接近海洋的存在，因為能將他們與三角洲和安達曼海連結起來，若要延伸得更遠一點，也能跟印度洋連結起來。瑪麗的一生都住在這條斷層線上，而實皆正是斷層線上方的中央脊骨，包括安達曼群島和布萊爾港都是由此脊骨延伸出去的神經。她永遠會將自己視為此地的外來者。這片土地屬於她的父母、她的丈夫，還有她的兒子。

幾個小時前，當她坐在薩帕隔壁，搭船橫渡伊洛瓦底江時，她看到許多漁夫站在水深及腰的江水裡。他們有些人身邊放著木箱，本人踩著高蹺站在水面上方，她覺得這種工作型態很古怪，或許她的緬甸人在去安達曼群島前也是這樣捕魚。

有個女孩在河床上賣糖衣花，這種沒見過的美食讓瑪麗覺得有趣，所以她買了一些，但嘗了後發現實在太甜，不符合她的喜好，而且吃完好渴。沒過多久，她的肚子就痛了起來，儘管江面就跟湖泊一樣溫和、平靜，瑪麗卻暈船了，子宮也一陣陣抽痛。一到岸上，她就衝到樹叢後方拉肚子，卻震驚地在褲子上看到血——她在將近三年前就進入更年期了。這次的月經是來自過去的一道迅猛洪流，可憎地令她回想起自己之前面對血的無助。由於毫無準備，她用一條手帕救急，回到薩帕身邊。那天稍晚，兩人到了實皆最高點，結束爬坡行程的瑪麗無論額頭或臉頰都紅燙似火，身體冒出大量汗水。她在一張長凳躺下，用報紙蓋住臉。

薩帕拿了冰棒回來。他用手掌擦掉瑪麗額頭上的汗，扶她起身，然後兩人坐在長凳上舔著細棍子上的亮橘色冰棒。冰棒融化在瑪麗手上，又滴到她的連身裙上。如果此時又有地震襲來，她是一根手指也不會動的，為了抵達這裡，她已經用盡所有力氣。

柏拉圖明天就會獲釋，但今天的她被擊倒了。她不過是跨越了伊洛瓦底江，這趟微風輕拂的短短旅程卻榨乾了她最後的尊嚴及意志。這趟旅程讓她像名青少女一樣流血，卻又因為更年期而發熱潮紅。這趟旅程讓她充滿活下去的意志，卻又奪去她所有盼望。

坐在公園長凳上的這天下午，瑪麗同時感受到一千種情緒，經歷過一千次生命洗禮，在被九百九十九次的生命壓垮之後，她發現這次無法堅持下去了。

柏拉圖曾在信中提到，自己是多醜呀，才讓母親決定拋棄他，但她最怕的不是他醜，而是她自己的醜陋。

「你有明天可以穿的籠基嗎？」薩帕問：「我們可以幫你買一條。」她的褲子沾血，整個人邋遢的樣子讓他擔心起來。

「穿上新衣服也無法改變我做過的事，」她說：「我丟下了我的寶寶，他當時甚至沒完全斷奶。」

伊洛瓦底江開展在他們面前，從他們的長凳望過去，這條河彷彿被一座幾乎是島的沙洲分成兩條河。儘管水位很低，薩帕仍能看到有船正往上游前進，這些人別無選擇，河流是唯一能往北移動的途徑。遠方是曼德勒的山丘，那些山丘柔軟起伏，如同沙的漣漪一道道漫開，相較之下，西方的喜馬拉雅山及北方的西藏極度令人感到壓迫。由於西方和北方的山如此高聳、陡峭，對大多數人而言，世界到此即為終結，從沒有人征服過南迦巴瓦峰附近的峰頂或峽谷底部。曾有好長一段時間，人們也以為藏波河和雅魯藏布江是兩條分開的河流，因為沒人能越過那道大河灣，去看到它們倆其實出自同一條河。

薩帕試圖用眼前的景致分心，但實在沒辦法，瑪麗說的話讓他又回到了過去。

「不是每個人都能在這輩子得到機會，」他說：「去重新開始。」

瑪麗點點頭，一群烏鴉吸引了她的注意力，這些烏鴉並排棲息在一棵死樹的裸露枝條上，乍看會讓人以為是個幸福家庭。烏鴉媽媽為烏鴉爸爸理毛，而家中的青少年則漫無目標地東張西望。

因為承受不了罪惡感，瑪麗遁逃入自己從安達曼前往緬甸，準備初次踏上丈夫及兒子的土地之前，在小船上反胃、焦慮等待時對自己說的故事。

9

很久很久以前，有隻烏龜住在海裡，這隻母龜的體積如此巨大，活在牠陰影底下的魚和珊瑚都以為牠是朵雨雲。某天，牠游到最近的岸邊，往沙子裡挖了一個深深的坑，下了一百顆蛋，再用沙子把洞口蓋住，不讓人意識到底下可能埋了什麼，然後重新游回海中。本來等到蛋孵化時，牠會在靠近岸邊的浪花彼方等待，再跟孩子一起探索世界上的七座海洋，以及位於天堂的第八座海洋。但這隻母龜難逃命運捉弄，竟然被漁夫的網子逮住。

蛋還沒孵出來，這隻母龜的身體就已被大卸八塊、煮熟，而剩下的那堆骨頭則被埋在漁夫的花園裡。但這隻母龜想活下去的欲望如此強烈，於是骨頭在一夜之間長出一棵樹。那是一棵古怪的樹，儘管木質堅硬如柚木，上頭卻沒長葉子，更別說是開花或結果。這棵樹因為憂傷而光禿。

漁父認為不開花不結果的樹毫無價值，決定用這棵樹的木頭來造船。這艘船駕駛起來非常穩健，不但能穿越海流，也能衝破最高的浪頭。漁夫將這艘船命名為「哀悼龜」，因為那隻母龜的靈魂一直在哀悼。

有一天，這艘船看到一隻年輕烏龜在深海處游動，立刻意識到那是牠兒子，因為每顆蛋都帶著過往生命的印記。哀悼龜生了一百顆蛋，真正活下來的只有一顆。游在船隻下方的兒子也認出母龜，船體輪廓就是一隻巨大的烏龜。

這對找到彼此的母子簡直欣喜若狂，沒注意到漁夫正在對烏龜撒網。很快地，漁夫拉起網子，哀悼龜太沮喪了，於是順著海水下的一陣翻湧，哀悼龜把自己翻過來，將漁夫跟網子甩到海裡。牠放兒子自由。

漁夫以為只是意外，他游到岸邊，打算帶其他人回來拖船。那天晚上，哀悼龜躺在沙灘上，渴望地望著大海。要是牠能游回寬闊的大海，跟兒子待在一起就好了，但船只能在水裡移動，在陸上動彈不得。牠開始祈禱，希望月亮用所有力量將海水拉上岸。

月亮說，「為什麼我要幫你？原本的秩序會被打亂。」

「這是一位堅決的母親善盡責任，想好好照顧自己的小孩，如果你能幫我，大自然會保佑你多子多孫。」

在很久很久以前，每天的時間還沒被分割成日與夜，太陽和月亮仍滿意地生活在一起，但蝙蝠被太陽照瞎，樹木也需要在黑暗中休息，所以要求太陽和月亮不要無時無刻待在一起。隨著時間過去，太陽和月亮的婚姻逐漸孳生出各種不滿。有一天，月亮站在太陽和地球中間，她提醒太陽，在這顆星球介入前，他們曾如此相愛，太陽被她的直言不諱激怒，開始揍她，即便到了現在，他都還會揍月亮，還常把她砍到缺角。

月亮在哀悼龜的懇求中找到希望，那是一種幸福的可能。月亮展現所有的光芒，照亮夜晚，海洋以漲高作為回應，滑入浪中的哀悼龜終於抵達開闊的海洋。隔天晚上，月亮下了一千顆蛋，隨著時間過去，這些蛋孵化出星星。即便到現在，只要有星星在夜空中孵出，人們仍能看見流星破殼落下。

哀悼龜靠著本能找到了那隻烏龜，和牠一起逃到地圖上沒紀錄的海域。在這個漂浮的世界中，牠們形影不離，每當有掠食者出現，哀悼龜就把兒子藏在船板上，因為即便是水中最厲害的敵人，面對水面上的乾燥世界也束手無策。

有一天，兒子游到一座深海洞穴覓食，一隻觸手從暗處彈射而出，抓住了牠，哀悼龜目睹了一切。因為船的設計就是要浮在水面，所以哀悼龜怎麼努力都無法下潛，但牠在瞬間讓自己四分五裂，以破木片及碎木條的狀態沉了下去。就在章魚要把烏龜放進嘴裡時，一根尖尖的木條刺進牠的眼睛，一塊木片游入牠張開的嘴，卡住牠的喉嚨，因為痛苦而扭曲的章魚終於放開了烏龜。

烏龜逃上海面，卻沒發現母親，只看到一片片破碎的浮木。牠開始哭，牠不願離開所有剩下的碎木，牠漂浮在所有能找到的碎木旁，終於失去了意識。

睜開雙眼時，牠發現自己在一座島上，這是個全新的地方，就連自己也煥然一新。他的身體變成一個年輕人，而躺在身邊的老女人正是母親。他糊塗了。島的一邊是叢林，另一邊面海，近岸的碎浪邊站著一個男人。

「你是誰？」他問那個男人。

男人微笑。「我是你父親，是我把你和你母親帶來這裡。」

其實在月圓那一晚，正是他的父親以海流形式將船推入大海，並將母親引導到兒子身邊。之前也是他把碎木拉入海水深處，從章魚手中救出兒子。他一直保護著他們。

三人一起在島上住了一陣子，並在好好休息過後重拾原本的旅程，繼續穿梭於位於陸地、水域及空中的不同世界。直到現在，偶爾還有人能看見他們以三道浪的形式出現，又或者是小樹林中的三棵樹，又或者是在天空飛的三隻鳥……

10

攝影師坐在牆上，他的籠基折到膝蓋上方，上衣掛在一邊。正午的熱氣已讓他全身浸在汗水中，而那件上衣他還得穿上一整天。就一座監獄而言，根據他的觀察，最外側的圍牆其實可以輕易翻過。他還有時間可以到處看看。卡姆提監獄的大門還沒開，但中庭已擠滿人，眾多家屬和友人在大太陽下等著，混雜其中的或許還有囚犯的同事和線人。

他是依照黨報編輯指示來報導這座無名小監獄，這座監獄的規模遠比不上曼德勒的歐勃監獄，但黨報這次的任務，就是讓讀者感受到大赦對全國帶來的深遠影響，並因此感到佩服。

他本來計畫提早一小時抵達，透過場勘尋找最適合取景的角度，但現場的群眾讓他寸步難行，沒人願意讓他站在前面，還有一大堆陽傘擋住他的視線。此地似乎是他唯一的最佳選擇——坐在牆上的高處，以鳥瞰角度拍攝。大門開了。

許多人微笑著湧出，這些囚犯想必都為了此刻精心打理過自己。攝影師拍到一些男人穿著排釦襯衫及夾克，還有些男人戴著眼鏡以及一頭梳整的髮絲。他拍到他們像小孩一樣揮舞雙手，衝向他們摯愛的親友。

他能聽見有人啜泣，有人大聲地彼此問候。他彷彿能直接嘗到流淌於人們心中的那份甜美。透過鏡頭看向現場時，他可以感覺到人們擁抱時不可置信的心情。他鬆了口氣，他相信已經拍到不錯的照片了。

他讓相機垂掛在脖子上，抹抹臉上的汗，眼神空洞地四處張望。他感覺到身後有些動靜，有兩個人站在牆的另一側，就在一條狹窄小徑對面。其中一個老女人穿著看似全新的籠基和上衣，頭髮上別著花，顯然很不自在，或許她不習慣時髦的打扮，或許她根本不想來，又或許她不喜歡一起來的人。在她身旁的年輕人穿著西式長褲，在一堆穿籠基的人群中特別顯眼。他不知道他們為什麼要在外面等，畢竟所有事都是在裡面發生。

一名剛獲釋的囚犯往外走到街上，腳步有些遲疑。他環顧四周，停下腳步，對他們揮手。他的微笑展現出被關過的證據——斷掉的牙。年輕男子揮手回應，女人看來快要崩潰了。攝影師望著他們擁抱，眼裡有淚水在打轉。沒有人交談。那兩人一樣心神耗弱，像是從未分開般緊抱著彼此，彷彿臍帶從未遭到切斷。

除了母子之外，他們不可能是其他關係吧？

山谷

1

這裡是他的家鄉，看起來卻一點都不像。

過去一小時，薩帕走在塔美爾的街道上，這個區域的入口狹仄，逃亡路線更是窄到不行。三輪人力車可以帶你深入法律無法企及之處，不會輕易退卻的渴望則將男人帶到人力車都無法企及之處——比如位於擁擠巷弄中的露臺夜店或地下酒吧。加德滿都的中心是一片早已沉淪的內陸土地，而塔美爾就位於其中的最底，這裡是一座塞滿靈魂及惡兆的糞池，隨時等著把你吸進去。

這些建築長得像成天喝醉的傢伙，凸著肚子，步態蹣跚，被總是忙碌的街道推擠到一旁，凹陷的天花板也隨時有倒塌危險，入口更是小如蛇洞。人們像白蟻一樣在這些如同斷垣殘壁的一個個土堆上爬動，若有巨大災害來襲，這些建築物會不起一絲漣漪的沉沒，因為支撐著這一切傾斜廟宇、下陷中庭、頹圮房舍和擁擠店鋪的那些竹子架構和木材板片，甚至是讓乞丐有辦法站直的枴杖，其實都只能帶來心靈慰藉。若有巨災來襲，不只這個區域，整座山谷都會崩毀為海床上的線條及凹陷，將各種生動的顏色及水流以新的形式及生命樣態釋放出來。

這些人到底是誰？他們為什麼活得像在垃圾堆中不停繁殖的鼠類？就在上星期，他才聽說有個男人從二樓露臺跳下來，他活下來了，只有兩處骨折可以證明他早已破碎的心。這些人一定是過著什麼樣的爛生活呀，薩帕心想，竟以為兩層樓高就能摔死人？比起存活，自殺還更需要運氣。

由於身邊總是有外國人，塔美爾當地人已學會用外國語言說話、登山及交媾，還能陶醉地享受他們吃剩的義大利麵和蛋糕。在此處的大多地方，薩帕基本上都會被當作本地人，但正是在這片出生的土地，他覺得自己像個外人。這裡是他的家鄉，看起來卻一點都不像，只有自己的心無從抵賴地深受牽引。

就在我們踩踏著的塵土之下數英里，躁動不安的土地正激烈地翻騰攪動，來自地底深處的音響穿刺入此時此刻。人們以為那是來自遠方的大批蝗蟲或風的低鳴，但薩帕不這麼想。在即將迫近的未來中，巨災是確切會發生的變數，而且將是有史以來規模最大。這場災難會將他們所有人連結起來。

*

因為實在是太需要打發時間，薩帕決定開始逛街。跟他上次回來相比，這裡的假貨品質似乎有所提升，他看到帕什米納和喀什米爾的羊毛製品，頂著廉價金髮的模型人偶白天穿著仿冒的「北壁」牌裝備，晚上穿著根本不是來自西藏的羊毛長外套，一大堆後製海報上都印上埃佛勒斯峰及其他八千公尺以上高山的照片。他還看到人造珠寶和假寶石，廓爾喀彎刀的贗品和廓爾喀人的虛張聲勢，假的犛牛毛和假的雪怪傳說，還有髒兮兮的牽繩人偶和二手毛衣。當肉桂、剛烤好的蘋果派，還有咖啡的氣味湧入街道，薩帕停下腳步，有間咖啡店就在人行道邊，其中擠滿外國人和外表打理得完美無瑕的當地人。店面正前方坐了一位年輕的山地女孩，因為身上的打扮及緊身衣顯得撩人。她正用手機跟某人爭論，雙頰泛紅，仔細修過的眉毛底下，眼影粉都糊了。

「他不值得你流一滴眼淚，」薩帕經過時這麼說。女孩驚訝地轉頭看他。「沒有人值得。」那些女孩子氣的男孩也絕不值得。昨天晚上，薩帕去了間有現場音樂演出的酒吧，儘管酒吧位於一樓，但光隔著一道小階梯就像進入平行宇宙。幾百個人擠在活動現場，他們喝酒、抽菸，聽著一群長髮細腰又穿著緊身牛仔褲的男人唱歌。那些男人的聲音和舉止都像青少女。

薩帕走過一間厚著臉皮自稱牙醫診所的破屋，那些塞在展示櫥窗內的假牙彷如神諭，除了有令人妒羨的完整一組三十二顆牙，也有一半的顎骨、變色的臼齒，和塗成薄荷綠及粉肉色的模型，而且每一個都彷彿靈魂附體一樣喋喋不休。屆時發生的巨災不會是地震、不是龍捲風，也不是洪水，而是這一切的總和，這場巨災會將所有生命吞噬，再吐出新標本，而這些沒有牙齒或下巴的傢伙也會到處在廢墟中尋找備用假牙。薩帕加快走路的速度。「懦夫，」他們在後方喊他，「他是沒牙的傢伙。」他們訕笑。

就在觀賞這個假貨世界時，他聽見前方有名女子悄聲說了些什麼。「塔美爾。」她告訴丈夫，又或者對方只是個被她認定為丈夫的男子。你永遠搞不懂這些白人，他們會把口譯員或陌生人當成愛人一樣撫摸。為了壓過身邊群眾的吵鬧聲，抓住男人手肘的女人又靠近了一點，「塔美爾，」她大聲說：「聽起來很像法國香水的牌子，不是嗎？」

薩帕笑了。

曾有一名緬甸軍官跟他索取賄賂，他想送情婦法國香水，當時還沒有香奈兒和迪奧的假貨從中國邊境大量湧來，市場上流通的都是真品。六星期後，他終於把香水拿到手，於是打開手工製作的瓶子，將香水之所以昂貴的祕密深吸入體內。那味道聞起來極為細緻，跟花朵和焚香的香法完全不同。

那天晚上，薩帕坐在一間舞廳裡，心思又回到那個女人身上。她緊抓的是別人的手臂，卻在他如迷宮般的心思中漫遊。他真恨她呀，她竟能看出他一直以來無能看出的事實：塔美爾的吸引力，就跟香奈兒一樣虛假。

*

薩帕抵達舞廳的時間很晚了，最近他開始避開這類場所。之前曾有一段時間，他會在這

41 廓爾喀彎刀（kukris）是尼泊爾的國刀，士兵若因為打仗有功，會獲賜一把刻上名字的廓爾喀彎刀。

種地方浪擲大把金錢和時間，就為了追求娛樂及性愛，當時他還深受這個假貨世界迷惑。

當他因為邊境的一座米什米村莊停下腳步時，內心有些什麼突然斷裂了。這個村莊的族長是他的朋友，而他就是在這位朋友的孫子家找到之前沒帶走的那張照片。在經歷了數十年的失憶之後，一個被埋藏的片刻就因此重現腦海，昨日彷彿近在眼前，今日也因此更為明晰。薩帕已經完全戒酒，至於藥物，他反正從沒喜歡過——他不需要靠化學成分來出現幻覺。

如果這張照片擁有自己的生命，現在也是個成年人了，而且是名多次寄人籬下的孤兒。這孤兒決心向大家證明，世上存在的美好及希望，遠超過我們內心可能容納的程度。

塔美爾這地方只讓這張照片變得更為魔人。當他絲毫沒醉地坐在舞廳中時，真正讓他內心動搖的不是人皆有一死，而是想像力危機。儘管那名女子又是旋轉跳舞、又是嘟嘴，還假裝凝望他的雙眼，但其實一直在看鏡子上的倒影。人造煙霧不是山嵐，天花板灑下的水滴也不是真正的雨，密集閃光如此刺眼，幾乎可以引發痙攣。之後巨災發生時，她會在後方一個房間跟客戶討價還價，牆面翻倒在他們身上，脫下長褲的男子直接身亡，女孩卻會穿過牆上一扇打開的窗戶，毫髮無傷。

薩帕之所以來舞廳，純粹是想讓一位有可能聯手幹點犯罪勾當的夥伴開心。之後不到兩星期的時間內，他會受託運送一批派對藥物跨越西部邊界，進入印度。他之前沒走過這條路線，但很有信心能成功。他會把那些藥物小包塞在羔羊的屍體內，遊牧民族本來就很常走這裡運送肉品，尤其是冬天來臨前，這樣做也能掩蓋住藥物的氣味。一綑綑的鈔票或許能換來一些技術，但只有祕密才能換取他人的祕密，薩帕知道必要的祕密，尤其是對付男人的祕密。他曾目睹一名軍官爬上舞廳的舞台，跟裸體舞者在人工瀑布下一起跳舞，即便已經過了三年，因為他沒把這件事告訴任何人，那名軍官仍是心存感激。

他招待的客人正待在一旁，手指沿著一名女侍的大腿上下撫摸。當晚稍早，她試圖擠到薩帕身邊，聲稱自己「受人命令」才這麼做，他給了小費，要她別煩自己。

前方有名舞者正在舞台上解開洋裝釦子，如果這些異想天開的元素不受阻礙地發展下去，每間舞廳每天都注定走向同樣結局。一旦沒錢的賤民被篩選掉，現場只剩有錢人，而那些道貌岸然的傢伙也被黑牌威士忌馴服後，舞者身上的一切都會消失，一件接著一件，先是上衣，然後是裙子、靴子、洋裝、胸罩、緊身褲，還有內褲。人造雨開始落下，在炙烈的聚光燈照射之下，有個裸體女孩做出了所有男人見過的最荒唐演出：為了產生泡沫，她在身上倒滿洗衣精。洗衣精中充滿漂白劑，但她的眼皮仍留有藍綠色眼影，雙唇也還是塑膠般的粉紅色。

薩帕在座位上不自在地扭動身體，他在看到接下來是個侏儒走上舞台時鬆了口氣。侏儒在舞台上走動時，他是唯一拍手歡呼的人。他在曼谷就有個朋友經營出租侏儒的經紀公司，這些侏儒會喝酒、跳舞、露出牙齒笑，就算有白人觀光客抓他們的下體也繼續表演。對於一個瘋狂的夜晚來說，真正完美的元素是侏儒，不是脫衣舞孃。

「全世界都笑尼泊爾人矮，尼泊爾人就去笑侏儒矮。」他跟合夥人說，那名肉販露出不是很真心的微笑。

燈光轉暗，舞廳開始播放一條歌，薩帕立刻聽出來了。在一系列揉合了舞蹈及肉慾的場景中，這條歌顯得不合時宜，那是一首寶萊塢歌曲，發行時間就在他離開村莊後沒幾個月。侏儒的剪影完美演繹了歌詞意境，他在尋找過去，迷你手指和腳步隱沒入回憶漩渦，身體因為還能感受到其中的情感一次次劇烈抽動。薩帕的眼神無法離開那張臉，侏儒的眉心緊皺，嘴巴半張，幾乎要被沒說出口的一切壓垮。

侏儒舞者慢慢癱倒在舞台上，逐一放棄對四肢的掌控，儘管雙眼閃爍水氣，他卻始終沒有掉下一滴淚。

薩帕結帳，離開舞廳，從後門離開時，違建廚房的臭氣撲面而來，混和了石油和燒烤生肉的味道，他覺得反胃——今晚所有尚未消化的食糜湧上喉頭。他一定得想個辦法不再讓這首歌迴盪在腦中。他在巷弄中漫無目的地走動，頭頂是彼此相連的陽台，這些陽台讓所有建物像是晾在同一跳巨大曬衣繩上，然後他走入小徑，而就在此時此地，未來正逐漸翻攪成形。

在黑暗的掩護下，極端的巨變正在發生。

人們都知道，一旦建物上的爬藤植物乾萎，磚牆裸露，鴿子搬走，而且來了兀鷲盤旋時，樓房就會倒塌。住在牆壁裡的生物很愛吃以前用來當作水泥的黏料，其中混合了鹽、石灰和小扁豆。這些生物喜歡由內往外吃，就像住在腸道中的蠕蟲，而且非得讓屋子骨架變得坑坑巴巴，跟原本用來當建材原料的礁石沒兩樣，才有可能罷休。

幾小時之前，薩帕才身處塔美爾此地一個人車洶湧的交叉路口，六條小小的巷弄在此匯聚成一座迷你廣場。那裡能看到加德滿都的典型場面：在這座如同沼澤的城市中，碎石瓦礫、鷹架、挖到一半的地溝，還有大約蓋到一半的建築全擠在各個角落及隱蔽處。瓦礫中還有座草堆，有個男人站在上面丟穀物餵鴿子，但那些攻擊性強的大鳥對死掉的種子沒興趣。身為猛禽的後代，這些鳥擁有渴望肉的爬蟲類欲望——比如那個男人本身，就是鮮活多汁的一大塊肉。這些鴿子呀，就是演化浪潮中的逆流。

＊

太陽剛升起沒多久，薩帕到家，那是個簡陋的房間，位於其中一棟荒敗建築的一樓。進門前，他閃開一名女性往街上扔的垃圾，有個年輕女孩坐在階梯上，頭埋在腿間。他鄰居的大門敞開，房裡散落著顏色鮮亮的衣袍，電視開著，即便沒有人在裡面，這房間仍能彷彿又吼又叫地引人注意。薩帕先把鄰居的門關上，打開自家門鎖，他沒關上門，好讓自己煮泡麵的人工臭氣散出去。藉由這氣味，他的人生跟香奈兒及塔美爾產生了連結。

坐下吃麵之前，他發現一個女孩正從門外平台盯著自己，應該就是剛剛在階梯上經過的那個女孩。

「想吃麵條嗎？」他猜想她今早遇上的悲劇是飢餓。她點頭。

他又燒了一次水，麵條、茶，和一包小餅乾是他所能提供的全部。她一定是很餓了，所以每樣都沒拒絕。

「你不需要上學嗎？」之後他坐下，問了她。

她嚇了一跳。「你是想落井下石嗎？」她定定地回望他的眼神。「就像房東對我的腳吐口水，說他不會用我的髒錢來養活自己，但還是每個月調漲房租嗎？」

這些話像是摑了薩帕一個耳光，他不明白這樣一個沒有惡意的問題怎麼可能傷到人。

「你昨晚為何不讓我服務你？」她問。

黑暗帶來的錯亂效應消失了，薩帕不安扭動身體，尷尬地一個字也說不出來。這個將麵條狼吞虎嚥吃下的女孩，跟他昨晚要求別來煩的女侍完全不一樣。昨晚的女孩面貌模糊、年紀不明，全身灑滿低俗的亮粉。

「你昨晚為何不讓我服務你？」她又問了一次，不因為他的沉默放棄追擊。

「因為我的年紀都可以當你爸了。」

她豪放又魯莽地大笑起來。「只有那些老爸才會來舞廳。」她說。

「我是去那裡招待我的生意夥伴，不是招待我自己。」

彷彿是因為出於敬意，她沒再笑了，接著極為誠懇地問：「你是對男孩子有興趣嗎？塔美爾有很多這種男孩子。」

這次換他笑了，那是真誠又尋常的笑聲。

2

今天反正做不了什麼正事，薩帕決定接受這個事實，如果現在就去睡，剛剛的笑聲很可能將淤積的情緒汙泥翻攪入夢中。

為了好好為這一天拉開序幕，他先把待洗衣物拿去泡水，洗碗，接著回來把衣服洗完。由於大半輩子獨居，他很習慣每天做這些家事。沒有任何悲劇、情緒或來自他人的攻擊，會重要到能讓他放棄洗衣洗碗。

這天的洗滌工作結束後，薩帕走入屋外人群中，那裡有登山者、黑市情報販子、乞丐、討價還價的顧客、毒品上癮者、未成年娼妓，還有年紀太大的情人。即便是在這樣的人群中，薩帕也不可能迷路。

氣溫似乎沒來由地驟降。在這個乾燥透頂的下午，暴風引發塵捲風，讓人回到身體只靠各種感知記住，而心靈早已毫無記憶的那些時刻。

冰冷的微風將雨水從山巔掃入山谷。人群只有幾分鐘能躲到騎樓及雨篷下，然後暫時放下人生，臣服於眼前的暴雨。

土壤因期待而潮濕，那是幾個紀元前蒸散的微量海水，上頭還冒著冬眠生物的氣息泡沫——少數頑固的生物基於自身智慧，堅持繼續靠鰓呼吸，牠們寧可因此進入死亡的沉睡，也不願靠肺臟獲得生命。

風襲上薩帕的背，一陣輕顫透過他的四肢蔓延開來，撞擊他的一片片指甲。他的肌膚爆出大量雞皮疙瘩。

為了躲避即將落下的暴雨，他選了最近的一扇門走進去。那是一間珠寶店，空間沒比電話亭大，才走進去，他就想起自己晾在露臺上的衣服，那些衣服是如此毫無遮蔽地暴露在加德滿都的酸雨之中。

「你想看什麼？」負責銷售的女性帶著美國口音問他，「青金石？銀？綠松石？珊瑚？」

薩帕發現自己是店內唯一的顧客，「不用，」他用尼泊爾語說：「我不知道該買什麼。」

「喔，我以為你是外國人，那你打算買誰嗎？妻子？女兒？」她改用自己的母語問。

「沒有要買任何人。」他語帶歉意地說。

他努力想找些什麼來買，只要不是給女人的東西都好。他望著那些珍品，地上擺滿手工藝品，就是外國人愛買的那種類型。薩帕仔細看了一批侏儒尺寸的黃銅人偶，覺得看起來又像神明又像怪物，實在很難區別。其中有些人偶正在交媾，比如一名男性和女性面對面站著，下半身相連，彷彿生下來就相連的暹羅雙胞胎[42]。另一組小人則是一名女性坐在正進入她的男性身上，他的雙手搭住她的腰，她則掐住他的喉嚨，但他看起來非常幸福。「太荒謬了。」薩帕喊出聲。

然後他看見那隻怪物，就是那尊藏在角落的怛特羅密教之神陪臚[43]，祂採取坐蓮式，正與一名只有自己身體一半大小的美麗女孩交合。這座神像是青銅製，有兩隻憤怒大眼和張大的嘴，還露出兩根狼才有的尖牙，女性裸體則塗城藍綠色，乳頭是血紅色。她的雙眼緊閉，頭像是放棄一樣往後倒。

他可以感覺到銷售員的眼神在自己背上四處爬動，他的耳垂因羞愧而發紅，於是狀似隨意地將注意力轉移到塑像旁的一大盒耳環上。

「這些都在特價，」她說：「既然你是當地人，可以打七五折，外國人的話只打九折。」

他挑了看到的第一副耳環，也沒等對方找零。沒想到他淪落到如此下場：毫無意義地買了一對耳環，而手洗的衣物正被大雨浸濕。他離開這間店，但還是清楚感覺到那個反射在櫥窗上的倒影跟在自己身後。那個笨拙、年邁的獨行俠。那隻怪物。

雷聲在周身大肆暴響起來，薩帕開始跑，但其他人都沒跑。他看起來像是目標明確，在塔美爾總是因此顯得特立獨行，沿街跟在他身後的是那名侏儒的影子舞、那名黏著遊伴的白人女子，還有早已性成熟的女侍的天真樣貌。無法承受這一切的他突然轉進一條小巷。

那是一條死巷，路面滿溢著鄰近餐廳和店面的髒汙垃圾。他無法停止喘氣，他被一種古

42 有紀錄的第一對連體嬰是在暹羅發現，所以連體雙胞胎又稱暹羅雙胞胎（Siamese twins）。
43 怛特羅密教（Tantric deity）之神陪臚（Bhairava）在印度教中是濕婆的一個凶猛化身。

怪的感受淹沒。這裡的空氣不可思議的黏膩，再加上腐爛的椰子和野草的垃圾臭氣，簡直像置身海岸邊沼澤地。

一名女子蹲在垃圾堆中，她的沉默如流沙一點一滴吞沒了他。她的頭髮結塊又雜亂，過大的襯衣沒扣對，長褲是靠一條繩子綁住才沒有掉下來。她的身體有一種身為母親的圓潤感，左臉頰有一大片瘀青，彷彿被某個沉重的物件砸過，比如磚塊或竿子。她的雙眼讓他聯想起自己在土石流後的眼神，那是一種什麼也沒看進去的眼神，無論髒汙或憂傷都沒看見。她的五官帶有生硬的山地人特質，皮膚曬得很黑，再加上鼻環，薩帕有了足以推測對方處境的所有資訊：最近北方地區剛受地震襲擊，她是那裡的倖存者，這名年輕母親應該來自不識字的農家。

薩帕詛咒導致她被拋棄的尼泊爾迷信。對尼泊爾人來說，她代表厄運，地震和各種悲慘處境都跟隨著她的影子。他無論如何都想幫上一點忙，所以在口袋中不停摸索，但只找到五十盧比。他把五十盧比放在她腳邊，猶豫了一下，取下腕上的設計師手錶，再用錶壓住紙鈔。她撿起手錶，玩弄錶面，再小心翼翼地頂在頭上。

這些舉動儘管孩子氣，卻象徵了她的生氣，這讓薩帕深受鼓舞。觀察她讓他入迷，他可以站在這裡幾世紀都沒問題，甚至可以像顆化石，埋在她灑滿月光的哀傷沙土中。

陡然升起的滿月吞噬掉黯淡的傍晚時分，讓垃圾堆在新的光線中現出原型，牠們其實是偽裝後藏匿在人們視線中的海洋生物。牠們蜷曲在一起，緊抓彼此的手腳或尾巴尋求慰藉，例如看起來像瓶蓋的菊石和鸚鵡螺。如同塑膠袋漂浮的水母纏住乍看像是斷裂水管的蛇和鰻魚，海百合和海星模仿花束被丟掉後的暗沉色調，至於爬蟲類只以物件的質地存在，如同破輪胎及金屬碎片散落各處。這些生物如同嬰兒般沉睡著，純真、幸福，又易受傷害。

她就坐在這些生物之間，無視生命在她身邊玩弄的創造及毀滅把戲。他又走近一步，希望跟她說上話，但受到驚嚇的她把錶甩了回來，錶敲到牆壁上，薩帕退回去。

回家後，他仔細檢查那隻錶，錶面裂了，但指針似乎還在運作。他的口袋裡還有個東西，是那對耳環，上頭掛著銀刻的一對轉經輪。薩帕花了一段時間旋轉兩顆轉經輪，還用拇指摩擦刻在上頭的一個個字母。

*

夜晚的敲門聲特別響，當時薩帕躺在床上，正為即將到來的旅程計算每個戶頭的錢。他沒走過這條路，所以希望帶夠現金，好在遇見罌粟花農時盡量買下鴉片。

一聽到那陣焦急的砰砰響，他就怕是那個人，她說自己叫作碧柏，還說那是自己最愛的電影明星就叫碧柏。他的身高只比她高兩英寸，兩人體格差不多，不過他打開門時，發現自己的影子如同比她大上兩倍的怪物籠罩住她，那怪物還有一對獠牙，上頭沾著她乳頭的血紅色。

暴風離開這座城市，雨卻流連不去，所以她決定今晚屈服於大自然的力量，待在家裡不上班。

她痛恨雨，冬天會讓她的肌膚乾到像羊皮紙，但她更恨雨。炙熱太陽是大學女孩想擁有美好肌膚的更大敵人，但她更恨雨，她的皮膚在雨中濕潤美好，但雨還是她最大的敵人。

薩帕不是很真心地向她點頭致意，如果開口說話，他怕她會變得更熱情，等於是鼓勵她講個不停，但話說回來，他一開始又為什麼要開門呢？

「只要走在雨中，或者透過窗戶看雨，我會出現一些感受。」她告訴他。薩帕靠著門框，不著痕跡地阻止她進入屋內，而且沉默不語，但她還是沒有離開的意思。

「怎麼樣的感受？」他終於還是問了。

碧柏從他的手臂底下鑽進房間，黑暗中的她彷彿著魔一樣邁開大步前行，她在窗邊停下，欣賞窗外的景致。塔美爾的街道及建物被雨水淹沒後，讓人有種在看水族箱的錯覺，山谷邊緣就像玻璃一般輕透、堅實，閃電是夜空中的活物，滑過反映出燦亮霓虹色彩的水面。

在這片遭水淹沒的夜之領地，時鐘指針開始閃動，一道難以察覺的裂縫出現在時間中，各種色彩及形狀得以從此遁逃而出。深海生物發出的螢光統御了這片黑暗，牠們穿越了一個個紀元，希望奪回屬於牠們的權利——這座山谷。這裡曾是陽光沒有膽子闖入的海溝，其中的獵捕者沒有視力，不知道自己發出的電光多麼燦爛。在這屬於大海的午夜時分，只有好騙的傢伙才能清楚看到一切。

她出乎意料地笑了。

「雨讓我生氣，就算我在笑也一樣，雨讓我受傷，讓我什麼都做不了。我覺得被雨困住，過一陣子之後，雨又讓我覺得無聊。」

薩帕打開燈，這是他唯一能想到的回應方式，受到這個舉動的鼓舞，她在十四小時前坐過的椅子上坐下。

「我餓了，」她說：「弄點食物來吃吧。」

之前聽到有人敲門時，薩帕完全不知道會面對什麼，更重要的是，他不知道她對自己有什麼期待。但聽到她說自己餓時，他鬆了一口氣，而且放鬆到沒去好好思考，為什麼她非得要他來擔任烹調泡麵的大廚。

這個看起來像個孩子的傢伙幾乎要把他今天的食物吃完了，如果她跟早上一樣餓，薩帕知道自己一定會用完存糧。他用了個小技巧，那是到處藏匿的反叛軍教他的：如果你把放太久的麵包油炸過，再撒上鹽，吃了比較不會餓。吃完他的這道招牌料理之後，她沒再要食物來吃。

她環顧四周，思考著還能要求些什麼。「跟我說個故事。」她說。

薩帕還是不說話。

「你說你已經老到可以當我爸，那就為我說個故事呀，」她又說一次。「這就是爸爸會為孩子做的事。」

「我不知道任何故事。」他說。

「如果你不跟我說故事，我就自殺。」

薩帕終於第一次正眼瞧她。「你喝酒了嗎？」

她搖頭表示沒有。「嗑藥？」

沒有。

「吸了些什麼？」他以手勢示意。還是沒有。

她表現出一種戲劇化的莊嚴姿態，不讓薩帕別開眼神，他也不再打算這麼做。他起了好奇心。很久很久以前，薩帕曾想自殺，但無法決定如何下手，而等他終於選定手段時，罪惡感阻止了他。

他仔細思考了她有的選項：從塔美爾的任何一棟建築頂樓露臺跳下去都死不了人，高度根本不夠；安眠藥只能讓歐洲人致命，畢竟如果睡太久可以殺死亞洲人，他相信我們早都死了；割腕實在太肥皂劇，而且沒效，但倒是挺適合她。

「你打算怎麼自殺？」

「我不想從樓頂跳下或割腕，因為這樣屍體會很醜。我想要到人生的最後都看起來漂漂亮亮的。我也不想服毒或吃安眠藥，因為不想死掉時沒有意識，我想體驗死掉的過程……我可以問你一件事嗎？但你不准笑。」

薩帕點頭。「如果直接停止呼吸呢？」

他咯咯笑了出來。

「根據你剛剛的說法，讓自己在巴格馬蒂河淹死是最好的選擇，河水會讓你無法呼吸。」她睜大雙眼，明顯變得不太開心。

「你怎麼會知道我的真名？」她問，聲音因為沉重的眼淚擠壓而發顫。

「我不知道呀。」他回答。

「你一定是知道我的名字是巴格馬蒂，不然為什麼要建議我在那條受詛咒的河淹死自己？你在嘲笑我嗎？」

碧柏看起來不再像個被寵壞的孩子，而是一名遭到背叛的女人。「你為什麼想自殺？」他問。

「因為我很無聊，太無聊了，而且眼前看不到擺脫這一切的可能。我從沒離開過加德滿都，沒看過雪或埃佛勒斯峰，但每個臭死人的外國人都看過。你相信嗎？我真的什麼都沒看過，沒看過海，沒看過瀑布，只看過河裡髒兮兮的泥巴色垃圾。我本來有在存錢打算離開，但看到新的日本智慧型手機推出，就買了一支。一開始簡直太棒了，手機讓我變得容光煥發，頭髮閃閃動人，嘴唇嘟嘟的樣子完美無缺，簡直像電影女主角。我覺得自己好性感，幾乎要愛上自己，但後來玩膩了。一個人能拍多少張照片？又能打電話給同個朋友多少次？更何況那些朋友都無聊透頂。手機玩久了也沒意思，結果現在沒錢離開了。」

薩帕不知道手機如何提升一個人的外表，但不想打斷她，他也體會過這種興頭。這些新奇小玩具最棒的地方，就是可以買來後再賣掉。

「我可以幫你把手機賣掉。」他提議，但一說出口就後悔了。她顯然不是要尋求什麼好心的建議。

斷斷續續的嘈雜雨聲再次響起，塔美爾本地常用的塑膠布及防水油布讓雨聲變得更吵。薩帕的心思飄回那名心神喪失的女子身上，他腦中的她是遠方雨中的一個模糊小點。她還在他剛剛見到的地方，無論是覬覦她身體的傢伙、狗，又甚至是暴雨洪流，總之都無法讓她離開。到了最後，這些沒心沒肝又迷信的尼泊爾人畢竟是對的。從巨災倖存下來的人就是會將災難帶在身上，因為那道傷痕永遠留在他們心中。那場地震就住在她的體內，她的回憶就是震央。

碧柏發出了清喉嚨的聲音，似乎是要提醒他自己還在房內。她脫下拖鞋，將雙腳擺到桌上，將馬尾解開，開始用手指梳理那一頭鬈髮。

有那麼一下子，薩帕忘記自己為何在此，又為何如此孤身一人活著。唯有在像今天這種雨天，當陸地變成海洋，鬼魂才會復生。回憶像早已絕種的生物，開始慢慢長出血肉和骨頭。

「你為什麼來這裡？」他問。

「我想聽故事。」

「聽著，我身上有一些現金，拿去吧，當作送你的禮物。」

「你覺得我沒辦法自殺嗎？是這樣吧？」

「不是這樣。只要你下定決心去做，就什麼都做得到，你是個聰明女孩。」

「那你是認為我這個人沒價值嗎？我不值得讓你說幾個床邊故事嗎？我的價值就只是讓人色瞇瞇地盯著瞧，還有給人隨便亂摸嗎？」

「你為什麼想聽故事？」

「我小時候常因為無聊而什麼都不想做，這時我爸就會用故事引誘我，這樣我就會願意把食物吃完、好好睡覺、梳頭髮，或者洗餐具——我做什麼都是為了聽故事。現在我懷念可以聽故事的時光。沒有他的故事，生活都不對勁了。」

「是我的問題，不是你的錯，」薩帕在腦中尋找適當措辭，「我不記得任何故事了，我是個生意人，我可以進口或出口貨物，但沒辦法說故事。」

「那跟我說說你自己吧。跟我說你的人生故事。」

「這樣會讓那些回憶死灰復燃嗎？」

「你承受不了嗎？」

薩帕沒回答。現在他只有兩個選項：如她所願說個不知哪來的故事，或者離開自己的房間，整晚在外遊蕩。但外頭讓他害怕，大雨讓他害怕。大雨會讓渴望如潮濕麵包上的黴菌大量滋長。

另外還有一個選項，但比起剛剛撞見的青銅塑像，這選項更讓他害怕。他的手指抽筋，一邊環顧四周一邊不自覺做出各種手勢，彷彿對著牆壁苦苦哀求。然後他撫平上衣皺褶，拍掉膝頭的灰塵，深呼吸，開始說故事。

＊

那座村莊非常小，只有十二個家庭分別在十座農場中工作，所有人都有親戚關係。大家總會為了地界及水源爭執不休，但這也不是他們的錯，誰叫大自然給他們最多的就是人。男人們很愛在別人吵架時跑去湊熱鬧，有時會為了逃離貧窮把女人或小孩賣掉。

他是個男孩。沒錯，他是丈夫、是父親、是兒子，但也是個男孩。他的見識多到足以讓他懂得一個簡單的事實：為了讓家人活下去，他得努力工作，也得行事機靈。透過大量的事前計畫，以及來自親人的協助，他成功建出一條水渠，將自家農場及冰川匯聚而成的高處水流連結起來。這沒讓他們的生活變得舒適或輕鬆，只是讓他們活得下去。

擁有可以持續的灌溉水源之後，他們現在一年可以收成兩次，再加上兒子兩歲了，身為男人的他開始有了更大的野心。他想把一部分作物拿去賣。播種的季節過去了，雨季隨之展開，但他沒有呆坐在家中，而是去了最近的小鎮。這段路程花了他三天才走完。

＊

「你為什麼在哭？」碧柏問薩帕，他癱坐在椅子上，彷彿正在向地板告解。淚水在他的上衣、長褲，甚至是襪子上都留下了濕答答的斑點。「然後發生了什麼事？」

＊

那天晚上，一朵雲在離他家很遠的山巔下起暴雨，土石流掩埋了整座沉睡的小鎮，所有房子無一倖免。回到村莊時，他在瓦礫堆上坐了好幾天，甚至沒有力氣清除那些殘骸，他不說話，也不進食。隔壁村有個阿姨叫他哭——沒辦法哭的男人除了會打仗之外一無是處。但他就是沒辦法哭。他離開了村莊，從此再沒有回去。

＊

一旦開始說故事後，碧柏就變得無關緊要了，她不知道如何獲取他的注意力，只能像個幼兒一樣蹲在他的膝蓋旁望著他。他用雙手撐住的那張臉，現在已埋藏在大片的淚水及鼻涕底下，還因為輕微的顫抖變得更難以看清。

她把一條粉紅色手帕和一顆橘子硬糖放在他的大腿上。「我把你的食物吃光了，手邊剩下的只有這些。」

薩帕用手指緊抓住那些禮物，用的是跟他旋動轉經輪一樣的力道。

「我們哭是因為之前發生的事，」她告訴他：「我們哭是因為不知道之後會發生什麼事。有時候，我們哭是因為即將發生的事，但又不能讓它發生。」

「你怎麼會知道這些？」

「我喜歡哭，這是我最愛的消遣。人們哭的時候，我比較能夠了解他們。」

她握住他的手，透過指尖發現他的手掌粗糙，命運的線條在乾涸河床上曲折蜿蜒。此處的生命蒸散殆盡已久，只留下這片乾涸。

3

沒人知道巴格馬蒂河的源頭在哪裡，岸邊貧民窟裡的違法住戶更不可能知道。就跟所有聖河一樣，它的源頭一定在某個雲深不知處的所在，沒有任何人類能抵達，至少這些連家都沒有的窮人絕對沒辦法。但窮人有信仰，他們相信這條河源自眾神之地——不然歷任國王為何選在這條河畔建造王國和寺廟？因此，儘管作為神之化身的河水是如此羸弱、骯髒，他們也一樣敬拜這條河。

為了讓這條河滿意，她父母將第一個孩子取名巴格馬蒂，因為他們家就位於河水隨時能吞噬的邊緣，生活也總是處於搖搖欲墜。每一年，雨水都會沖壞他們的一面錫牆或錫屋頂，甚至有時一起沖掉。對他們來說，血的顏色就是鏽的顏色，血的味道也是鏽的味道。

至於他們的女兒巴格馬蒂，則會在跟自己同名的這條河中尋求慰藉。她相信魚會在晚上長出腳，像蝌蚪一樣到處走動，她還可以看出這些魚在白日天光中練習，一次又一次跳得更高。她幾乎一無所知的是，現實情況剛好相反，在黑暗中，其實是有腳的生物會夢到鰭和船舵。他們把鰓和肺臟放上生存的天平權衡，而當巨災來臨時，游泳終究比用腳逃跑來得明智。

這條河奪走了巴格馬蒂的第一隻寵物，那隻小流浪狗直接跟著她走入水中。但那不是唯一發生在她身上的悲劇，因為家裡成天犯水災，她父母對這間陋屋的關注遠勝於孩子。身為家中長女，她被當成家務傭人賣出去，主人一有機會就摸她、愛撫她，勤快程度堪比女主人老把餐廳門關上的頻率：畢竟飢餓之人的眼光一旦落到食物上，食物就會受到詛咒，而且難以復原。

十五歲時，她發現自己無法接受人類的生存邏輯。對她的父母來說，為了另外三個孩子犧牲一個孩子，是種人性的計算方式，但身為被犧牲的孩子，她不願協助清除他人經血、每日的肉慾，還有那些髒碗盤。

所以她逃走了。她每晚睡在塔美爾的街上，後來才在舞廳找到工作。經理說她的工作是女侍，而非妓女或舞者——那些不過是額外的促銷活動。

＊

他是首先注意到她的其中一位客人，許多外國人來過舞廳，卻只有他與眾不同。只有這位胖胖的美國人會跟她們聊天，熱心招呼她們坐下，又是調情又是歡笑。

因為她的害羞，他顯得更有興趣。她跟其他女孩不同，只要發現他盯著自己就會別開眼神。他會把一面鏡子放到她面前，讓她瞧瞧自己散發出的魅力：她的頭髮狂野地鬈曲、顴骨高、鼻子小巧、一雙眼睛內斂壓抑，一切都非常可愛。他會買禮物給她，比如數位相機、手提包，或者化妝品。某天晚上，他說想「投資」她，說她是全亞洲唯一純潔的小東西。

她拒絕了，但他持續提高籌碼，他讓她看自己帶的十幾張信用卡，表示可以用任何她要的貨幣支付，無論是盧比、美金、泰銖還是中國的貨幣。她只需要開口，開個價。

一開始他開價兩百美金，之後每天都把價碼提高一些，後來他實在受夠了，直接開出一萬美金。那天晚上他真的喝很醉，睡死在酒吧的一張沙發上。沒人能把他扶起來，他太重了。

她那天晚上哭了，她沒跟人談過這種交易，結果和一名男舞者上床了。那是一位很愛追求舞台紅星的伴舞，她迷上他光滑的肌膚、纖瘦的身形，還有虛情假意的婚姻誓言，然後在五個月後離開了他。他說她很幸運，因為有種「大學女生」的長相，而對於想去百貨公司打發時間，或者去咖啡館大擺架子的客人而言，最垂涎的就是這種高檔伴遊。比起當妻子，這種外表還是當妓女更有優勢。

一直到那時候，她才對所有的感情關係死心，她意識到自己一直誤會了那個美國人。世上最能表達敬意的就是錢了，所有人不停離開她身邊，他卻是個願意投資自己的罕見對象。

從那時候開始，碧柏就緊抓著這個人生哲學不放，正如巴格馬蒂死守父親跟自己說過的故事，那些哄她入睡、讓她做夢的故事。人生的一切都有價格，而真正的挑戰在於，你是否付得起。

幾乎已是淩晨的這個夜晚，碧柏一邊洗碗一邊抹掉臉上的妝，儘管雙腿因為踩了一碗高跟鞋而疼痛，人也很想休息，她卻無法對一堆油滋滋的碗盤視而不見。對她來說，髒亂的水槽是她的噩夢。

*

刷平底鍋時，洗碗精的芳香讓她彷彿回到在廚房忙碌的傭人時光，女主人彷彿很快就會把所有食物拿進餐廳，關上門，留下她獨自思考：吃太飽的人又會對飢餓的人下什麼詛咒。

巴格馬蒂出生於樸素、簡單的貧窮生活中，光是一小筆錢都足以讓窮人微笑，但女主人將門關上的舉動，把她放逐到一個連有錢也無法讓她快樂的處境中——就算是依靠錢得來的新體驗、新玩物或癮頭也沒辦法。在舞廳工作後，貧困不再是她的生活風格，而是她的思考模式。

她身處廚房的這兩個片刻只相隔三年，在這段短短的時光中，碧柏發現自己比丟下的家人還窮。她或許體驗過狂喜、悲傷、憤怒或充滿歡笑的各種時光，卻少了奔放河水帶來的滿足感。她深受匱乏所苦，這種匱乏從大腦蔓延到身體，再從身體蔓延到心中。

她把臉抹乾淨，頭髮編成好幾條辮子，躺在床上時，她決定趕快存錢離開舞廳這個世界，免得終將屈服於皮條客的虛假示愛，又或者在自己孩子身上強行實施毫無人性的算計。

但匱乏這種疾病還是猛烈發作起來，有名客戶正賊頭賊腦偷拍她的屁股時，被她發現手中拿著最新版本的iPhone。「給我看你拍的照片。」她要求，然後開始欣賞那些新潮又時髦的拍照應用程式，還有手機更為時髦的金屬機身。為了讓自己感覺更美、更性感、更快樂，她必須投資一台新手機。

買到手三個月後，她就再次對人生感到各種不滿足。殺掉自己不是個太糟的點子，就跟一個陌生人幫她煮麵條，卻不想跟她發生關係一樣，光是想起就令人感到安慰又溫暖。甚至他還對她說出「父親」這個詞，讓她回想起已經失落很久、很久的純真。在那麼久以前，河流、山巒、谷地和冰河都仍未具像化之前，地球是平的，跟白紙一樣平坦。

隔天晚上，她跟薩帕說自己痛恨雨，但其實她說謊。站在門口時，她沒勇氣說的是，真正讓自己出現一些感受的是他，而為了遺忘那種感受，之前她可是投資了畢生的時間。

4

博拿佛塔矗立在一片荒蕪中，白色圓頂比周遭所有地下墓穴及建築都高，甚至比遠方的摩天大樓還高，整體看起來像顆下半部埋在地底的巨蛋。有藝術家在圓頂的尖塔表面畫上佛陀的眼睛和鼻子，上頭的紅色和藍色就像有人從德賴平原的靠海濕地獵到翠鳥，再從牠身上偷來顏色。

陽光將城市曬得慘白褪色，看起來就像一座在空蕩蒼穹下東倒西歪的瓦礫堆。原本生氣勃勃的一切——色彩、情緒、聲音和各種糾結難解的事物——都彷彿褪得更淡了一些。薩帕坐在一間頂樓餐廳，眺望著佛塔，認為原因就是佛陀的眼睛，那雙眼睛正用描畫自己的色彩旺盛燃燒著。

歷史上的加德滿曾是沿著巴格馬蒂河岸的一個個興盛王國，這些王國刺激了平原和山區間的往來貿易。內戰沒多久前結束了，有人在吃晚餐時射殺國王，那人坐在國王身邊，思前想後，終究無法接受一個國王擁有足以廢止暴政的絕對權力。

但人民的怒氣還是一樣熾烈燃燒著，促使山谷中的後代遷往外地——哪裡都好，只要不是這裡就行。就連沙漠和三角洲都比這裡更有自尊心，這些地方跟「至高之地」不同，都有好好遵循大自然的規律，而在加德滿都這裡，你甚至能看到餘火安眠在冰上。

薩帕可以看到佛塔的圓頂表面爬了許多裂隙。當巨災到來時，震動會讓圓頂崩裂成好幾塊，就像一顆即將孵出生命的蛋。巨大昆蟲、帶翅爬蟲類，還有色彩斑斕的兩棲生物都會從沉靜的酣眠中甦醒。牠們會從裂縫中爬出，羽毛和四肢因為羊水黏答答的，一舉一動都讓全身顫動。不是所有生物都能滑行或爬行，或甚至腳步不穩地直立走動，因為其中也有某些生物的移動狀態是漂流，例如海星、蛞蝓、軟體動物和甲殼類動物，都是仰賴水流才能行動。那牠們會怎麼做？他在內心琢磨著，牠們會攀附在其他生物身上嗎？又或者靜待洪水掃過蛋殼？在巨災帶來的劇變中，河流會改變軌跡，流進湖泊，整座村莊也會再次遭到淹沒。

到了最後，在孕育未來的子宮深處，這些湖泊會由冰川取代，冰川再被海洋取代。那場巨災會以一道龍捲風拉開序幕。佛塔底部設置了一整圈轉經輪，而猛烈如洪流的風讓所有轉經輪反向旋轉。正在巡行佛塔的人們也會開始將轉經輪往反向旋轉，他們會沿著來時路往回走，藉此逆轉在進化過程中的失敗——逆轉那條從湖到海到陸地到山丘的路徑。他們從高原來到平原，現在又來到山谷，從一顆細胞到無數無數的細胞，從六隻腳到四隻腳到八隻腳再到兩隻腳，結果卻只是不停原地繞圈走，內心充斥回頭的渴望。

薩帕從餐廳的高處往下瞧，看不出螞蟻的狂亂動態跟無腦遊蕩的朝聖者有何不同。他們全朝著同個方向移動，就像一個誤入歧途的有機體，因為數億年的疲憊放慢了腳步，而神的藍眼睛在上方看顧，指引每一塊石頭和細胞走向死亡。

*

薩帕是來見朋友的。此時他突然想到，儘管兩人沒正式承認，但他和這位朋友柏拉圖都是佛教徒。長達三年以來，信仰這話題卻從未在兩人的對話中出現。

「我們的神有一對藍眼睛，」薩帕指著畫在佛塔上的眼睛告訴他，「但我們的是黑眼睛。」薩帕突然意識到，這項差異就是他們的苦難根源，他微笑。

柏拉圖配合著對他微笑。他來加德滿都是為了幫薩帕規劃前往印度的旅程。他其實覺得實在不值得冒險跑這麼一趟，但誰又能說服薩帕拱手放棄可能賺錢的機會？

兩人啜飲著薑茶，他們的腸胃無法消化更高檔的食物。在印度監獄待了十年後，柏拉圖非常享受新鮮的薑味，那滋味好辛辣，就跟透過流亡獲得自由的反諷一樣辛辣。他的成年人生有一半是在監獄度過，包括緬甸和印度的監獄。他所有的犯罪行為都在最近獲判無罪，也有人提供他到遙遠的荷蘭接受庇護，但這提議想來實在奇怪，畢竟那裡的人顯然不吃米飯，只吃麵包，也不喝茶，更愛喝咖啡。而且在那裡他又能指望透過什麼方法跟家鄉的軍政府對抗？他的律師說可以透過全球網際網路，就在柏拉圖入獄期間，有些非常聰明的人已在網路上創造出一個平行宇宙，不但能反映這個世界，還能進一步造成影響，而且任何人都能用電腦進入那個世界。不，謝了。柏拉圖寧可跟母親神交，也不想透過電腦螢幕。

一隻泛著虹彩光芒的黃色甲蟲停在薩帕盤子上，兩個男人因此分了心。牠的黑色身體上有黃色斑點，橘色細毛覆在三對腳上。兩人被這名入侵者迷住，望著牠用鉗子般的大顎刺穿茶包，擠出一些液體。

「這是什麼蟲？」薩帕問。

「我不知道。在我入獄期間，就連蟲也變得不一樣了。」

薩帕笑了。受到新的震動驚擾，這隻甲蟲展開洋紅色翅膀飛走，兩個男人望著那道萬花筒似的色彩斑紋飛向空中，抵達隔壁屋頂。餐廳隔壁有個老人正爬上破敗的斜坡屋頂拔雜草，底下的虔誠信徒並不在意有雜草夾帶著完整的根脈及花朵從天空大片大片落下。那老人弓著一雙腿，小心在搖晃的磁磚上尋找落腳處，在他腳下，三層樓的垂直牆面直通通往佛塔的道路地面。

「小心一點呀，這位老爹。」薩帕大吼。老人微笑，露出一大堆缺牙口子，同時調整頭上的手搖紡織帽。

薩帕真不知道他過著什麼樣的人生。他腳步不穩、缺牙，卻願意為了比他們這餐費用還低的酬勞，爬到三層樓高的斜坡屋頂上拔雜草。

「一個老男人為了餵飽自己爬到屋頂上，甚至甘冒自己僅有的一切，也就是他的生命，而底下住著比他年輕很多的男人，他們聽收音機、看電視，又或者在睡覺。他們已經賣掉妻子和孩子。他們只要穿著上衣就熱到受不了，」柏拉圖說：「這就是對比，就是這種對比把生命轉化為藝術。」

這正是薩帕喜歡和柏拉圖見面的原因，在他認識的人當中，只有柏拉圖會這樣說話，而他的這類胡言亂語中總是藏著救贖的可能。

但除去薩帕所見的一切，除去他的個人看法，加德滿都仍喚起了他內心的柔情及焦慮。他無法忘卻那個女人，那個他在小巷中撞見的瘋女人。前幾天晚上，他又看見她了。

那是個沒有月光的夜晚，薩帕為了上廁所深入矮樹叢後方。就在他憑藉遠處街燈穿行而出時，看見那雙狼一般的眼睛，其中閃爍火光。她躲在小樹叢中，渾身赤裸、頭上沒有頭髮，看起來像有厭食症。他能看見那對皺縮乳房後方的肋骨突出，皮膚因牛皮癬充滿抓痕，到處滲血。左臉頰的瘀青已從一座島嶼發展成一片大陸。

在滿月的夜晚，她是大海的靈魂，在這樣的無月之夜，她是一座凝固大海的鬼魂。

坐在餐廳裡的薩帕面臨一個奇特困境：要是他能從一次的凝望中編出故事就好了，要是他能透過他人雙眼看到這個世界就好了。

「為什麼沒辦法呢？」他努力解釋自己面臨的問題，「為什麼我不能像你一樣寫出詩歌或故事？有關別人的詩歌和故事？」

「不是只有你疑惑，」柏拉圖回答時將兩隻手臂交疊在桌上，「許多作家花了一輩子在寫作，卻跟你一樣迷惘。他們只是在寫自己的人生，那是藝術最大的悲劇。我們可以去想像神，想像神的敵人，還能想像出讓彼此爭論不休的各種意識形態，但卻無法說出任何一個不是以自己為中心的故事。這是世上所有問題的根源，我的朋友，除非你能移除自我，才有可能理解他人處境。」

在這個被太陽照得蒼白又脫水的午後，薩帕感覺像是陷入愛河，又或者吸了太多印度大麻，但柏拉圖不想刺探他的故事。一直以來，他們倆總是沉默地享受著彼此的陪伴，甚至沉默地分享心中的惡魔。

「是什麼讓你對故事及詩歌那麼感興趣？」他終究還是問了，「之前你還嘲笑我……一首詩的價格頂多是四顆爛牙。」

「有個女孩，」薩帕回答：「她要我跟她說故事，我也想說，但不知道怎麼做。我不知道什麼能讓插曲或事件變成故事。此外，究竟是什麼讓故事成為故事？我的祖母跟我說過好多事，但那些算故事嗎？又或者只是……」

薩帕沒把話說完。他因為頭皮和背部奔流而下的汗水分了心。光是想到剛剛乾洗過的上衣要因此髒掉，他就覺得受不了。

如果沒在監獄待上這些年，柏拉圖不會理解薩帕的窘境，但由於人生中最有發展機會的年歲都葬送在監獄裡，他學會了閱讀、聆聽，以及在對方話沒說完時，去接納隨之而來的沉默。

「將生轉化為死的，就能讓故事成為故事。」他回答。坐牢時，柏拉圖無法接觸到外界刺激，包括筆、報紙、茶、對話，還有希望，他無法接觸到任何生命，就連一隻螞蟻或蟑螂都沒辦法。到了最後，真正擊倒他的不是與世隔絕，而是那種虛擲光陰的感受。因為被印度情報機關錯誤標籤為恐怖主義者，他怕自己會為了證明那些時光不是白費，而真正成為一名恐怖主義者。

「需要的是改變，」柏拉圖說：「需要發生點什麼，如果沒有改變，故事就死了，我們也死了。」

「我不覺得我懂。」薩帕說。

「舉例來說吧，一個未婚婦女懷孕了，」柏拉圖說：「抱歉，應該說是個女孩……那她一定得做出選擇，比如是要結婚呢？還是不結婚？到底要不要繼續懷這個孩子？要拋棄孩子嗎？無論她做出什麼選擇，結果不能毫無改變，故事的結尾不能跟開始時沒兩樣。」

薩帕陷入沉默，努力在柏拉圖的一堆廢話中，翻找可以回收利用的訊息。

「你改變了嗎？」他問柏拉圖，「你的人生是個故事嗎？」

「我的人生是場悲劇。」柏拉圖回答。兩人都笑了。

柏拉圖的雙眼湧起淚水。「那你呢？」他問他的朋友，「你改變了嗎？」

薩帕坐在那裡，淚水在臉頰上閃爍，看起來赤裸又脆弱，就像在無月之夜遇到的瘋女人。

*

那個老男人已從屋頂爬下去，站在底下的地面，兩條腿有一大半埋在他剛剛花了一小時拔的雜草堆中。他無法看見薩帕站在自己身後，薩帕在盯著佛塔的同時也盯著他。他揮手，但前方除了藍眼神明之外沒有其他可能對象，而在此同時，他的臉上閃過一抹破碎的微笑。

兩人分開之前，薩帕將一張裱框的相片交給柏拉圖，那是他近十八年前就打算做的事。

5

山巒綿延的土地是從大海中隆升而成，其中有許多事物外人永遠不可能理解，因為外人不是由此地的土壤孕育而生。這裡的土地既不平坦也不渾圓，既不寬廣也不狹長，只擁有幽遠的深淵。這就是為何我們身為這片土地的後裔，不會爬上那些最高的山巔，而是崇敬它們。當我們從地球上最高的所在，望入最深的深處，就能看到超越土壤、冰塊、碎石、沙子和悶著餘火的焦炭以外的事物，也可以看到那些將你和地球核心連結起來的裂隙。一旦看見，你就打破了生命的輪迴，不再是人類，但我們大多數人都想活下去。我們都想要有下一次機會。

這片土地可以自給自足，它有自己的沙漠、海洋、冰川、河流，甚至還有和世界其他地方完全不同的陽光及雨水。這些自然元素就是統御者，它們就是神明、是怪獸、是反叛軍、是革命人士。它們是舞者、是走私者、是將軍、是國王、是窮人、是有錢人、是愛人、是孩子，也是父母。這些元素就是人。

山裡的空氣靜定乾燥，能將一切保存下來。山裡的空氣保存了滅絕生命的骨骸，保存了早已到新土地展開新生命的靈魂丟棄的屍骸，他們某天可能又會回來取回自己的一切。山裡的空氣也保存了笑聲，即便那笑聲早已穿越山谷及洞穴，引發的震顫仍久久不停息。

世界其他地方透過呼吸消耗的空氣，在這片土地上卻是樂器。山巒使用空氣來哼鳴、敲擊、嚎叫及歌唱。山巒使用空氣將自身及你的靈魂相連，只要吸過一次山裡的空氣，就不可能斬斷這份連結。無論你在哪裡活出自己的故事，結果都由山巒決定。

不過，儘管我們這些喜馬拉雅山的孩子就生活在山巒的光明與黑暗中，仍有一些我們尚未發現的事物。喜馬拉雅山的心在何處？這顆心又是為了誰而跳動？

而關於這點，親愛的巴格馬蒂，這就是我們的故事背景。

*

很久很久以前，有道土石流吞沒他的世界。他獨自坐在瓦礫堆上，靈魂卻跟著其他人一起困在殘骸底下，以非生非死的中陰身狀態待了好幾天。即便到了現在，他還會以這種狀態坐著，過去對他來說就是一具具屍體，他無法讓他們復生，但也無法進入「未來」這具新身體。

帶來土石流的洪水已經消失。有一天，熾熱的太陽升起，讓他的眼睛湧出水珠，他開始哭，哭了好幾天，哭了太多個日子，導致日子本身都分不清彼此，因為他看起來每天都是同個模樣：用同樣的姿勢哭，坐在同樣的瓦礫堆上。他的淚水潺潺流下，形成一座湖泊。然後從湖裡走出一個小女孩，她是從眼淚出生的女孩，他是她的父親。她坐在他的大腿上，於是男人的靈魂從瓦礫堆中爬了出來，和身體重聚。他將她頑固的鬈髮梳成好幾條辮子，用破爛的上衣捲成一球，擦掉她塗在眼睛上方的藍綠眼彩、嘴唇上那抹血紅，還有身體上的金色亮粉。「你本來可以成為一名童女神，」他告訴她：「但你現在是人類了。」男人用殘留的遺骸重建了他的屋子。

之前他哭泣時，有一十神明看著他。雨之女神深感懊悔，因為之前那片突然興奮爆出大雨，導致土石流發生的雲朵，其實就是她的一位狂熱信徒。為了修正錯誤，她從天上派下她的女兒：一條河流。

巴格馬蒂是條善良的河流，她自告奮勇下到凡間，將土石流從喜馬拉雅山區永遠放逐出去，還教導雲朵和雨水此後只能散播歡樂。

每天早上，這名男子的屋子都會受到雲朵包圍。雲朵會在出發前尋求她的祝福，而她要做的就是抬眼望去，讓雲朵開始下雨，接著再一眨眼，讓雲朵停止。

*

「這代表她從未見過太陽嗎？」碧柏問。

薩帕想了想。相較於他只能漂浮在幻想世界表面，他對她沉浸其中的能力感到讚嘆。

「不是這樣。」他說。

*

有了她在身邊之後，村莊有了足以一年兩收的水源，不再只是一年一收。

巴格馬蒂長成一名美麗的女子。她的父親每天都會抹去她眼睛上方的藍綠色彩、嘴唇上的紅色，還有自然散落在她身體上的金色亮粉。她是生活在人類世界中，父親得保護她。有了她的恩惠之後，他再也不需要工作，所以時間都用來為她說故事。

有一天，一名年輕的遊牧人來到他們門前，就跟一般的遊牧人一樣來賣些小物件。

*

碧柏一臉困惑地抬頭望向薩帕。「他們都賣些什麼？」她問。她還沒遇過那些遊牧人，他們不會造訪塔美爾的舞廳。

薩帕還小的時候，曾花上好幾個夏天追著這類來訪的遊牧人跑，這些皮膚曬得很黑的外國人會從西藏帶來很多故事和貨物，迷得他暈頭轉向，比如犛牛骨珠寶和犛牛奶甜食。他們的牲口吃草時，他們會拿起許多寶石和歷史悠久的骨頭一一展示，這些回憶讓他微笑。

薩帕一時激動起來，下意識地更靠近碧柏。

「香奈兒，」他悄聲說，手緊抓住她的手臂，「遊牧人賣的是法國香水。」

他們爆出一陣大笑。而在遠方的埃佛勒斯峰基地營中，有名白人女子在睡夢中微笑。

*

那名遊牧人有對清朗的藍眼睛，站在門口時，他從裡到外沒有分毫震懾於巴格馬蒂的神聖力量。他的皮膚是泛金的粉色，如同傍晚天空，頭髮是一條狂暴的黑河，一路流瀉到腰際，但其中卻沒有任何一綹髮絲不工整，周遭的風跟水都沒有膽子碰觸他。

他的鼻環是一條金色的細圈，卻比巴格馬蒂看過的任何事物還要燦亮，甚至比他戴的項鍊還要色彩鮮明——那可是由珊瑚、骨頭、綠松石、青金石和瑪瑙貝串起來的項鍊。

＊

「珊瑚是什麼？」碧柏這一問，就扯斷了薩帕的故事線，這可是他正一點一滴鋪陳出來的故事線。

「就是長在海裡的樹。」他回答，接著打算繼續回頭找出故事的可能後續。

「你見過嗎？」

「見過。」

他曾潛到珊瑚礁附近，偷取、走私了珊瑚。他見過礁鯊、海龜、海豚，還有罕見的儒艮。這些生物大多閃爍著耀眼光彩，身上的明亮色調跟許多島嶼上發現的深色火山灰勢不兩立，但也有部分生物融入這些黏答答的灰土中，活得像片片汙漬。

此刻的他抓著受損嚴重的故事線，感覺很不開心，因為碧柏像個孩子般沒耐心地打斷自己。他太老了，不可能做好這件事，說故事讓他回想起初次性交的磨人感受，有些事就是得靠經驗。薩帕不是說故事的好手，也不是好聽眾，只是個寧可不受到任何人注意的疲憊走私者。他是在礁岩表面匆匆游過的石頭魚，雙眼激凸，皮膚上滿是藤壺。

他放棄了，他不知道接下來發生什麼事。

他低頭想對她說故事結束，卻發現她著急地盯著自己的眼睛，對於眼下的沉默滿懷企盼。

「我講到哪裡了？」他問。

「遊牧人項鍊的各種顏色，比巴格馬蒂看過的所有事物還燦亮，他的鼻環跟太陽一樣閃亮，我想應該是這裡。」

「沒錯，就是這裡。」

他握起碧柏的手，跟她一起重新跳入幻想之海。

*

巴格馬蒂望入遊牧人的雙眼時，奇怪的事發生了。她的眼睛浮起霧氣，睫毛濕潤，山區也因期待下雨而潮濕，這是之前從未有過的現象。她父親注意到了，於是邀請遊牧人在家過夜，隔天早上，他提議讓女兒跟這名男子結婚。巴格馬蒂是個善良的女孩，自然拒絕了。

「為什麼要把我送走？父親？」她問：「我不想離開你，我想照顧你。」

但這位父親已從女兒身上學到太多，不過短短數年間，她就讓他獲得好幾輩子的智慧。他了解大自然為何受到崇敬，她這隻手獲取的事物，一定會再用另一隻手給出去。他從淚水中重獲新生。

「我或許不是神，但知道你倆注定要在一起，」他告訴她，「跟他走吧，讓他引導你，去尋找喜馬拉雅山脈的心。等你找到時，想想我，這是我給你的禮物。」

乖巧的巴格馬蒂順從父親的願望，展開了前往丈夫家鄉的旅程。

那地方距離加德滿都人口擁擠的平原很遠，遠到無法用公里數或花費的時間來衡量。你得把螞蟻留在蟻丘內、老虎和大象留在叢林內，甚至得跨越草原、高原、山谷和山脊，直到終於抵達山的巔峰。能在這裡成長的植物很少，只有苔蘚和地衣，在此陪伴你的也只有烏鴉和兀鷲。你將擁有的一切拋在腦後，眼前的一切又全藏在雲霧之間，因此深信這些巔峰之外除了天堂之外一無所有。此處空氣稀薄，你的心臟跳得更快，呼吸也更急促。你不會太想進食，因為反胃的感受總是卡在喉頭。

但天堂在更高的所在，一旦你學會如何用視線穿過霧氣，就會意識到面對眾多山神之時，你不過是爬到祂們膝頭。若從此地再往上爬，你的鼻息會變成薄霧，薄霧會結冰。你的皮膚會乾得像羊皮紙，手指麻痺，所以大多數人會在此止步。不過遊牧人可不會停下來，他爬得愈高，他的新娘就愛他愛得愈深。

他倆就這樣進入了冰天雪地的王國，勇敢面對如同一片片薄冰掃來的暴風雪。他們在洞穴裡過夜，人類無法看到這些洞穴，因為外表有層即將變為冰川的冰牆作掩護，又或者只能看見一道冰川裂隙的開口。

每次都是他負責生火將冰融化，拿水清洗她的手腳，為了避免皮膚患上蒼藍症，他會交替使用熱水跟冷水。某天晚上，他將凍結在她頭髮上的冰融化時，她問了他，「你的家鄉長什麼模樣？」遊牧人從他俊秀、寬闊的脖子上取下那條項鍊，為她戴上。

「這條項鍊是我用小時候蒐集到的材料串的，」他說：「晚上你會夢到你的新家。」

那天晚上，夢中的她發現自己站在一片平坦的白色土地中央，身旁圍繞著一座座山。她看不見那些山，但知道山就在那裡。這些山比人們已知的最高峰還要高，因為這些山就是山神，而敬拜這些山神的是高山，是外國人花上數百萬來爬的俗世埃佛勒斯峰、楠達德維山、肯欽真加峰，還有其他高山。

有顆太陽威力驚人，讓土地更顯出刺眼的亮白，但沒點起任何火花。她的皮膚感覺溫暖，跟她丈夫生火時的感覺一樣。

她往前走了一步，腳下站的那一片白碎成粉末，裡頭的沙子混著珊瑚、貝殼和骨頭的碎片，就跟她脖子上的項鍊組成一模一樣。

*

對薩帕來說，地球是平的。若有白人飛上月球，回頭看了之後，表示地球是圓的呢？

「你有親眼見過地球是顆圓球的證據嗎？」他曾在三十年前這麼問柏拉圖，當時他們坐在仰光大學校園內的一棵菩提樹下。

「見過，不然船怎麼會在地平線上消失？」

「因為人類的視力太差，我們不像豹或貓頭鷹那麼幸運。在陽光很強的下午，如果你站在社區的一頭，會看不到另一頭，但這只是因為你視力不好，不是路往下彎。」

「目前也沒有人能提出投胎的證據呀，但你還是相信，不是嗎？」柏拉圖說，這是所有佛教徒的弱點。

「我不相信，」薩帕說：「如果我不工作，神不會餵飽我，如果我死了，神也不會讓我復活。」

「很久以前在歐洲，敬拜神的人們把一個男人監禁起來，因為他說世界是圓的，而且太陽才是宇宙中心，不是地球。他們一直折磨他，直到他收回這個說法為止，但你不屬於任何一邊，你不信神，你也不相信世界是圓的，那你對太陽的看法是什麼？」他問。

薩帕只是個誠懇的鄉下人，他沒意識到柏拉圖只是在逗他，所以他想了想——太陽？若是走在熱帶島嶼的火燙沙子上，你可能會猜想陽光在海洋附近的威力最強，但其實是在高緯度最能展現強度。只要在雪山頂待一小時，你就會同時曬傷並長出凍瘡。

「太陽怎麼樣？」他把問題丟還給柏拉圖，不太了解他想問什麼。

「你認為太陽是宇宙的中心嗎？」柏拉圖又問了一次。

「不認為。」

「你曾在生活糟糕透頂的時候，見過能讓你內心平靜、美好的日落嗎？」

「我還沒見過。」薩帕回答。太陽就跟所有其他星星一樣，只會讓你更加懊悔，所以天空總是充滿悔恨。

「如果還沒見過的話，」柏拉圖說：「那你還有希望。這表示還有什麼等著你去發掘。」

希望，薩帕喜歡這個詞唸起來的感覺。他會把希望當作故事送給故事中的女孩，畢竟是因為這個女孩，故事才有了生命。

*

做完夢的那天早晨，巴格馬蒂告訴丈夫，她在夢裡見到這輩子看過最神奇的地方，就彷彿太陽站在你面前，但又沒讓土地燒起來。「還有那些沙子，到底是哪裡來的呢？」她問。

於是遊牧人跟她說了自己家鄉的故事。

一開始，所有陸地是同一片海床，這片陸地躲在太陽照不到的地方，離空氣很遠。然後有一天，有粒沙子做了夢，夢中的它正在地球最高的地方沐浴著陽光，但這樣一個微不足道的夢改變了地球樣貌。那粒沙子一躍而起，每次都跳得更高，不同陸塊也因此被創造出來。

遊牧人的家鄉在很久以前是一片海床，但現在所有海水都已流乾，剩下一片沙漠。那是一片白光之地。夏天時，他會蒐集鹽、寶石、骨頭、貝殼和珊瑚的小碎塊。冬天時，他會下山交易這些碎塊。這裡的村民就跟所有其他人類一樣，認為這些小東西非常夢幻。遊牧人很愛為遇到的孩子編織有關這些碎塊的故事。

對遊牧人而言，這些小東西就是他的家人，跟他本人一樣，這些碎塊屬於超越時間的世界。它們不帶任何回憶、渴望或遺憾，而是一切的創造者。它們就是自己的太陽跟月亮。

一塊龐大的冰川擋在他們路途前方。連續好幾天，他們遇見的只有冰、雪，還有暴風雪。在生命都被凍結的土地上，若不是有丈夫搭的帳篷、篷內點起的火，還有他肌膚傳來的溫暖，巴格馬蒂也要凍成冰塊了。他的眼神如同陽光般灑在妻子身上，她仰賴他靜默的熱氣滋養。

某天早上，兩人站在一方玉色大冰塊上，他跟她說了個祕密。喜馬拉雅山之心就在底下某處——兩人腳下的冰塊內藏有一顆沙粒。由於各大海洋怕地球全變陸地，這座玉海就跳上來，包住這顆沙粒，並在捕獲的瞬間結凍。

巴格馬蒂抓住丈夫的手，眼神往下望向清透的冰塊深處。那裡面有好多裂痕、好多縫隙，還有斷層線穿過其中。她把耳朵貼上冰川起伏的胸口，一陣微弱的韻律穿過冰層，從冰層當中，那陣韻律跳入她的身體，流進她的耳朵，洪水般充滿她的體內，淹沒了她的心跳。如同那座海洋一樣，巴格馬蒂體內爆出一百萬種海洋生物的心跳。

她想起父親說的話，雙眼濕潤起來，儘管她是神的孩子，卻是從最素樸的人類身上，獲得了最珍貴的贈禮。

*

「牠們長什麼模樣？」碧柏問：「一百萬種海洋生物長什麼模樣？」

看看你身邊吧，薩帕想要說，牠們無所不在。牠們正從水管、垃圾堆還有牆壁裂縫中爬出。牠們緊抓住鷹架和板材。牠們從樹上落下、在魚缸中游泳，還會從內部吞噬建築的結構。牠們發出的螢光色弄瞎了黑暗的眼睛。但他怕，他怕碧柏會覺得他瘋了，他怕碧柏離開，徒留他留在這些牆壁的裂隙中，還有那些結滿蜘蛛網的角落。

「我不知道，」他說：「我不知道牠們看起來什麼模樣。」

「你有用手握過一顆沙粒嗎？」她問，她迷失在故事內彼此交錯的橫流中。

「沙粒比灰塵還小，」他說：「跟水一樣滑溜。沒人真正握過。」

那天晚上之後的時間，坐在地上的兩人始終保持沉默。他用手指掃過她鬈曲的髮絲，拍掉今晚卡在上頭的沙子及灰塵。「如果一顆沙粒就是心，」他在接近凌晨時說：「地震就是心的痛苦糾結嗎？」

「我猜是吧。」她回答，但注意力已被想像沙灘上的想像沙堡引開了，那畫面幾乎像明信片上的場景。她還在想一顆沙粒有多小，而她自己又有多大。

「土石流呢？」他問。他臉上的笑容或許淡了些，但仍未消失。

早晨陽光已從唯一的窗戶爬進，薩帕身邊形成一道暫時的光圈。碧柏打破神聖氛圍，在他耳邊悄聲說了些什麼，但他只能在她興奮到模糊的話語之間，感受到一陣陣溫暖氣息。

在清晨靜定的空氣中，兩人的歡笑像是融為一體的兩具身體，在擁抱中獲得生命。

6

那是個星期五的夜晚，碧柏跟經理說自己想跳舞，還要求他打開天花板的噴水裝置。碧柏不是舞廳的主要明星，基本上只是群舞時上場充人數的伴舞，不過在噴水時跳舞代表她打算脫衣服。這裡的經理算是有人性——如果舞者願意的話，內褲可以留著不脫。

接下來就是她的愛歌，她大步走上舞台，那首歌的主題是誘惑，當初也是為了她最愛的明星碧柏而寫的歌。她沉浸在巨大的幻想國度中，感覺副歌反覆唱出的正是自己的名字。「奪走我的心吧，」她唱道，「我就是為此而來。」

碧柏今晚稱霸了舞台。她之前的舞姿總是毛躁又笨拙，但今晚卻讓自己慢下來，彷彿水一般流動。

她背向觀眾，身體磨蹭著一位看不見的男主角。

「你今晚嗑了什麼呀？」一個朋友大吼，「簡直是個大明星！」

「我沒嗑，」她吼回去，「我在禁食，祈禱能找到一個好丈夫。」

今晚的她就跟電影裡的碧柏一樣令人難以抗拒，彷彿一位途經人類世界的女神。大家都能感覺到她的激情四射，一個醉醺醺的男人站在舞台邊緣，不停向她丟鈔票，另一個人蹣跚走到另一邊，將一卷細細的鈔票放上舞台，再用打火機壓住。穿著濕透迷你裙和胸罩的碧柏從噴水器底下走向舞台兩邊，戲弄著那兩個男人。這是一場戰爭，而她許諾為他們帶來解放。

只要一個打算拉下拉鍊的暗示，就足以讓他們失心瘋。有疊鈔票碰觸到她的腳趾時，她脫下裙子甩上那男人的臉，他欣喜若狂，但又看見她走向另一頭，穿著內褲挑逗熱舞。夜晚給了另一頭的男人機會，而他可不打算讓機會溜走，他抽出信用卡，用整座舞廳都能聽見的戲劇化語調大吼，「兩萬美金換你全脫！剩下全脫！」

碧柏拉出一抹微笑。她是女王，她掌控著這個充滿寂寞、飢渴及醜陋男人的王國。她早在鏡子前練習這套流程上百次，卻始終沒膽子真正上台執行，直到今天。

她轉身遠離那些男人，走向灑下的水花，嘴唇和雙眼在水幕中微張，但不是因為女孩們在興奮時會這麼做，而是因為寶萊塢巨星碧柏在電影裡會這麼做。

她解開胸罩，一個鉤子接一個鉤子解開，然後直直望入那男人的雙眼，搖頭，不，兩萬美金還不夠。她又把胸罩鉤子慢慢扣上。

「三萬！」他大吼。

她大步走過舞台，臉上又出現微笑。她的主題曲早已結束，現在是一首流行的嘻哈新曲。她沒聽過這首歌，但無所謂，她早已駕馭了今晚的節奏。

「三萬五！」有個新的參賽者大吼，他已經醉到無法從沙發上站起來。「一萬五換胸罩，兩萬換內褲。」

那天晚上，碧柏第一次脫光衣服跳舞。她在舞台後方的一個陰暗小房間內，只為一個男人脫光衣服，奔放地舞動身體。迪斯可光線打在他們兩人身上，各種顏色的星星不停重新組合成新的星座。舞廳內有很多到處蹭機會的妓女，他今晚本來可能把錢花在其中一位身上，後來卻在碧柏身上撒了七倍的錢。這場勝利屬於他們兩人，她或許激起了他的欲望，但真正讓他堅硬勃起的，卻是整個世界望著他們一起走入小房間的眼神。

嫉妒心讓人性慾勃發，就跟錢一樣。

*

儘管還有很多話沒說，很多事沒做完，遊牧人和妻子仍離開了冰川。他們踏上最後一段通往山頂的旅程，那裡是高到沒有人類得以存活的所在。

閃爍著白光的土地就像一片薄霧，唯有站在現場才能看穿其中。這片土地保存下許多美麗的藝品，遊牧人也沒浪費時間，立刻著手開始蒐集最美麗的物件。他拔起自己的一小束頭髮，為妻子編織了項鍊，用一片片珊瑚、綠松石，還有古代魚類的骨頭裝飾她的身體。她是這片土地的一部分了。巴格馬蒂發現，遊牧人不住在屋子裡，沒有任何建築可以收納他的光芒。這片土地只為他們兩人存在。

他脫下衣服，放到一邊，她照著做，衣物只是他們在人類世界中穿戴的一場騙局，但在這裡行不通。他的土地發出光芒，她在其中看見丈夫閃爍不定的身影，那是真正屬於他的光芒。「我知道你是誰，」她告訴他，「你是太陽的一個孩子。你來我父親的家，就是為了找我，你要找出雨水之女。」

巴格馬蒂的生命完整了。她回到同類身邊，回歸眾神行列。這讓她既高興又憂傷。她很高興能有太陽作她丈夫，但又因為必須丟下父親而憂傷，畢竟，當初她是為了父親下到凡間。

＊

說到這裡，薩帕安靜下來。

再不到三天，他的房間就要租給別人。他突然意識到，現實是個寫得最糟的故事，不但缺乏節奏，也完全不尊重其中角色。或許正因如此，我們才會崇拜那個藍眼睛的傢伙，因為祂本是凡人，卻幫助大家擁有超越性命終局的眼光，因而超凡入聖。

靠在他大腿上的碧柏抬頭望向他。她累了。她今天第一次脫光衣服跳舞，認真投入，一晚的收入就超過一個月小費，但無論是多熟習的手藝都會令人疲倦，如同流動之於河水。碧柏對這個故事的結局不滿，任何故事都不該這樣結束。

「為什麼太陽跟雨水會一起住在沙漠裡？」她問他，「根本不合理。如果他們一起住在那裡，那地方還算沙漠嗎？」

薩帕之前當過農夫，所以知道答案，「一切事物都是由土壤長出來的，」他告訴她，「土壤就是大地的本質，也造就了人性的本質。沙漠、叢林和沼澤地的差別就是土壤。我們和白人之間的差別，也是因為生長在不同的土壤上。」

「那為什麼會選擇住在沙漠呢？」她的問題仍需獲得解答。

因為那是他對天堂的想像，對他來說，天堂無論看起來、摸起來都得像沙漠。在他穿越過的各種風景中，只有在覆蓋白雪的沙漠中，所有思想、願景、生命及靈魂才能夠蒸散殆盡。天堂中的我們全都無足輕重，世上有比這更大的祝福嗎？這種地方無法透過照片或電影去體驗，你一定得在其中真實活過。

「你為什麼不親眼去看看沙漠呢？」他問她。只要稍微繞點遠路，他就能在前往印度的路上經過沙漠，「跟我一起去吧。」

他鬆了口氣。這結局聽起來好多了。「你可以在印度重新開始，也能結束這邊的生活，就跟你一直想要的一樣。」他繼續說。

她把眼神從他臉上別開，望入逐漸垂死的夜色，屋外霓虹燈反射的光影還在試圖使其復生。

「自從我們認識之後，還沒下過雨，」她說：「我想念雨。」

「我以為你痛恨雨。」

「我是雨水的女兒，怎麼可能痛恨雨。」

她可以感覺到他在微笑。

「但你又是誰呢？」她問：「你是那個父親，還是遊牧人？」關於這個問題，薩帕最近想了不少。

「我不知道……但我是誰重要嗎？我還在這裡，就在你身邊。」她會考慮一下，她在吃油炸麵包和麵條當作早餐時告訴他，關於故事的結局，她會考慮一下。

*

之後兩個晚上，薩帕都是獨自度過。沒想到他落到這般處境，都快六十歲的老男人了，還被幾乎能當孫女的女孩搞得昏頭轉向。別人要是知道一定會笑話，覺得他跟跳舞的侏儒沒兩樣。

在此同時，馬克思主義者開始掌權，擊退逐漸衰敗的君主體制以及正萌芽的民主。那個老男人不再爬上破敗屋頂拔雜草，而是找了份爬進人孔的工作，負責移除卡住城市下水道的牛隻。不知為何，他愈是拿命去冒險就活得愈長。山谷中的鴿子現在開始吃腐肉，在火葬場大啖燒到一半的屍體。那名白人女性成功登上埃佛勒斯峰，過程中獲得一個四十人的團隊協助，這是一項成就，為了紀念這個山巒王國，她在機場買了昂貴的免稅香水——紀念她在此國度登上世界的最高點，還摟著另一個人的手臂走過塔美爾。她知道一切都將終結，她已在山的頂峰向一切告別。山的頂峰本身已在醞釀巨災，嵌在山頂石頭內的海百合及海羊齒化石已逐漸從睡夢醒來。

但那些深海生物仍未爬出，仍未進入黑暗。巨災到臨的時刻近了，這些已然滅絕的生物開始省思重生的意義為何，因為在山谷底部之下數英里處，有層沉積物已被掏空。這片土地已被海洋掏空。

*

第三天晚上，碧柏敲了他的們。她知道故事的結局了，她大吼。在故事中，巴格馬蒂問遊牧人，「你為什麼帶我來沙漠？你是太陽之子，我是雨水之女。但就連我們也無法改變這地方。」

「這正是我們來此的原因，」遊牧人回答：「只有在這裡，我們才能不受打擾地生活並相愛。如果這片土地變得肥沃，人類就會出現，我們就永遠無法獨處了。」人類毀了大部分愛情故事，遊牧人告訴妻子，巴格馬蒂聽了點點頭。她在父親家裡看了很多印度電影，足以明白這個道理。

薩帕笑了。

「去印度的事呢？」他問。

「我存了一點錢，」碧柏說：「不用一個月，我就能存夠錢，跟你一起走。」

「我可以支援，」薩帕說：「我賺的錢讓兩個人生活都還有剩，到了印度後，我們可以各買一台摩托車跟一台新手機，」他沉默了一下，「我可以教你怎麼騎摩托車。」

碧柏露出微笑。

「在新人生中，我希望至少有一段關係可以跟錢無關。」

他在隔天下午離開，向她保證之後會回來。他給了她好幾盒麵包、泡麵、餅乾、巧克力，還有一對銀製轉經輪耳環作為禮物。

「有空時轉轉它們吧，」薩帕告訴她，「我的祈禱就是這樣獲得了應許。」

沒過多久，薩帕就離開加德滿都，柏拉圖陪他多走了兩天，一直走到最後一個官方檢查哨。在此之後，就只剩下他和那些挑夫了。

很快地，一名四歲男孩敲了碧柏房門，說想吃巧克力，還要一顆可以玩的球。她有了新鄰居。

*

薩帕跨越邊境進入印度的過程可說平淡無奇。只有難民和恐怖分子得冒著遭軍隊射殺的風險，經由無人看守的小路進入別的國家，走私者走的卻是最多人的路、跟所有其他人一樣在檢查哨點逗留，還會被當作守衛的私人賓客接待。只要幾瓶威士忌就能搞定任何「邊界獨立共和國」。

旅程進入第四天，一切都按照計畫進行，算是吧。薩帕確實走在地圖上自己該在的位置，但路上卻沒有其他隊伍。受到四下無人所驅使，他的幫手對他下藥，帶著各種走私品跑了，只留給他一個背包和一頭騾子。

透過雙筒望遠鏡，他幸運地發現一片整理過的綠地，據他所知，這是一片無人地帶，由於夾在北方往上陡峭延伸至西藏的岩壁，以及南側往下陡落的印度河谷之間，這裡沒有任何村莊。

他後來發現，這些田地屬於「憤怒族人」。有些人認為他們是亞歷山大大帝遺忘的軍隊後裔。大多數人覺得他們就跟亞歷山大大帝一樣，是活在過往時空的民族。他們的帽子上裝飾著乾燥康乃馨，還有英國硬幣鎔鑄的珠寶首飾，薩帕一看就笑了。這是個古怪的種族，習慣更是古怪。有個男人表示願意招待他，薩帕想住多久就住多久，只要他願意用太陽眼鏡支付住宿費。

薩帕思考了一下自己的處境。他不是很在意那些不見的貨物和挑夫，他知道他們很快就會跑來找自己幫忙，畢竟那群人都只是新手。現在的他寧可先來挖掘這座村莊的祕密——這裡有許多荒誕不經的故事，比如迷路的印度托缽僧、蒙古強盜，還有德國觀光客特地跑來，拜託憤怒族人當他們亞利安後裔的乾爹。為了塔美爾霓虹閃爍的絢麗夜晚，他最好還是多蒐集一些故事靈感。

*

抵達村莊後的第二天早上，薩帕就接到亞波的邀請，亞波是這座小村的族長。這位老人想立刻和他見面，他算是所有人的曾祖父。他有個規定，就是所有從外界回來的村民都必須接受他的面談，來自外界的村莊訪客當然也不例外，不過在這裡出現的外人真的非常少，幾乎不存在。

亞波坐在果園內的椅子上，這名垂垂老矣的男人沒有浪費時間說客套話。

「外來者！你在前來這裡的路上，有看到一名把機器賣給村民的喀什米爾商人嗎？」他提問的聲量異常響亮，顯然聽力不太好，「他帶著祖母到處遊蕩。她會為那個被寵壞的孩子煮飯洗衣。」

「沒有。」坐在亞波腳邊的薩帕回答。

「你有見到一名會抽比迪菸、又愛喝青稞酒和蘭姆酒的喀什米爾老女人嗎？她也是個老婆婆了，但行動很靈活，不用枴杖就能行動自如，說話的聲音很輕，就像在朗誦詩歌。」

「沒有。」

「你很快就會造訪喀什米爾人的村莊嗎？」

「不會。」

亞波顯得非常焦躁。

「為什麼要這麼問？亞波？」薩帕問，他對自己無法幫忙感到失望。

「我想跟那個女人結婚。她的家人無法拒絕三頭犛牛和七隻羊的嫁妝，但那可是迎娶波斯皇室的等級，不是醜陋老女人該有的身價。」

薩帕笑出來。「亞波，你現在這個年紀，應該是想辦法讓你的孫輩結婚，而不是你自己啦。」

「要是她來村裡之前，我的心臟已經沒在跳就好了，」他嘆氣，「她跟那個一無是處的孫子一起來這裡。那男人一個個村莊去拜訪，以惡魔之名賣一些醜陋的大機器，而她還照顧他。『你老了，迦薩拉，』我告訴她：『以我們的年紀，最好就是待在一個地方不動。天堂不是可蘭經告訴你的那樣，天堂就是在這座果園中的日落，身旁有跟我們一樣古老的樹木相伴……』」老人的眼中湧起淚水。

「跟我們的愛一樣古老，」他悄聲說著，彷彿自言自語，「是的，迦薩拉，這是真的。我們的渴望只會愈來愈強烈，還會跟我們一起變老，但不會死去。在這座寂寞的果園中，陽光投下一座座孤島，我們就是孤島。而在死亡中，正是這份渴望，讓在孤島上忍受過的生命得以生根，有了牽絆。」

薩帕沒說話。彷彿蔓延數幾世紀的孤獨感壓得他喘不過氣來，像是一整座海洋的沉積物堆在一枚化石上。

「你為什麼傷心？」亞波問：「我才是那個心碎的人。」

「我帶著一顆破碎的心活了太久，都忘了那代表什麼意思……」

「孩子，破碎的心殺不死我，年紀也殺不死我，脆弱的骨頭和消化系統也殺不死我。我倒是祈禱著佛陀快把我帶走。」

「等你找到她之後，憑真主的意願，」薩帕記起自己的穆斯林朋友常使用這個優美說法，接著又突然想起某件事，微笑起來，「等你真的找到她，」他朗聲說，腦中仍在將思緒收攏，「為了你的新婚之夜，我可以送你一些藥。我有各式各樣的藥，平常就靠買賣藥物維生，比如手邊就有能讓你快樂的藥，那種藥能讓你唱歌跳舞，痛苦全部消失。我還有協助性生活的藥，對男人跟女人都有效。」

「你是巫醫嗎？」

「這個行業最頂尖的。」

薩帕取下掛在背包上的一個小包。「這裡有兩顆白色藥丸。新婚之夜時，你得自己服用一顆，另一顆給你的新娘。有個小紙包裡有白色藥粉，如果你只是想放鬆一下，用鼻子把藥粉吸進去，就不再需要任何人事物來討你開心。另外還有顆黃色藥丸……」他暫時打住，腦中搜索著正確措辭，卻怎麼樣也想不到，於是直接衝口而出，「這是業界最新的一種藥，能讓人死而復生，我一直不敢試，但如果其他藥都沒用，這顆藥至少能為你帶來一絲慰藉。」

「再給我一顆黃藥丸吧，我要給烏昂，他是我們的法師，」亞波說：「他在嬰兒時期沒了母親，之後為了再見她一面，一直希望做出有用的藥水或藥粉。」

「好吧，但你要怎麼記住這一切？」薩帕問：「白藥丸是上床藥，白粉用來放鬆，黃藥丸能讓人死而復生。」

＊

打從有記憶以來，薩帕就很清楚未來會發生什麼事。比如他很清楚，無論父親多努力工作，收成就是不可能好轉，而那不是父親的錯。還是個小男孩時，他就透過喉頭發炎的腫脹感體驗過死亡，那腫脹讓他無法吞嚥、無法嘔吐、無法言語，也無從忽略。他也很清楚母親肚子裡那顆肉球不會活下來。母親對他似乎總能預測未來感到恐懼，還帶他去給巫醫治療，慢慢地，那些不祥的預感逐漸消失。

成年之後，他卻在離家協商作物價格時又有了預感，而且這次無法直接無視。生平第一次，那種不祥預感不只是使人情緒低落的感受，或者內耳的嗡鳴，而是以「異象」清楚浮現眼前。跟往常一樣，他的家人一直在門口揮手，直到薩帕成為遠方的一個小黑點，就連他還只是嬰兒的兒子也堅持揮手到那時候。在轉過路彎之前，他回頭望向他們，卻只見到一整片瓦礫堆，有條混和了各種殘骸的泥河從山坡滑下，如同湖泊般淹滿村莊。儘管無法確定發生了什麼事，他仍能感覺到許多困在瓦礫堆底下的靈魂試圖與他溝通。

這不合理。怎麼可能整座村莊就這樣被清除得一乾二淨？這可不是一棟或四棟房子消失，而是四十棟一起毀掉。不過這種超自然的預兆，只有老人、小孩和母親會當一回事，薩帕可沒放在心上。他繼續往前走，十九歲的他積極進取，比起迷信這種事，他有更多對未來抱持希望的理由。

最近那些不祥預感又開始浮現，在睡夢中召喚著他，這些預感會在他做木工時爬出來，在他上街時扯他的衣領，又或者直接敲他的房門。

讓碧柏進屋時，他還不知道自己必須面對什麼。她表示要終結自己的生命時，他毫無預警地笑出來，她向他要麵條吃時，他深受寂寞吞噬，而當她要求他講故事時，他崩潰了。

然後她將他顫抖的汗濕雙手握入自己手中，以孩子般的純真眼神望向他。就在那一刻，薩帕明白了，他的故事結局不是死亡，因為就連死亡都遺棄了活在絕望中的人。

7

十八年前，薩帕偶然在報紙上見到那張照片時，很慶幸那張紙只是被用來包裝乾燥椰子肉，而不是像粗糖或雞蛋這類黏答答或易碎的食材。他在讀到照片底下的圖說時露出微笑：「為了紀念僧伽大會的最後一天，政府進行全國性政治犯大赦，其中位於實皆的卡姆提監獄放出一批犯人。」

照片中是一整片的人臉湧上監獄大門外的人行道。瑪麗握著自己兒子的手，在這一波流動的海潮中漂浮著，而薩帕藏在所有人之外，也藏在鏡頭之外。他站在角落，雙頰淚濕地盯著他們。

他將那張照片在衣服上壓平，希望去除掉影像上的摺痕，但摺線還是在，很久以後也在光陰的拉扯下逐漸四分五裂。這張照片被發現不到三年的時間，就已經得靠著兩條長長的膠帶橫越畫面才有辦法保持完整。衰敗這事毫無對稱性可言。狗急跳牆之下，薩帕把照片裱在一片柚木及玻璃之間——就像一架捕捉住其中那個時間片刻的氣密棺材。

因為沒有長期住處，也沒有牆或桌子可以拿來放照片，薩帕一直把照片埋在行李箱深處。這些年來，他有些物品遺失了，有些留在某處沒帶走，行李箱換了一個又一個，所走的路線也跟他交易的匯率一樣，以他無法跟上的步調不停變動，但這個相框倒是一直留在身上。

獲釋出獄後，柏拉圖決定以印緬邊界的反叛軍身分活下去，平日也會從馬來西亞山脈東部為薩帕提供鴉片。兩人聯手將傳統的鴉片種植產業，跟更大的國際交易網路連結起來。儘管兩人定期見面，薩帕卻從未向柏拉圖提起這張照片的存在。說來沒什麼了不起，也不過就是彩色相片時代的一張無聊黑白照，而且在這樣一個兩人都熟悉的時刻，照片中拍的也不過是些陌生臉孔。

他常在想，自己為什麼這麼怕跟這張照片分開。在他看來，情緒不過是化妝品，在大家稱為「生活」的商業往來面前，情緒沒有任何價值，但他就是無法將臉上的妝容抹去。當柏拉圖陷入自我質疑的情緒時，正是他說服柏拉圖去找出母親。當時也是他在島上待了兩星期，就為了把瑪麗找出來。

「不是每個人都能在此生擁有重新來過的機會。」瑪麗在兒子獲釋那天情緒崩潰，當時柏拉圖就是這麼對她說。那些話不是給她的建議，也不是什麼人生智慧，他只是掏心掏肺地說出了自己的命運。

柏拉圖花了十年過著見不得光的生活，他一邊交易鴉片一邊宣稱對軍政府發起戰爭，但最後仍決定離開這種生活。之前在難得展現出團結及野心的一項行動中，來自不同種族的反叛軍——克倫族、若開族[44]、克欽族和緬族——集結力量後從海上發動了戰爭。他還參加了一次在著陸島上的聯合作戰行動，那是印度在安達曼海上最鄰近緬甸領海的一座島。

為了向柏拉圖道別，薩帕考慮將這張照片當作禮物送他。於是這張照片跟著他一路從仰光而來，抵達那德哈山區高處的這間部落小屋。這片有頂棚的長方形莊園屬於一位米什米族長，他也是此地種植罌粟的最大個體戶。這是村中唯一的莊園，裡頭包括四座橘子果園、十二片罌粟田，還有一座燒成焦炭的小果園。朋友來時就坐在火爐邊，頭頂的坡狀茅草屋頂下方，煤灰如同鐘乳石般垂掛而下。牆面上滿滿陳列著頭骨，一邊是他們敬拜的眾神，一邊是他們獵捕的動物。

「他們就像軍政府跟反叛軍，」柏拉圖指著那些頭骨，「最後都沒有差別。」他或許已經把理想主義和貧窮的生活拋在身後，但把一切哲學化的習慣仍像蝨子一樣緊咬他不放。他的手指跟著薩帕的腕錶打節拍，小小的滴答聲在午後靜默中彷如巨響。那支手錶多了三根指針，顯示的分別是紐約、巴黎和東京的時間。

有時候，柏拉圖會把那支錶從薩帕的手腕取下，貼近耳朵，就跟帶有海洋聲響的貝殼一

44 若開族（Arakkans）居住在緬甸西南沿海地區，與印度接壤，受其文化影響較深，目前一般認定屬於漢藏語系藏緬語族。

樣，那支錶中灑出了錯落的時間韻律。

「如果我能把一樣東西偷渡到禁閉室內，」他說：「那一定是手錶。沒什麼能比缺乏刻度的時間更可怕。」

薩帕取下他的腕錶。

「拿去吧。」他說。不知為何，放棄這支台灣製的手錶，比放下一張又破又皺的照片容易多了。「你收下，」薩帕堅持：「女人很喜歡手錶。這就是男人能戴的昂貴珠寶。」

鴉片煙管可以抽了，兩人沉默地憶起抽了幾輪後，部落族長就把他們獨自留在屋內。身為這家的主人，他得為了準備餐點親自去殺野牛。

柏拉圖始終揣在心中的苦楚已然消退，偏頭痛也逐漸放鬆了對他的掌控，他終於又有辦法用左側下巴咀嚼食物。他的骨頭終於有了休息的機會，就連那些變形、破裂的骨頭也放鬆下來。柏拉圖發現只有鴉片能治療胯下的一陣陣劇烈疼痛，在鴉片的效力之下，光陰不再如此逼人，此刻的他彷彿在滑行，若非如此，就是柏拉圖長出翅膀，就像他在單人牢房內看到的那些蚊子。「我可以原諒他們做的所有事，」多年來他始終對牢獄生活閉口不談，卻在此刻打破沉默，「包括我碎掉的牙、脫臼的骨頭，還有內出血，但只有一點原諒不了。」

柏拉圖不確定兩人的人生軌跡是否可能再次交會，受到腦中輕飄飄的感受刺激，他繼續說下去，「他們奪走了我的尊嚴……我再也無法接近任何女人，我永遠不會知道那是什麼感覺。」

薩帕對著從鼻孔飄出的煙霧沉思，這些煙跟從他口中飄出的煙匯合，三道截然分明的煙於是合而為一，一起往上飄升。

真希望他能想出一些安慰的話或解決的辦法，他真的希望，但現在他能提供的只有謊言。薩帕談起妓院、情婦，又狀似輕鬆地開了些有關女性的玩笑，還聊了他對奢華科技產品及衣物有多著迷，但這一切只是為了轉移注意力。

仍未暗透的夜色降臨屋內，連續幾世代覆在牆面的黑色煤灰在更黑的色調下失去蹤影。如果薩帕張眼夠久，就能看出煙霧中有深紫色在旋繞，還有深紅色在蔓延。

「你看見了嗎？」他問柏拉圖。

「你能看到那些顏色嗎？」

「可以。」

薩帕鬆了口氣，幻覺因此變得真實。「你也能看見？」

菊石和鸚鵡螺隨煙霧飄出，逃出了火，海星和海百合爬入小屋內充滿裂縫的角落，彷彿所有陸地都是海床。

「對，」柏拉圖回答：「我也能看見。」

薩帕開始笑，柏拉圖跟著笑，這兩人就像初次張開眼睛的新生兒，窺見人類始終無法看見的事物，陶醉於充塞於日常生活的魔法。

「為什麼之前不告訴我？」薩帕問：「我還以為身邊只有我一個人瘋了。」

柏拉圖笑得更誇張了，簡直像是在邀請釘在牆面的頭骨加入。他試圖說些什麼，但氣喘吁吁，一個字也說不出來。他甚至無法控制膀胱，尿濕了自己。到了最後，夜晚終於冷靜下來，落為一片悠長、平緩的靜默。

「打從有記憶以來，我就能看見了，」薩帕說：「牠們從樹上及屋頂上落下，從地溝、垃圾堆和水管中爬出……就連在洪水及土石流中也會看見……我看到牠們在瓦礫堆上到處爬行……沒有一棟房子直立著……我失去了他們每一個人，我的家人……」

「那些生物跟我們生活在一起，」柏拉圖說：「他們住在我們世界的裂縫中，迫不及待想要逃出來。」

「牠們是誰？」

「來自我們過去的惡兆……我們未來的鬼魂……牠們就是我們。」

那天晚上，薩帕把照片的事全忘了。他把那張照片留在小屋內的火爐邊。等他清醒過來，距離小屋已有三天的路程。就某方面而言，他鬆了一口氣，那張照片讓他多愁善感，影像中一張張臉既興奮又恐懼的情緒總會感染他。有些時候，這情緒會讓他受到那些心懷渴望的鬼魂影響，並因此盯著照片好幾小時，想像一切若有所不同，他的人生會是什麼模樣。

*

清晨過後沒多久，柏拉圖和薩帕就離開了那座米什米村莊，結束浸泡在鴉片中那又是歡慶又是憂傷的一晚。一直到下午，那張照片才被人注意到，當時族長那位胖嘟嘟的六歲孫女穿著破爛連身裙，手指向火爐旁。那張相框就塞在稻草墊底下。

族長覺得不妙。他雖然很累，但若是衝刺一下，應該還能趕上他們，可是一撿起來相框就意識到很重。那重量超越了柚木、玻璃和紙張的物理重量。那相框擁有一顆沉重的心。

由於照片內的人無論長相或衣物都是緬甸風格，再加上圖說的語言都是扭來扭去的線條，族長認定這是柏拉圖的照片，而非薩帕。他為柏拉圖擔心——他希望他是去買賣鴉片，別去突襲什麼海上的政府軍比較好。

不知哪來的想法，他決定留下相框，打算在他朋友回來前好好守護。要是柏拉圖回來時發現相框跟眾多頭骨一起掛在牆上，會有多驚訝呀！這想法令他愉快。他會回來吧。

相框在牆上與頭骨一起高掛了八年，直到後來小屋被夷平，再原地蓋起一棟水泥建築為止。族長死了，他的孩子們想與時俱進，於是雇來許多工人，這些工人花了整整兩天跨越山徑和河流，將一袋袋水泥和磚塊背進村莊。

在這十五個月期間，他們住在一間臨時小棚屋內，而正是那位一開始發現相框的族長孫女小心保存了那副相框。這相框讓她想起祖父，還有那些在火邊協助他偷抽鴉片，一邊喀滋喀滋嚼著堅果的時光。當時她的頭髮每個月都得剃掉，免得染上頭蝨，身邊也沒人知道「與世隔絕」是什麼意思。一直到他們一家人初次坐上汽車，初次聽到收音機傳來聲音，還初次造訪了最近的小鎮後，她才知道，自己不再是個孩子了。

那些頭骨都被丟了，只有相框又回到全新的水泥牆上，跟著掛上牆的還有祖父的弓與箭、披肩，和他最愛的煙管——這是為了展示出一種獨特的生活風格。

離家的時候，她把相框當作紀念品帶走。她的丈夫是西藏難民，他決定從村裡到鎮上打零工時，她帶上相框跟了去。這些黑白色臉龐是她能擁有最接近家人的事物。在此之前，她就已經為這些臉龐取了名字，還為他們編造了過於完整的人生故事，因此一切早已從幻想轉為信念，讓她認定這些故事就是事實。她相信這些照片中的人就是祖父的朋友，他們常來拜訪，一起抽他能拿出的最高品質鴉片，只是後來其中一人去打仗，另一人又在三個不同地方愛上三個女人，無止境地陷在愛情的迴圈中。

結婚十年後，她發現自己身處郊區貧民窟，沒事會跟靠在牆邊的相框對話。身為三個孩子的母親，她每天無論遇到什麼麻煩，丈夫都安慰她，要她相信一切都會沒事，但她就是無法被說服。所以她對照片裡的人抱怨，他們是她部落的守護者，也是她祖父的朋友。要是她丈夫的攤位這星期賣出的西藏餃子不夠多怎麼辦？不夠的話她要怎麼打理這個家？她會為了祭拜照片中的人燒香，還獻上奶油刻的塑像。她還考慮用動物頭骨來裝飾供桌。

某一天，她在燥熱下午抱怨到一半，偶然在影像的眾多臉龐中看見了她的祖父，立刻雙眼發亮。這些年來，她一直好想念他，多麼希望能再一次靠在他的大腿上，將奔放鴉片煙霧的氣味吸入胸口。

但怎麼可能呢？她把相框拿得靠臉很近，幾乎要碰到鼻頭。她瞇起眼，但在毫無預警或外界刺激之下，原有幻覺退去，她本以為是祖父的男人此刻看來沒有一絲相似之處。照片中的男人膚色較深，個頭較矮，事實上，他看起來根本不像米什米人。這個簡單的頓悟引發了一連串效應，爆破了她之前創造出的所有神話。

她自以為對照片裡的人多熟悉，對丈夫跟孩子就有多陌生。這些年來，她誤以為是夫妻之愛及母愛焦慮的情感，其實也不過是場幻覺，就跟困在柚木相框裡的那些黑白小人一樣虛幻。

她放心了。自從踏出她的村莊，上了一台沒有頂棚的車子後座，在堅固路面上一路折騰後，她就一直有種巨大的孤絕感，而現在這種感覺消失了。

她打包衣物，決定回去家鄉，那是世界上最後少數幾個與世隔絕的所在。她搭了兩天火車，半天巴士，又花了兩天徒步走過山陵線，終於瞥見了達帕峰，那是此區最高的覆雪山峰。她懷抱著敬畏心情鞠了個躬。

世界是由一個古代女人創造的編織品，因此一切事物皆符合既定的編織樣式，小至魚的鱗片、蝴蝶翅膀的形狀，甚至巨大到山脈及河道的走向皆是如此。如果人類認為某件事物異常或不符常理，那是因為他們缺乏看見整體樣式的眼光。

她在眾多樹叢及山谷中迷了路，只能靠月光及水果過活，對她來說，由此引發的腹瀉不是問題，因為世界已經再次成為一整間戶外廁所。

一天早上，她走過一道搖晃的竹橋，跨越水聲如雷轟鳴的納丁辛河，看到一朵盛放的罌粟。那朵花帶有撫慰人心的粉色，上頭還有旋繞的白色紋路。她拿出刀子，在花莖上切出三個小口，讓黑色汁液直接滴入口中。

之後她以十匹馬的精力，和一個瘋女人的信念，花了十六小時徒步穿越沒有路的雜林地，而帶領她向前的只有本能直覺。終於，她抵達了這趟旅程的終點——一大片野外的罌粟田。

究竟是她的記憶力衰退，還是罌粟花的尺寸變大，才導致這一大片罌粟田覆蓋的坡地廣闊如同冰川？除了兒時看到的粉色、紅色和白色以外，她還看到更多顏色，甚至還有橘色、紫色和黑色罌粟。

當一個跟她很像的小女孩從花叢中現身，握住她的手時，她崩潰了。那是她的姪女。姪女把她帶回村裡，現在那裡有好幾棟配備完善的廁所、天花板風扇、衛星電視、衛星電話、沙發、瓦斯爐的水泥建築，另外還有許多來自外頭世界的汙染物。

「這些東西怎麼全出現在這裡了？」是她問哥哥的第一個問題。他年紀變大是可預期的結果，但整座村莊卻以難以預料的形式受到破壞。

「透過道路運來的，不然呢？」她的姪女回答。看到自己的姑姑精神失常地從叢林裡走來，顯然讓她覺得很好玩。

現在有條水泥路連結了所有屋子，還能通往最近的小鎮。因為有賣鴉片賺來的錢，每戶現在都有一台吉普車、一台電話，和一架電視，而她的表親和堂親在製作鴉片的枯燥過程中，也比較喜歡抽香菸和喝威士忌了。

唯一她還認得出來的，只有圍繞他們的山巒、統御整條地平線的達帕峰、罌粟田，以及家禽和豬隻恣意奔跑的熟悉聲響，另外當然還有她姪女頑皮的笑容、她眼神中的好奇，還有她髮絲間的頭蝨。這一切都讓她聯想到自己，過去的自己。

*

多年之後，薩帕再次造訪這座村莊時，眼前矗立的可不只一棟小茅屋。這裡的米什米聚落現在跟任何其他聚落長得一樣。不過在繁忙的茶屋、診所、小學和村議會之間，有一區看起來比較破落的房子，這些房子雖然有水泥牆，但屋頂還是茅草鋪的。司機尋找著族長的屋子，當地人把他們帶到村中央一區色彩鮮亮的建築前方。

薩帕坐在一張裝飾華麗的絨布沙發上，小口啜飲著甜到令人崩潰的茶水，身邊環繞著許多泰迪熊和插了人造花的花瓶。後來他發現，目前的族長是他朋友的孫子。那些頭骨都去哪裡了呢？他在心裡尋思，同時盯著粉紅色牆面猛瞧。火爐又去哪裡了？

然後他看見了，就在一個玻璃展示櫃的後方，那東西探出頭來。在許多女人和亮出無牙微笑的嬰兒照片，以及一張張裱框的證書之間，他看到自己留下的那副柚木相框。

那張照片向他伸出了手，彷彿某位他親手埋葬之人的鬼魂。那張照片就在這裡，再次以其黑白的魔力攫住他的眼神。他怎麼可能忘記呢？這張照片到底為何對他如此重要？為什麼照片還在這裡？

根據主人的說法，這張照片屬於他妹妹。她之前跟一位西藏人私奔，但幾個月前又跑回來，而且還是從叢林裡冒出來的。他認為照片中的外國人是她丈夫那邊的一位親戚，否則她不會對這張照片這麼有感情。

兩個小時後，薩帕又喝了一杯甜死人的茶，這次是跟主人的妹妹一起喝。她常常跑得不見人影，但似乎沒人在意。這不是一座大城市，沒人在這裡走失過。

「那是一張很美的照片。」他告訴她。

「謝謝你。」她回答時露出微笑，彷彿薩帕稱讚的是她本人。

「你一定非常重視這張照片。你保存這張照片多久了？」

「打從有記憶開始。」

薩帕跟這家的主人借了一枝筆，從口袋裡取出一張紙，算了一下，實在好久了，他甚至不記得光陰是如何消逝的。

「十八年，」他告訴她，「就是過了這麼久的時間，自從我把照片留在火爐邊，十八年過去了，那也是我最後一次見到你祖父。」

「你是回來拿照片的嗎？」她問薩帕。

「我不知道照片還在，」他說：「望著這張照片，就像跟上輩子的某人見面一樣。」

她對照片也有同樣的感覺。「是你非常放在心上的人嗎？」她問。

他沒有答案。「我是個做生意的人。」他最後只想出這句話。

「過去的真的是十八年嗎？感覺過了更久。」

「其實，感覺起來就像昨天。」他回答。

「也是，」她同意，「或許對某些人來說，時間就是這樣：這些人的光陰不會飛逝，而是靜止不動。」

雪漠

1

亞波是整座村莊的父親、祖父、曾祖父，即便在清醒的時候，他也會懷疑自己快睡著了。有些時候，過去感覺很真實，此刻卻像一段零散的回憶。有些時候，過去是一頭無法理解的怪獸，而未來則是尚未兌現的陰影。又有些時候，亞波唯一能篤定聲稱的，只有雲朵擁有不會飄向外太空的能力，還有太陽每天都會升起的習性。

對八十七歲的他而言，一切感覺起來都像一場夢，無論是孩子、孫子，還有現在的那些曾孫。許多事物象徵著他的地位，除了果園、馬廄、小棚屋、彎彎曲曲的泥牆和玫瑰樹叢之外，還有他戴在耳朵上一整排珍珠，以及垂掛在脖子上的綠松石和珊瑚。

這座村莊有個怪名字：「一個媽、一頭騾」。每位村民的祖先都是創村居民：那是個三兄弟家庭，三個男人娶的是同一位妻子，他們實在太窮，所以不只共享妻子，還共用一頭騾。由於一次需要兩頭動物才能耕田，三兄弟會輪流下田分擔那頭騾的工作。

這座村莊位於喀喇崑崙山脈中一片非常傾斜的坡地上，地理上來說，這座村莊跟「血杏谷」之間，有黑色石礫堆和垂直的岩壁隔絕兩地，卻沒人能真正解釋此地少有人跡的原因，就連「絲路」的創立都大費周章繞過這座村莊。只有村民的好友、死敵和真正迷路的探險者才會來到這裡，因為這座村莊只有荒涼和孤寂。

亞波最近開始勤奮地旋轉佛教的轉經輪，這種靈性儀式跟敬拜杜松樹、精靈和獗羊的村民顯得格格不入。這是他上一段人生的遺跡，也就是他在藏北高原出生、成長的那段時光，那裡的生活因為其中的各種匱乏而在回憶中顯得醒目，而相較於匱缺，高原本身充滿的是未取得肉身的生靈及生命型態，比如沒有身體的靈魂、沒有王國的惡魔、沒有水的海洋，以及因為嚴峻的特性，而在神壇上取代了神明地位的每個季節。藏身在這一切之間的是名為「愛」的頑固生物。儘管沒有四肢、眼睛、軀體，甚至是自己的影子，這隻生物仍像冰川中的冰塊及沙塵暴中的沙粒一般活了下來，並占據了山脈得以隆升、陸塊得以彼此接近的那狹窄根源地帶。

亞波已經不記得爸媽的名字，也不記得有過幾個兄弟姊妹。他已經在腦中為他們創造出全新的臉。不然記憶中的母親長相怎麼會跟曾祖母如此相似？但他清楚記得母親的手，她會坐在雪漠的岩石上不停旋轉轉經輪，身邊環繞著正在吃草的犛牛和羊群。半融的雪水沿著草地流淌，就像她手上的皺紋，也像聲調的抑揚頓挫。這都是真實存在過的細節。

中國軍隊入侵之後——那是他唯一打過的一場戰爭——亞波努力想讓自己罹患失憶症。無論是活下去的自由，甚至是死去的自由，都取決於他遺忘的能力。不過一旦「健忘」成為自然發生的人生歷程，現在反而造成傷害，過去的失憶症是為了懷抱希望而刻意選擇的作為，現在卻代表他的人生開始四分五裂。肉體如同死皮般剝落，骨頭在靈魂的重量下崩裂，他的雙眼在黑暗中不停眨動，努力想找到得以牽繫記憶的影像。

身為鰥夫的亞波早已接受了空蕩房內的寂寥。椅子是他身邊唯一可見的家具，而當他彷彿生根一般坐在椅子上時，戰爭的聲響步步進逼。沒有任何事物可以擊退在光裸泥牆上展演的聲響及畫面，無論是他聾掉的耳朵，還是白內障在他眼前籠罩的曖昧霧氣。

亞波聽見坦克車以高速爬上陡峭坡地，有砲彈在附近爆炸、波佛斯高射炮射擊、空襲警報響起，還有直升機如同巨大蜜蜂般盤旋不去。他也看見整座營地陷入熊熊火海。不用處理早晨的家務後，亞波總在此時一動也不動地坐著，耽溺於腦中的戰爭景觀。他試著把汽缸爆炸的音響，跟整座營地籠罩在砲火中的吵雜彈藥發射聲分開。透過只有時間足以支撐的距離及親密感，亞波發現就聽覺而言，戰爭跟粗俗的煙火施放有許多相似之處。

這天早上，戰爭的各種聲音不願意退去，就在一切變得更吵鬧之際，亞波起身離開。他可不能因為這些回憶中的聲響，冒險搞壞自己還有聽覺的那隻耳朵。

但情況只是變得更糟。他意識到這是場正在發生的閃電突襲。亞波循聲走向自己的田，站在一整片茂盛的黃色蕎麥田邊，目瞪口呆地望著一座巨大機器正在掠奪自己寶貴的作物。

「那是哪來的怪物？」他大吼。

「亞波，這是一架能同時收割和脫粒的機器，那位喀什米爾商人——你也認識，就是三天前出現的那位——這季把機器租給我們用。」

「我不喜歡，現在就給我關掉。」

「但是亞波，這架機器可以做十個人的工作，而且我們已經付錢了。」

「只有怪物才能做十個人的工作。你是我的親骨血，竟然敢毀掉這座村莊？叫那個武力份子把他的軍火帶回去，我們這裡只有和平的民族，我們不要戰爭！」

不要戰爭！不要戰爭！亞波站在那裡大聲抗議。他的孫子考量到他老糊塗了，也就不跟他爭。

終於，亞波自己累了，踏上返家的艱辛旅程。這條路不是上坡就是下坡，對膝蓋來說很吃力，而且連條像樣的路也沒有，連接所有家屋、果園、田地和聚會所的不是巷弄，而是一個由泥土溝槽連結起來的複雜水路系統。夏天時，人們必須涉過寒涼的冰川水而行，而現在是七月底的早上，所謂的回家道路其實就是溪流。

亞波拿著枴杖，努力在冰冷水流中保持平衡。熾熱陽光透過低矮的杏樹、核桃樹和扁桃樹錯落撒下，跟拍打腳的凍涼力量形成強烈對比。急湧河水的起伏反映出老人腦中的洶湧思緒，他的思緒到處漫溢，把自己此刻的苦難怪在世上所有政府、科技，還有擅長甜言蜜語的喀什米爾人身上。那隻怪物才不是能帶來幫助的救世主，而是帶來侵略的前導使者。

「接下來是什麼？」亞波喃喃自語，「風動去殼機嗎？」風動去穀是人類——其實應該說是女人——全心投入的最優雅活動之一。女人會把金色的穀殼高高拋上空中，吹哨召喚風來幫忙，就連太陽也會特地把陽光灑在她們身上。他早已死去的妻子是村中有史以來最會吹哨召風的佼佼者，她的朋友都會打趣地說，風根本是她的追求者。

亞波因為沉醉於妻子的回憶，停步拔了一顆路上的杏桃，但立刻就把沾滿灰塵的果實吐了出來。都是那隻該死的怪物不好，這頭怪物噴出的煙塵蔓延好幾英里，汙染了他們的靈魂及果實。這一切實在是夠了。身為這座村莊的大家長，他考慮立刻採取行動。他打算直接去找那個喀什米爾商人對質，命令他帶走這頭怪物，回去他自己的家鄉。

他拄著枴杖艱困前行，光頭上流滿汗水，時不時還得停下腳步，再低聲咒罵。他取下以硬幣及康乃馨裝飾的布頭巾，汗水滴入臉上錯綜的線條。他的皺紋閃閃發光，彷彿沾上雨水。那個喀什米爾人的家很遠，位於村莊的最高處。

為了維護傳統，外地人不能跟當地人混居。亞波是這座村莊中最後一個例外，但沒人記得，尤其亞波自己更是忘得徹底。

等終於抵達那個外地人的家，亞波已經累得像頭紅面狒狒，牙齒間也冒出白沫，因為實在太氣又太累，他直接走進客廳，卻沒看到那名無恥的年輕人，而是震驚地發現眼前有名年邁的喀什米爾婦女。她像一幅畫般靠在窗邊，他沉重的呼吸跟抱怨完全沒讓她分心。

「我是來這裡見你的孩子。」亞波用糟糕的印度斯坦語說，這是他在好久以前的人生中學過的語言。

這位婦女的口氣無比輕柔，就連微風都能載著她的話語起飛，再將話語散落在興都庫什山脈的覆雪山峰上。亞波不想讓她發現自己其實少了一部分聽力，但又不能命令她過來把話講清楚一點，畢竟那樣是把她當孩子使喚。儘管她的頭髮被粉紅色印花頭巾包住，身體也藏在寬鬆的紫色卡夫坦連身衣和寬褲中，亞波仍能透過她的臉，感覺到歲月留下的痕跡。

她意識到他的迷惘，指了角落的一張椅子。亞波特別往椅子的方向走去之後，才意識到那張椅子只剩一具骨架，包括扶手及椅面上都有大洞，但一直站著又顯得無禮。他可不想對這名婦女不敬，毫無選擇之下，只好咚一聲在地毯坐下。

自從膝蓋不聽使喚之後，亞波就無法在沒人幫助時自行坐到地板上，更別說從地板起身。要是這名婦女年紀小一些，大概是他女兒或孫女的年紀，他會主動要求協助，但對方的皺紋和顯而易見的駝背代表跟自己是同輩，既然兩人一樣是老古董，他沒辦法容許自己去牽這樣一位陌生人的手。

亞波等於是以自由落體的方式坐下，身體是靠著碰觸地面才停下。一旦震驚的感受退去，更激烈的羞恥感籠罩住他，原來繞住耳垂好幾圈的珍珠串耳環勾住了地毯，害他連頭都沒法抬起來。

她立刻趕來救他，先用一隻手輕柔抬起他的臉。再用另一隻手的靈巧指頭，解開勾纏住的那團混亂。

耳環是地位崇高的象徵，他想這麼告訴她，其中每顆珍珠都是代代相傳的寶物，此地只有他有資格配戴。但她靠得太近，他很不自在，自從亞波失去部分聽力之後，就已經不知道該如何悄聲說話了。

她抓住他的肩膀，扶他起身，讓他背靠牆坐好。她的力氣大到令他驚訝，他真羨慕。她把他的轉經輪遞給他，枴杖也放到他身邊。她幫他把帽子拉平，拍掉薄外套上的灰塵，然後離開房間。

亞波鬆了口氣。若是得在她面前編出一大堆藉口，再經歷一次難為情的感受，那實在是糟糕透頂。要是她年輕一點就好了，這樣她就能把剛剛的事當作衰老帶來的意外悲劇，甚至還可能因此同情他。

亞波那雙躁動不安的手伸向轉經輪。為了讓自己鎮定下來，他瞇起雙眼，想像從窗戶可以看到的景色。這裡或許可以看見獅河在如同深淵的下方流淌，也就是外人口中的印度河。你可以看到這條河揮手道別，轉彎流入巴基斯坦，但在這段短短的河道上，在她流經這片無主之地時，她曾再次變得奔放，變得自由。

*

亞波初次來到村裡時，有名年輕人說他現在在巴基斯坦，但有些老人不清楚印巴分治及其之前發生的鬥爭，還指責這個年輕小伙子捏造出不存在的國家欺騙外人。「巴基斯坦在哪裡？」一名老婦人質問，「我們聽過中國、西藏、卡菲爾斯坦、俄國、阿富汗、伊朗，但看在老天的份上，巴基斯坦到底是什麼鬼？」

「巴基斯坦是純潔之地。」年輕人解釋。

「那巴基斯坦一定位於卡菲爾斯坦的邊界地區，畢竟卡菲爾斯坦是不忠之地，」這名老婦人推測，「是在更北、更西的地方，反正不在這裡。」

自從這塊次大陸獨立後，這些山開始屬於巴基斯坦，郵差和警察每三個月來訪一次，象徵國家治理著此地。在缺乏字母跟違法人士的情況下，官員花了大把時間將裱框的「國父」肖像到處釘在牆上，還用異國的餅乾、太陽眼鏡、鈕釦和瓷器來交易當地貨品。事後證明，裝著餅乾的錫盒比餅乾還受歡迎。正如巴基斯坦的紙幣是極佳的捲菸紙，英國硬幣也很適合當作裝飾配件。

亞波抵達這座村莊剛滿十年時，有一批積極進取的印度軍官徒步抵達此地，他們麾下的士兵帶來穀物、肥皂、糖和柴油作禮物。「歡迎來到印度斯坦！」軍官如此宣布，接著教導他們如何用大量的牛奶和糖製作印度茶。這是村民第一次嘗到糖的滋味，在糖分的影響下，他們無法克制地焦躁、易怒，而且毫無意義地亢奮。

正當全世界關注東巴基斯坦獨立為孟加拉之時，印度軍隊從位於西部的巴基斯坦搶下四座山，而這座村莊就位於其中一座山上。在印度部隊前來打過招呼後，村中的老人更是確認了心中的想法。他們的孩子從頭到尾都搞錯了，這裡全屬於印度，英屬印度，全世界都屬於英屬印度，包括英國。

三十年後，卡吉爾戰爭[45]再次改變了他們的命運。即便巴基斯坦只占領了另一側的山，

45 卡吉爾戰爭（Kargil War）是一九九九年五月至七月之間發生的武裝衝突，直接起因是巴基斯坦軍隊越過印度控制線。雙方軍隊在海拔七千公尺以上的山地交戰，這也是戰爭史上兩軍交戰海拔最高的戰役。最終戰爭以印度軍隊奪回失地收場。

甚至沒有跨越印度河，印度軍隊仍從這座村莊撤退到山的另一邊。於是這座村莊位於兩國之間的無主之地，雙方從相對的山上瞪視彼此，就像兩隻狗又是低吼又是狂吠，卻又怕得不敢去搶中間那根骨頭。

慢慢地，全世界都忘了這座村莊。印度軍隊趕到另一個角落跟來自中國的入侵勢力對抗，巴基斯坦也跟去看熱鬧。除了少數野心勃勃的商人會前來此地之外，這座村莊始終與世隔絕。

*

亞波對這片土地的理解，就跟對自己的身體一樣熟悉。來到這座村莊之前，他曾在附近的荒地漫無目的地遊蕩了兩個季節，唯一陪伴他的只有碎語的風、形貌不停變動的沙地、孕育各種生命的靜默，還有海的幽魂。透過各種不同的震動，亞波慢慢懂得感受大自然的恐懼及夢想，還能預測地震的發生，就連雪崩和洪水都能事先感知。

隱形的政治邊界不停改變，亞波也能感受到其中的動態，正如盲人有辦法區辨明暗。透過窗戶往外看，邊界狀似無。太陽霸占了清朗的藍色天空，導致冰涼的印度河水變成岩漿的顏色，還讓山上的岩石和沙子彷彿冒出幻想的火焰。他早是個老糊塗了，這是年紀變大後能得到的最好禮物，但即便如此，他還是無法單純讚嘆眼前的景致，反而因此滿懷憂傷。他看到土地在邊界的蜘蛛網上揮動手腳掙扎，如同隨季節生滅的蛾一樣脆弱。

很快地，一股懷舊情緒取代了憂傷，還帶來彷彿精細加料過的香甜氣味。老婦人已經在他身旁擺了一杯香料綠茶。亞波放下手上的轉經輪，盯著那個杯子——那是個印有藍色圖樣的瓷杯，圖樣可能是花朵和葉子、幾何形狀，或者是許多人類，但反正在他霧氣朦朧的眼裡看來都沒差。他速度緩慢、姿態矯情地啜飲茶水，慢慢屈服在溫柔融合了番紅花、小荳蔻、扁桃和腰果的香氣中。

如同一支箭飛越一片片土地及歲月，切開肌膚、肉體、肋骨後刺穿心臟，這茶水的味道也切穿將近七十年光陰，讓他回到身為士兵的那段人生。當時的亞波是軍團中的指定廚師，除了軍人的配給糧食之外，他還拿到一盒香料綠茶粉。這是一種非常昂貴的喀什米爾茶飲，只能泡給來到營地的貴賓喝。

「我喝過這種茶，」亞波在老婦人走向門口時這麼說：「這是屬於你們土地的特殊茶飲，當所有其他人在喝酒時，我會避開長官，偷喝幾杯這種茶，通常是在幾杯蘭姆酒之後。」

她彷彿理解般地點點頭，幾分鐘後，她回到亞波身邊，這次拿來一大壺滿滿的香料綠茶。

亞波笑了，在她為他又倒了一杯茶時，他笑得露出一排爛得很有藝術感的壞牙。

「女士，」他說：「到了我這年紀，就算是喝水，喝上一整壺也很危險。身體就是頭動物，不但會在本來只打算坐下的地方暈倒，也總是想尿就尿。」

她爆笑出聲，但又因為自己的真情流露而尷尬，於是拉下頭巾遮住嘴。

「如果你堅持為我倒更多茶，那我堅持該兩人一起喝。」他接著說。

「但我孫子會怎麼說？」她迷惘地問：「在他不在的時候招待其他男人……」

「誰叫他把你獨自留下來，是他活該，」亞波回答：「難道女人會把她的珠寶丟下不管？男人會留下沒喝的青稞酒？」

她臉紅了。

她走向整個房間內最醒目的那扇窗，那扇窗從牆的一端延伸到另一端，往外看去是廣遼的景緻，然後她再次陷入沉思，就跟亞波進屋時看到的一樣。

「你為什麼這樣做？」她指向地板上的轉經輪，「這代表什麼意思？」

「生命如同輪子不停運轉，又快又慢，又慢又快。」他撿起轉經輪。

她閉上雙眼。印度河的流動變得更響。水流在此地以惡魔般的速度急迫進逼，根本已經算不上一條河，而是湍流及漩渦的組合。她站在那裡，彷彿泥牆上的一幅濕壁畫，然後開口朗誦。

> 生命是我耳中低語，它帶著難以抗拒的旋律，提供我永生之水
> 以及蛻變之土。
> 遙遠，非常遙遠，從空蕩蒼穹的深處，死亡以素樸、清澈的聲音召喚我。

這段詩文如同冬日早晨的霧氣縈繞在兩人身邊，終於，這片靜默被一串腳步聲打斷，她衝過去拾起地上的托盤。她孫子看到亞波如同男主人一樣坐在家裡，表情非常驚訝。

「你在這裡呀，我的孩子！」亞波試圖起身招呼他，那名商人立刻跑來扶他起身。「我來這裡等你，想跟你見上一面，作為村中的大家長，我有責任歡迎你、賜福予你。希望你為我們家鄉引入更多事業，也祝福你的生意蒸蒸日上。」

這些親切的話語讓商人很意外，但也放下心來。他熱情邀請亞波留下一起用餐，但亞波拒絕了。「你們才是客人，我們可是主人呀。」他在努力拄起枴杖時這麼說。

*

那天晚上，亞波在床上翻來覆去，他的骨頭裡頭痠痛，但那不是他無法安睡的唯一理由。他不停想著她年輕時長什麼模樣。她的鼻子很大，跟大多數喀什米爾人一樣，就算臉的其他部分隨年齡萎縮，鼻子卻只是愈長愈大。即便她的雙眼凹陷、失去光彩，亞波仍能在其中看到如同冰川的藍色暗湧，也能在她的皺紋中看見尊嚴。她的姿態及聲音是如此優雅，彷彿是為了躲避盜匪劫掠，從果物豐饒的遙遠山區降臨小村的波斯皇后。在這個想像畫面中，唯一的不協調之處，是她衣服散發的菸草味，而他認定是她那一無是處的孫子害的。

當她因為亞波的話微笑時，細細的嘴唇分開，露出裡頭的桃粉色牙齦，和一整組完好的牙齒。

即便談及死亡，她的詩文卻造成完全相反的效應，血液不但在他的血管中激烈湧動，他的夜晚也因此遭寂寞滅頂。

「你的神是誰？」她問，她凝望窗外。

「時間。」他說，他不害臊地盯著她。

「那人生呢？」

「這一生讓我累壞了，等重生的時刻到來，我會拒絕。如果神明不聽我的話，我會鬧到祂們屈服為止。像我這樣筋疲力盡的男人，就算稍微不活一下，也是應得的。」

「但活著就有希望。」

「對死掉的人來說，希望有什麼好處？」

「死去時，我們能找回出生時放棄的希望。」

亞波深受感動。他在夢境中微笑，在睡眠中啜泣。

2

亞波早上醒來時熱淚盈眶。幸好秋天的腳步還沒來，不然他就要感冒了。

曾孫女伊拉無比平靜地睡在他身邊，就算需要有人扶自己起身，他也捨不得把她吵醒。

睡吧，我的小天使，他心想，在一場場戰爭中沉睡，和平時再醒來，寂寞時沉睡，堅強時再醒來，睡吧，我的小天使，睡吧。

他在床上坐起身，伸手去抓枴杖。光是想到得自己站起來，就讓此刻的他陷入困境，所以他轉而想起枴杖的事。這是他從岳母手中繼承的枴杖，枴杖本身比他老上一、兩個世代，頂端的把手是一顆核桃木刻的阿爾卑斯野山羊頭，上面刻有完整的雙眼、鼻子、嘴巴，還有山羊角。亞波用手指摸著這顆頭，彷彿輕撫一段段回憶——包括山羊角上的一道道溝槽、三角形鬍鬚、淺淺的鼻孔還有外露的牙齒。他不知道這隻野山羊的表情是在微笑，還是一種恫嚇。

「你怎麼沒把我叫醒，亞波？」床上的伊拉坐起身問他，「我跟你說過，你可以打我巴掌，我睡著時聽不見別人說話。」

「孩子呀，有時候，我實在找不到下床的理由。」他說。

「如果你沒有一起床就尿尿，之後要控制膀胱就很難啦。」

「到底我們誰是爺爺，誰是小孩呀？」他開玩笑地扭了扭她的耳朵。

時間還沒過中午，亞波又把她叫來自己的房間。門關上後，他對她說了個提議：他要求她去監視那名喀什米爾婦女。這會是他們兩人的祕密。

「為什麼？」她問。

「她懂黑魔法，身為你們的亞波，我得為所有人提防她。」

她站著不動，嘴巴張得好大。「她是巫婆嗎？」她問。

「那得靠你告訴我了。」

那天晚上，兩人躺在同一張毯子底下，女孩有一大堆可以分享的故事。這位喀什米爾老奶奶表面上是個老女人，但其實是個男人。伊拉看見她躲在果園的樹林間，掏出比迪菸點火，就連在水溝邊洗衣服時也抽。她會在做家事時抽菸，看起來是她的日常習慣。女孩還在她廚房存放的香料之間發現一瓶半滿的青稞酒和當地啤酒。不只如此，她的嘴唇上方和下巴都長了鬍子，若是特別用某個角度去看，在陽光下會看得特別清楚。

「正因為如此，我相信她是個男人沒錯。」

「青稞酒一定是她孫子的，」亞波試圖把一切合理化，「有那種信仰的女人不會喝酒。」

「我看到她在那天下午睡著前喝了幾口……亞波，」因為感覺到他陷入腦中思緒，伊拉大喊起來，「你說的沒錯，那女人就是女巫。」接著她又修正了自己的說詞，「那男人就是女巫。」

「你還太年輕，無法判斷這種事。」

「噓！」她把手指放在他的嘴唇上，「這是我們的祕密。」

「你還太年輕，無法判斷這種事，」亞波再次悄聲說：「好了，把你看到的一切都告訴我。」

「她很常打掃屋子。每次只要抓到一隻臭蟲，她就會大喊一個以『阿拉』結尾的句子。

洗完澡後，她會用核桃油塗手腳，還在臉上噴玫瑰水，好讓人以為身上散發出女人香氣。她會把頭巾解下來梳頭髮，還會在頭髮像巫婆一樣披散時讀書。她會拿著一隻筆，盯著書的某頁很久，我不知道那是在做什麼。她也會在地板上鋪一張墊子，一次又一次禱告，我沒見過有人禱告這麼多次。禱告的內容很怪，我也沒聽過，她禱告時會把兩隻手掌併在一起，彷彿那是本隱形的書。相信自然精靈的人才不會那麼愛禱告，惡魔才需要人類不停取悅。」

「她的頭髮是什麼樣子？」

「又白又灰，就跟烏昂的馬一樣，髮尾乾枯，就像老鼠的尾巴。」

亞波輕拍自己的光頭。「我有頭蝨。」他說。

「沒有，你根本沒頭髮呀。」

「有，我有，我的頭髮就跟烏昂的馬屎一樣黑。」兩人都笑了。

亞波親吻了這孩子的雙手，再把這雙手蓋上自己的眼睛，然後用顫抖、輕快的聲音為她唱了一首歌，歌詞說的是一個國王和他消失的皇后。

他在那天晚上做了個夢。那是一個新的夢，以他的年紀來說很少見。亞波在夢中擁有清楚的視覺及聽覺，周遭風景是幾何形狀組成的簡單輪廓，就像刻在洞穴裡的壁畫。所有山都是銳角三角形，動物則是以象徵性的剪影呈現。一切色調都非常原始、明亮，陰影都是一致的黑色。就在其中一座覆蓋著岩屑堆的棕色光裸山峰上，有群野山羊正在嬉鬧，跳得好高的牠們碰觸到了淡藍色天空，在鄰近山巒投下如同大量雲朵聚集的巨大陰影。一開始，亞波沒注意到牠們興奮的原因，接著看到有頭雪豹蜷縮在山下的角落。那頭母雪豹無比冷靜地坐著，偶爾甩動一下尾巴，令亞波驚訝的是，這頭雪豹的尾巴不長、不雄偉，也沒有很多毛。那條尾巴短短的，看起來又乾又瘦，就像老鼠的尾巴。

隔天早上醒來，亞波腦中只有一個渴望：他得再去見她一面。

那天接近傍晚時分，一個年輕男孩去敲了她家的門，當時她正在縫補孫子的衣服。她還沒來得及起身，男孩就已經出現在客廳裡。

「歡迎我們敬重的大家長，」他用演練過的莊嚴姿態宣布，「他是一切的源泉之井，包括智慧、愛、勇氣，以及所有值得敬重的事物，而此刻他大駕光臨，來到此地。」說完之後，他拿了一張椅子回來，放在客廳正中央。

亞波站在屋外，用袖子抹臉，他從外套裡取出一個裝滿花精油的水晶瓶，抹了一些在手腕上。即便所有感官都已退化，他的嗅覺始終跟之前一樣敏銳。他將茉莉花的異國香氣吸入體內，靠著有氣無力的呼吸讓自己振作起來。

一直到看見她驚恐的臉時，他才意識到自己沒想好理由，他沒有任何足以將此行合理化的藉口，尤其此刻家裡還只有她。

「女士，」他用自己典型的大嗓門開場，「你會寫字嗎？」

她點頭。

「既然如此，你可以寫下之前吟誦的那段詩文嗎？」

他感覺到她的迷惘，於是接著說，「我是這座村莊年紀最大的人，杜松樹是此地唯一比我更古老、也更受敬重的神靈。我有責任將所有優美的事物保存下來，好在冬天時教育我們的孩子。冬天，你可能也知道，在這裡是既漫長、又寂寞的季節。」

「但我不是詩人，」她說：「我只會在丈夫——願神保佑他早已離去的靈魂——或兒子舉行聚會時，一邊送上食物一邊吟誦而已。」

「女士，這輩子圍繞在你身邊的人都是傻子。」他把枴杖放在椅子邊，準備要坐下。

她實在無法忍住不笑。「從來沒人說我已逝的丈夫是傻子，」她說。永遠被人視為「奶奶」的她也從未被稱為「女士」。

亞波想像她一邊咯咯發笑，臉頰一邊變得粉紅的畫面，就像那些跟其他女孩一起玩鬧的女孩。她的縱情大笑讓他放下心來，跟著一起笑，笑到口中剩下的牙齒都搖搖顫顫，手上的血管也在抽動，膀胱有那麼一瞬間還漏尿了。

笑聲落定為一片靜默。

「冬天就是說故事的季節，」她彷彿陷入遐思，「說那些看不到結局的故事。那是必須投身於天方夜譚的季節，而不是詩歌。」

「冬天是四季中的皇后，熊和旱獺在此時蟄居，我們憤怒族人卻在此時歡慶。這是最盛大、最漫長的一場節慶，人們會在這段時間結婚、過節、交流友情、敘述史詩或分享故事。」

「在我們村裡，那些都是春天做的事。」

「春天是心的季節，比起田野，萬物之心更能感受到春天的抵達及離去。」亞波對自己的抒情發言感到驚訝。

她有了興趣，「那秋天呢？」她問。

「誕生。即便有極樂世界等在前方，靈魂卻又在此時接受了下一世輪迴。」

她從沒聽過有人如此描述季節，而且還不是在她丈夫以前很愛舉辦的那些醉醺醺聚會上。

「這是你的信仰教會你的事情嗎？」

「不是，當你逐漸變成一個老糊塗，智慧就會在意識表層浮現。」

她將眼神從牆面移往窗戶，臉上帶著微笑，過程中偷瞄了他一眼。駝背的亞波坐在椅子上，他的臉曬傷得很嚴重，尤其是鼻子，讓皮膚泛著一種甜菜根的紫粉色。他的額頭上有許多橫越的線條，這些深深刻畫的線條繞過他的雙眼，在他的臉頰上旋繞。帽子底下的亞波蓄著厚厚的鬢角、唇上有一小撮鬍髭，下巴還有灰色的鬍子。

他跟其他村民長得不同。跟喀什米爾人相比，那些村民的皮膚較白，眼珠子顏色也較淺。她以前沒見過像他這樣的人。這個男人戴著珍珠串耳環、珊瑚和綠松石項鍊，還有許許多多的戒指。他戴的首飾比她還多。

「那雨季呢？」她繼續問。

亞波用一隻手就能數完這裡下過幾次雨。三十五年前，曾有一朵雲在山巔上噴出暴雨，淹沒村莊，所有東側的房子都遭到摧毀。村民在那天晚上一邊逃命一邊尖叫，驚恐地叫著「嗚啊！嗚啊！」現在村裡的法師烏昂就是在那晚出生。他的名字也是這麼來的——那是因為恐懼發出的叫聲。

另一次，他那位白天負責灌溉田地、晚上得為果園澆水的妻子喜不自勝地發現，天空竟然降下毛毛細雨。那天下午，她解下傳統的頭巾，跑到屋外的雨中跳舞。

然後是將他流落到這座村莊前，將他在荒地徹底擊倒的那場暴風雨。那天降下的雨滴如此巨大、雄壯，把他的皮膚都砸到瘀青。

「雨水，」他彷彿在冥想，用一點也不像他的輕柔語氣說：「在印度斯坦的雨水是神，但在這裡，雨水是死亡。」

眼前有景象重現了他腦中的畫面。她看見石塊鬆散地堆疊在山巒上，就跟遊牧人在每條山徑上用卵石堆的金字塔一樣容易倒塌，在畫面的前景，有沙漠的風猛擊著一排排紅色、綠色、黃色和藍色的佛教經幡，光是一道調皮的微風就足以掀起沙塵暴。河流的另一側，沙塵的幽魂已開始蓄積威力，就算是最溫和的雨也能引發土石流。她甚至懷疑，一場傾盆大雨就能將所有泥屋溶解。

她望向底下遙遠的印度河，待在此地的短暫期間，她已經目睹過下游一顆尺寸如同卡車的圓石開始滾動。水流如此強大，她估計那顆圓石會在一週內抵達巴基斯坦。

「我的孫子告訴我，這條河在此地受人崇拜。」

「一切都是神靈。那些古老的杜松樹活得比人類還久，每座山都擁有自己的精靈，野山羊為神明工作，就像騾子為我們工作。這就是為什麼我們每獵到一隻野山羊，就會重新雕刻一隻出來，好讓牠存續下去。所有存在，無論是一顆岩石或一座山，一片矮樹叢或一棵樹，一朵雲或整片天空，都擁有神靈。」

「這個宗教有名字嗎？」

亞波思考了一下。「佛教徒和穆斯林說這是多神教。我第一次來此地時，許多老人照顧我，幫我恢復健康。一等我身體變好，他們就要我離開，但我想在此結婚定居，所以我問他們，為什麼我不能留下？他們擔心像我這樣的遊牧人平日拜佛，會讓此地的神靈不開心，所以我就改信他們的宗教。我為了妻子犧牲了佛陀，」他咯咯笑出聲，「我的岳父會說，在世界的開始，神給了每個宗教各自的規則，但此地的憤怒族人那晚喝了太多酒，把規則都給忘了。神真的很不高興，所以憤怒族人最後只能擁有這些精靈和神靈。」

他以為她聽了會笑，但她似乎迷失在自己的思緒中。「她不在了，你寂寞嗎？」她問。

亞波的雙眼湧起淚水。幾十年前，她遭到砲火誤傷而亡，當時印度和巴基斯坦為了鄰近的卡吉爾山脈開戰。亞波早已把戰爭拋在腦後，戰爭卻沒有放過他，他幾乎像是要嘔吐那樣地大力嘆氣，但想說的話始終卡在喉嚨。他們怎麼能奪走她？即便回憶逐漸褪色，她留下的空缺卻愈來愈令人難以忽視。

迦薩拉對自己的莽撞提問深感罪惡，因此衝出屋外。亞波開始緊張，不確定她為何什麼都沒說就逃離這場對話。

她拿了托盤回來，在他面前的矮凳擺上香料綠茶、鹹腰果和杏桃乾，為他倒了杯茶。

「請容我離開一下，」她說：「我得先完成傍晚的禱告。」

「噢！我忘了穆斯林每小時非得禱告不可的習慣。」他叫出聲，對自己快速回憶的能力感到滿意。

「一天五次。」她糾正他。

亞波試圖在獨自啜飲香料綠茶時想像她的樣子。他們之間隔著一道牆，而她彎腰跪在墊子上，雙眼緊閉，頭順服地垂著。又或者那是放棄的姿態？誰知道呢。他的臉在這時候看起來是什麼模樣？他忍不住想。一天五次，而且每天如此，她究竟在禱告中祈求些什麼？

亞波的曾孫回來了，他急著想把這張椅子跟曾祖父帶回家，才有辦法回到朋友身邊玩耍。亞波要他在外面等，這是年輕男子跟狗該守的規矩。他知道自己很快就得走了，但實在捨不得，尤其她又拿了一杯香料綠茶在自己面前坐下，他更不知道該怎麼離開。

「我們這種年紀的人會祈求些什麼呢？」他問。

「祈求在日落時見到的陌生人長命百歲，而且日出時還能見面。」

「對我們憤怒族人來說，日出就是新的一天。」

她微笑，兩人沉默地度過了一段時光。她看著他打瞌睡，意識時而清醒時而模糊，每隔一段時間就想辦法讓自己醒過來。他用鬥雞眼盯著她，透過遭侵蝕的殘月想像滿月的全貌，透過對話的碎片，努力拼湊出橫跨千年、不同陸塊及眾生的一篇史詩巨作。這不是第一次有兩個遲疑的靈魂渴望地凝視彼此，認真考慮縱身躍下深淵。這也不是他們第一次進退維谷，腳步雜沓，不停錯過彼此。

終於，他開口，「請原諒我占用了你的時間。人總得說實話，我來這裡是有事想問你。」

她點頭表示同意。

「你叫什麼名字？」

「迦薩拉．姆塔茲．亞布朵．希克．比格姆。」

「你有多少個名字？」

「這就是我的全名了，」她微笑，「自從我結婚後，別人就不再問我那個問題。妻子、母親和祖母都沒有名字，亞波也不是你的名字。」

「不是，在我們的語言裡，亞波是祖父的意思。」

「那你叫什麼名字？」

「在過了好久之後，久到幾乎像是一輩子，我才在某天清晨時突然回想起來。我好怕自己永遠忘了，那可是我祖先給的名字，我母親會在第一束陽光射下時這麼喊我，『塔希．耶施』，她會在我耳邊低語，『起床，羊都迫不及待了，帶牠們出去吧。』今天醒來時，我就在想，你叫什麼名字？」

3

藏北這片雪漠不是尋常高原。自從人類踏出非洲，跌跌撞撞來到中亞，這片高原波浪起伏的地形就始終令他們困惑，讓他們像是飛不出高原邊界山脈的一群鵝。其實被人類認為無法克服的距離，原本是高度問題，因為西藏高原比其他大陸的最高山都更高，而且還在隆升之中，至少未來住在這片高原上的遊牧人是這麼相信的。這片雪漠沒有任何打算加入這顆地球的跡象，彷彿只是盤旋在地球上方的某處。

在遊牧人的家族中，死去的孩子總比倖存的孩子多。甚至在許多母親意識到自己懷孕之前，就有一些靈魂默默流出了她們的子宮。跟所有其他輝煌的生命相比，人類要活著可真是件苦差事。

舉例來說，塔希．耶施很享受在雪漠的每個前世，隨著周遭景觀的改變，他也出現各種變化。他曾目睹終結了百年黑暗的寂寞清晨，因為在一顆小行星擊中地球後，太陽就是這麼久沒升起。當時的他是一條蚯蚓，這樣的牠活得卑微，但就在地球上有四分之三生命遭到消滅，從浮游生物到恐龍都無從倖免時，他作為一條蚯蚓活了下來。冰河時期，身為猛瑪象的他扎實養成了群居生活的習性，而到了世紀大消融時期，他則因為身為鯨魚培養出勇氣，離開陸地，投入水中。

塔希．耶施染上腦膜炎時，作為人類的生命還沒滿三年，他的母親急壞了。她擔心這種熱病會從腦子往下擴大勢力，將他柔軟的脊椎如同小樹枝般一口一口咬碎，然後從曾經作為尾巴基座的那個神奇小孔中一躍而出。大部分孩子都是因此離開這個世界，他們想去找他們不見的尾巴。

*

這群遊牧人將帳篷搭在一排硫磺泉邊，這些泉水位於冰塊上，從如同火山口的大坑中噴出。在這些黑犛牛毛編織的帳篷外，雪怪在周遭山峰的陰影中跳舞，牠們的身體承受著如刀割的寒風，牠們的心著迷於琥珀色的硫磺蒸氣。冬天躲在幽居之處，為沙漠各地的暴風雪精心策畫了一道道強力渦流。

走投無路之下，父母決定將他託付給最信賴的對象，對遊牧人而言，沒有任何無人知曉的草場或定點爐床比擁擠的羊圈更溫暖。這個小傢伙的母親把他緊抱在胸口，父親則抱住他們兩人，就這樣將他層層包裹，走出帳篷後，她無畏地走過因為積雪而不穩的低谷及高處，抵達關牲口的地方，那是一個帶頂棚的小空間，這群遊牧人將所有牲口塞進去，創造出一個溫暖的凹室。母親在小棚屋中央挖了個淺淺的坑，墊上犛牛毛毯和帕什米納羊絨毯，再將渾身發燙的兒子放進去。哄他入睡時，她祈禱所有牲口的熱氣治癒他。他沒留下有關這次熱病及這個冬天的任何明確記憶，只有一個例外，當時又是冒汗又是發抖的他夢到了其他宇宙界域中的陌生居民。醒來時，他發現身邊圍繞著一千隻眼睛，每隻眼睛都在黑暗中閃閃發光。那些眼睛長得跟自己不像，像是野獸的眼睛，裡頭閃爍著邪惡火焰，因為在黑暗中，只有邪惡能比善良燃燒得更亮。這些眼睛在他頭頂、在他頭的後方、在他腳下，還在他的肩膀、身軀和雙腿旁。這些眼睛在他之上的天空燃燒著，如同星座般飛旋，他望向那些眼睛，望向那些在自己體內燃燒的眼睛，因為它們也取代了他的器官。

「祖先們一直在觀察，」他的祖母總會這麼說：「總有一天，我們的所有胡鬧都會受到他們懲罰。」這下他們來了，他心想，他默默凝視著，等待自己的身體被撕爛，因為他之前老愛對著祖母聽不見的耳朵尖叫，還用小卵石換掉她的念珠。他其實已經死了，他做出結論。

這些宇宙的守護者開始低鳴，還發出咩咩的叫聲，牠們輕推他身上的毯子，還用蹄子踩他。一隻小羊用肚子摩過他的臉，因為他熱燙的肌膚感到溫暖。看來他的祖先一點也不嚇人，還是調皮又喜歡蹭人的一群傢伙呢。

度過人生的最後幾個季節時，這段早期的回憶總會重新浮現，為他帶來安慰，如同一名佛教徒在追求開悟的枯燥道路上，感覺幾乎要被壓垮時，心中還相信天堂的存在。

十七歲時，塔希・耶施在當地僧院偶然遇上發送穀物袋的軍官。這支印度軍隊正招募保衛國境的邊境人士。他見過父親在遙遠的藏斯卡山上拿帕什米納羊毛、犛牛毛、鹽和奶油跟商人以物易物，但從沒有人拿自己去交換。這麼做除了能賺得固定薪水，男孩還會接受訓練與照顧，要是他死去，家人還能領到更多錢。由於養大他的世世代代都過得很苦，在這名青少年看來，這項交易簡直好到不像真的。於是他離開藏北高原的牧草地，成為拉達克偵察兵團[46]的一名士兵。

身為一名烹飪兵，拉達克是他的第一個派駐點。他們軍團總共花了二十五天，才從喀什米爾的翠綠首都，走到塞在藏北高原東南角落的血杏谷。索吉隘口是通往拉達克王國的通道，這裡比喀什米爾的任何一個隘口都高，但在拉達克這個充滿隘口的土地上，這高度只能算是普通。有些士兵開始出現噁心、頭痛和呼吸困難的問題，他們長官只好打住這天規劃的登高行程。軍團在一群牧羊人和他們吃草的牲口旁紮營，到了晚上，他們像一群牲口般緊挨著彼此，試圖靠著一起產生的熱氣，抵禦從狹窄隘口落下的刺骨寒風。

由於軍官負責烹飪，士兵負責屠宰牲口，塔希·耶施殺了三頭山羊，餵飽他那些又病又思鄉的同袍。早在受訓初期，他就建立起屠宰刀法精準的名聲。你可以把任何生物交給他——乳牛、水牛、兔子、母雞、山羊、綿羊、旱獺、鹿、鴨，甚至是一頭雄偉的犛牛——他連一根羽毛、一絲毛髮都不會浪費。他的眼神彷彿能穿透皮膚和血肉，知道軟骨在哪裡將關節連結起來，所以在他的切肉刀下，韌帶及肌腱都能完好無損。皮剝掉之後，隱藏的結構暴露出來，正是此結構將一切組織起來，而一切也是依此結構分崩離析。

正如男孩可以看穿皮膚及血肉，就算鄰近的喀什米爾谷地蒼翠無比，他也能看穿這片假象。這些森林、湖泊、人民和牧草地表面上欣欣向榮，但都不過是唬人花招。總有一天，這些林地將再次荒蕪裸露，成為沙漠，也才真正得以反映大地的靈魂。

*

兩年之後，中國軍隊擊潰了鄰近的西藏王國，甚至進逼印度。這支印度軍隊在小睡時受到攻擊，其中有些士兵不願打敗戰，決定直接溜走。在長官的監督下，塔希．耶施逃入野地，沿途劫掠屍體，還從廢棄營地搜刮補給品。為了不被人發現，這群人必須持續移動，因此沒有資源或時間照顧出現的傷者。對於被丟下的人而言，死亡是一段緩慢發生、令人痛苦，但早已確定的結局，但他無法像前輩一樣說走就走。所以每次只要必須拋下某人繼續前行，他就會用自己的廓爾喀刀割開那人的喉嚨。

到了這場入侵戰的尾聲，這群人只有最資深及最資淺的兩人活下來，所以他們做了約定。那名軍官會回到文明世界，宣稱其他人在戰爭中英勇陣亡，一旦這名資淺士兵正式殉難，他的遊牧家族就能獲得津貼，也可以為他感到驕傲——這些好處比倖存者能獲得的更多。而這名士兵則會偷偷前往西藏，前往屬於自己祖先的土地，也就是遊牧人為了照顧每個部落的需求，一次又一次逐水草而居的那片土地。

塔希．耶施並不怕中國人，也沒打算逃離印度人，他只是在哪裡都待不住，如此而已。

---

46 拉達克偵查兵團（Ladakh Scouts）專門從事山地戰，負責保護印度在拉達克聯邦領土高海拔地區的邊界。

他的內在空虛，外在躁動不安。這人生呀，看來似乎還有救，只要他能找到一間小棚屋，不受干擾地睡一覺就行。

*

「你知道我的名字嗎？」迦薩拉問她的孫子。那天晚上，她為他準備了米飯。那台電動脫粒機很重，無論是拖動或操作都很傷背。迦薩拉的孫子回家時已是個累壞的孩子。

「我知道祖父在你們兩人獨處時叫你『迦薩兒』，他很喜歡重複這個名字，無論是聽到、覆誦、歌唱，或記下這個名字都會讓他開心。只有在那時候，我才會聽見你不是被稱為『母親』或『祖母』。」

「那是他為我取的名字。」她開始吃盤裡剩下的食物。

*

住處附近的小樹叢間有條水渠，迦薩拉認為自己實在是太走運了。這條水渠隱身在野地林間，所以她能一邊把衣服泡在肥皂水裡，一邊自在地抽菸。

她的「惡行」在家已是公開的祕密。她家的所有人都知道她抽菸喝酒，但沒人因此頂撞她——她是個值得同情的角色，不該受懲罰。自從丈夫過世後，她就變得不像自己，她的孩子認為是因為在和丈夫相伴七十年後，現在的寂寞讓她難以忍受。沒人可以猜到的是，她抽菸喝酒其實是為了緩解更沉重的負擔：她自由了。

迦薩拉不再蹲著，為了讓肌肉放鬆，她坐在避免汙水亂流的那些石塊上。她把頭巾解下，感受微風吹拂，手也停下來，暫時不再刷洗孫子衣物上的油漬。

她點起一根比迪菸，迫不及待想跟那名戴著珍珠耳環的男子再次見面，繼續那段她渴望已久的談話。洗衣服的空檔就是她用來做白日夢及反覆咀嚼回憶的時光。

*

「那麼雲呢？」她問他。

「雲怎麼了？」他思量著，「今天下午的雲都去了哪裡？」

「雲究竟是誰？」她繼續探問。

「雲……」他仔細思考了一陣子，「雲是異象。」

「那山呢？」迦薩拉原本無法想像喀喇崑崙這類的山真正存在。在剝去翠綠的植物及生命，還有一切證明生命存在的證據之後，每座山的存在都像一根失去皮膚和血肉的裂骨，或者一副飽受摧殘的骨架。在前來此地的途中，她見過紫色、藍色、橘色、黃色，和粉色的山峰。就在他們跨越索吉隘口沒幾天，她的孫子就繞了一小段遠路，帶她去看「月球表面」。這座山谷看起來跟月球表面很像，他告訴她，她看了讚嘆不已，那裡充滿巨大的土石堆和各種線條扭曲的岩石，不但不講幾何規則，也不把任何美學準則放在心上。她於是作出結論，月亮就跟這片景觀一樣，是由一名幼兒憑空想的畫面。其中的色彩使用暴亂，形狀怪異，根本是匆匆完成的一幅畫。

「所有的山都是真相，」亞波說：「山是一切創造物背後殘餘的真相，搖搖欲墜，努力保持平橫，但又隨時可能要崩塌。」

「那麼那些在印度河中洶湧，卻在湖泊中靜定不動的水呢？」

「女士，無論是山還是雲、真相還是異象，反映在水的皮膚上都長得一樣。過去和未來也一樣。它們都是反映此刻的一種屬性，正如你提到水時，描述了水的洶湧和靜止。水是一種充滿可能性的元素。水就是此刻。」

迦薩拉很喜歡他稱自己「女士」。為什麼他會問她叫什麼名字？她不明白。而她又為什麼問了他的名字？畢竟她根本害羞得不可能以任何方式稱呼他，只能靠清喉嚨或擺弄頭巾來吸引他的注意力。

「我是誰？」她問。

男人陷入沉默。迦薩拉捻熄比迪菸，繼續回頭洗衣服。那些衣物如同野草般在水流中漂浮。她沖洗了一下腳，帶著衣物離開，晾在熾烈太陽下的樹枝上。等她再抽完一根菸後，這些衣服就能收了。她再次坐下。

「你不是迦薩兒[47]、不是一首詩，也不是一條歌，」她聽見他的聲音這麼說：「你也不是繆思女神。我懂你。你是一個詩人。」

迦薩拉忘了點起比迪菸。她把那根菸擱在大腿上，跌入白日夢。

4

亞波在曙光即將露出時緊抱住那棵核桃樹。在殘餘的夜色中，加上遙遠下方的印度河不停洶湧吐出的回憶相伴，他將聽不見的那隻耳朵緊貼在粗糙樹皮上，聆聽落定在樹瘤隆下的那些故事。這棵樹是他的朋友。在星座組合變過好幾輪之前，牠們都是信天翁，都在飛越當時仍是海洋的這片沙漠。牠們無窮無盡地飛越海洋及海岸，在孤獨中沒有休息的機會，但只要牠們相遇，就會嘰嘰喳喳聊個不停，交換彼此的經歷及冒險故事。

亞波初次抵達村莊時，就是在這棵樹下被發現的，當時的他曬得很黑，正狂喜地跟樹的果實說話。他會在樹下過夜，村民則會避開他，認為他的作為是受外在信仰及傳統汙染的不純潔象徵。這座果園是他的家。

接著地震又開始發生，村民發現他有預知能力。亞波把村民成群結隊帶上山頂，就算別

47 迦薩兒的原文在此用的是ghazal，這也是一種形式的抒情詩，其中心主題是愛。

人不想理他也不放棄。他們從三場令人耗弱的地震中活下來，而且全在一個月之內。亞波開始採用他們的習俗及生活方式，最後獲得了村民接納，搬進果園主人的家。很快地，人們忘記他是外地人，他跟所有其他人一樣會戴上花帽，對精靈祈禱，向杜松樹尋求指示，也在農場裡工作。所以就算他眼睛較細、皮膚較黑，身高較矮又如何？他現在是憤怒族人了。

亞波跟果園主人的女兒結婚，繼承了那座果園。每到窒悶的午後或溫暖的夜晚，他就會回到樹下睡覺，而此刻的他已在薄暮時分來到此地。

就在因為核桃樹剛說的故事發笑時，他意識到有人從遠方盯著他瞧。那眼神如同雨雲的陰影落在他身上，充滿盼望之情卻又無比沉重。他轉身。

「你是真的？還是一個夢？」他問：「又或者你找到了進入我此刻記憶的方式？」

「夢只會拜訪作夢的人。」迦薩拉回答，但亞波什麼都聽不見。他盯著自己的白日夢走向自己。跟憤怒族人的婦女相比，她的衣著灰撲撲的，有時看起來像個男人。

「到了這個年紀，又有什麼差別呢？」他大聲說：「不管是夢、記憶，還是渴望……靠近一點，這棵樹剛剛跟我說了個精采的故事，讓我告訴你。我已經來這裡好幾個小時了，就是捨不得離開。」

她把耳朵緊貼住樹皮，但只能聽到微弱的刮擦聲。

「你聽得見嗎？」他問。

「聽不見。」

「靠近一點，迦薩拉，別害羞。這裡不是印度斯坦或巴基斯坦，所有人都能自由做自己想做的事。我的朋友昨晚看見了奇魔，他跑來吃果園裡的杏桃。」

「奇魔是誰？」

「奇魔就是那個『熊男人』呀，你們喀什米爾人不知道嗎？他是個傳奇人物，比亞歷山大大帝跟他的軍隊都還要巨大。外地人也很敬重他，稱他為『雪人』。對西藏人而言，他代表好運，但在尼泊爾人心中卻象徵惡兆。中國人認為奇魔的陰莖是製作青春靈藥時不可或缺的材料，德國人認為他是最後一個純種的亞利安人，是從天空降生到地球最高處的一支種族。各種人都跑來這裡的山脈追逐他的身影，但沒人知道他住在哪裡，只見過他巨大的腳印。沒人真正見過他，除了我在這裡的朋友，你想聽他的故事嗎？」

亞波沒等她回答。

奇魔獨自住在冰川之地的洞穴中。那裡比俯瞰這座村莊的山還要高。夏天時他冥想，而當熊開始蟄居的冬天到來時，他就在降雪時跳舞。如果有人能在奇魔不發現的情況下偷窺他的生活，就能聽到他常吹口哨跟哼歌。他口中的曲調跟人類音樂沒有關係，大自然中也沒有任何事物可和那種古怪的旋律搭配。他是如此孤獨，甚至因此發現了星星彼此溝通的語言。

他很害羞。任何生物接近都會讓他跑掉，除非對方是他的獵物。他吃肉很多的動物，像是旱獺、羊和犛牛。他也很溫柔，跟其他地方的奇魔不同，他不會綁架漂亮的未婚女子，也不會殺害勇敢的遊牧人。不過自從印度和巴基斯坦軍隊開始在冰川上對壘，奇魔住的地方遭受攻擊，就開始出現在較低海拔人類村莊。畢竟他必須自力更生，才可能維繫自己的神話。

＊

「奇魔是從哪裡來的？」迦薩拉問：「為什麼他只有一個人？」

＊

若想抵達冰川之地，你得先跨越「蜿蜒隘口」，抵達血杏谷西南部。在蜿蜒隘口另一側無人居住的所在，首先現身的眾多自然奇觀就是溫泉。水中的殘餘物質在土壤表面掃上一片片明亮的萊姆綠硫磺、紅色氧化物、白色碳酸鈉，和黃色尿素，讓人以為正走過雲遊僧侶所繪製的濕壁畫。這些顏色會吸引野山羊、旱獺，還有候鳥黑頸鶴前來，牠們都將這片溫泉地當作繁殖場，黑頸鶴還會把巢蓋得又高又雄偉，看起來就像溫泉旁的蟻丘。

數世紀以來，治療者都相信泉水具有治癒的力量。某次，有名心碎的商人走到間歇泉的強力噴射水柱之下，一頭雄鹿和母鹿從他站的地方跳出來，原來是他碎成片片的心活了過來，成為各自獨立又無法拆散的存在，正如他曾想像自己和愛人能以這種狀態結合。但泉水只能轉化哀傷，無法真正治癒。

曾經有位西藏公主來到泉水邊，想治療發炎的肌膚，儘管她已經生活在密閉的黑暗房間中，皮膚卻始終不好。稍微浸泡了一下泉水後，她皮膚是好了，全身卻也冒出粗厚的棕色毛髮，甚至長出一層足以抵禦陽光的脂肪。她現在是個熊女人了。還沒有人來得及抓住她，她就逃進了周遭的荒野中，大家都說她是現在那位奇魔的母親，因為他身上有種貴族氣，而且總是避開一般平民。

*

「奇魔的父親是誰？」

「只有母親知道。」

迦薩拉笑了。

亞波靠著樹幹，此刻在漸暗的天色中，這位前世的夥伴支撐住他。他的腳好痛，雙手也在抖，但不打算屈服於疲倦。她牽起他的雙手，扶他坐下。她的孫子想必已經到家，正又累又餓地等她回去，最後只好自己把飯加熱來吃。迦薩拉調整了一下頭巾，坐在亞波身旁，她也有個故事想說。

*

她出生的村莊在一片位於高山的草原上，後來她以妻子身分進入家庭生活時，也是在那片草原下方的湖泊地。還是個孩子時，她會到鄰近森林閒晃好幾個小時，肚子餓時才會回來。大約是在六歲到十歲間的某一次，迦薩拉遇上人生中最大的謎團，那謎團藏身在冷杉樹、樺樹、松樹和一條條狂放蔓延的地衣之間。如果不是樹木不動聲色地碰了碰她，她不會注意到那隻生物。那隻生物的黑腿骨瘦如柴，跟迦薩拉一樣高，雄壯的翅膀足以擁入一朵雲，還有截修長的黑色脖子從大簇的白色羽毛間延伸而出。那隻鶴的額頭中央有個令人好奇的紅色記號，就像印度教徒會點的朱砂。這隻公鶴看來躁動不安，心懷恐懼，只要看到她試圖接近就會往後躲。因為某種理由，牠的腳跛了，她不知道該怎麼辦，只好為牠祈禱，然後沿著來時路離開。

幾年之後，她跟一位博學的年長男子結婚，對方喜歡讀書，也喜歡討各種思考性話題。慢慢地，她開始信任這個男人，於是問他，那些冬天快結束前飛越天空的黑頸鶴到底是哪來的？拉達克王國，他回答，那個地方夠荒僻，能讓牠們在地面築巢。這些事她本來都忘了，直到亞波提起這些鶴會在附近築巢。

*

*

「在血杏谷的另一邊，」亞波對著夜色低語，「你知道那座山谷的名字是怎麼來的嗎？」

這座山谷的血杏桃肉中，在接近種子的地方有個紅色水滴記號——這是一位蘇菲教信徒追尋摯愛時留下的痕跡。他當時精神失常，全裸地在這座山谷遊蕩，最後抵達「異象之湖」

結冰的岸邊。他在這裡瞥見真實的自己，跳起舞來，彷彿灑在冰河水面的陽光。在這個充滿倒影的神祕世界中，他看見一叢杜鵑花從腿間長出，指甲蜷曲成蓮花莖，皮膚變成堅韌樹皮。海洋注滿他位於內陸的眼睛，困陷在周圍環繞的肉體丘陵裡，所以他用刀刺向心臟，放這座海洋自由。

＊

亞波盡可能用故事分散她的注意力。他始終英勇奮戰，試圖推遲那無可避免的結局，但終於還是到了分開的時候。

有雲層遮住星星，除了螢火蟲偶爾閃爍出光芒，兩人可說坐在徹底的黑暗中。

「最好的故事就是接下來的故事，迦薩拉。那故事靠得好近，你能聽見它、聞見它，甚至愛慕它，卻又還不到觸手可及之處。」

迦薩拉沒說話。如果她不盡快離開，孫子就要來找她了。

「奇魔會一直都是一個人嗎？」她終究還是問了。

＊

在這片近未來之地，有個尋找冰川的男人像夢遊者一樣追尋著自己的夢。他是個博學的男人，他有很多知識，他相信唯一能發現自己為何身處地球、為何進入這一世生命的方法，就是去造訪自己不該出現的地方。就算受傷、就算遭逢苦難，他還是堅持前行。

冬天最冷的時候，他拋下較合理的道路，結果就是蹣跚、爬行，被岩石絆倒後跌入雪中，滑入冰川的大小裂隙。一道看不見的身影保護他，讓他不受冰塊陰晴不定的情緒所傷害。

某天，疲憊不堪的他坐下，幾乎要放棄之時，卻聽到了比自己更長、更悠遠的呼吸聲，就像一道飄浮在空中的旋律。有人坐在他的正後方，但兩人沒有轉身面對彼此。有了奇魔的陪伴，這男人的寂寞變成為孤獨，而在有了這個人類的陪伴後，奇魔的孤獨變成一種渴望。兩人就這麼坐著，彷彿一個有著兩顆心和四隻眼的生命。

*

「有些夢是那麼美、那麼脆弱，迦薩拉，它們都沒有被實現。」

*

迦薩拉那晚睡不著，就算喝了兩杯蘭姆酒也徒勞無功。那個老人愈常夢到她，她就愈常在清醒或睡著時有所感應，並在他的夢境世界中漫無目的遊走。

等孫子開始打呼，躺在床上的她才扯下被子，穿戴上雙層菲蘭長袍和頭巾。她走到廚房，取了些食物塞滿幾個口袋，沒拿油燈或火把就走了出去。

雲已經消失，露出黑暗中的光源，若她願意，叢叢聚集的星子形成一條小徑，亮到足以將她一路帶到天堂，但天堂今晚可得等等。她回到果園，在核桃樹下坐好。

她點起一根菸，那是從孫子那邊偷來的現代香菸，來自印尼的珍貴商品，抽的時候嘴裡能嘗到一絲甜，還散發出丁香氣味。她因為吸得太快咳起來，看來就連來自遙遠熱帶島嶼的誘惑都無法轉移她的注意力。

迦薩拉曾在許多場合見識過「愛」的可能性。當她盯著那隻公鶴，跟對方害怕自己一樣害怕牠時，是愛讓她留在原地不動；當丈夫在她整理房間時為她誦讀詩句時，愛也曾到訪；當她獨自在湖上划著希卡拉小船，任由水流隨意把她帶往各處時，愛也待在她的身邊。但唯有聽過亞波說的故事後——那些故事充滿強烈的渴望，不懂開始也不懂結束——她才了解愛有多遼闊。因為愛是經過許多世生命得來的體悟。

她注意到果園裡出現新的光線，除了零星飛舞的螢火蟲，還有香菸點燃時的火光，她注意到還有兩隻金色的眼睛。那雙眼睛比犛牛、野狼或人類的眼睛還大，就像燃燒的油燈。這雙眼睛不會眨，也不移動。

迦薩拉立刻站起來，但又坐下，她從口袋裡掏出一把杏桃乾，向對方遞過去。

*

收穫季已到尾聲，如果說針對一切稍縱即逝的細微美好，有什麼專門舉辦的慶典，那就是此時的景色了。霜花在冷得不尋常的秋天早晨出現，覆滿草原，因為斜斜的清晨光線閃爍光芒，此時結凍的植物汁液從莖枝上如漣漪及波浪緩慢滲出，像是蘭花、百合、玫瑰、海螺、海浪、螺紋、雲朵或水晶一般展開自己。但等早晨過了一半，剩下的就只有一片泥濘草地。

霜花的出現代表日子一去不復返地進入漫長冬季，霜花的一生似乎就是為了冬季做的無趣準備，但它的努力會在此刻讓日子開始運轉。人們將曬在屋頂的蔬果、杏桃還有起司從犛牛毛毯上收下來，開始進行計量、分裝，及儲藏的工作，羊毛製品也會經縫補獲得新生命，草原、田地和棚屋內長期囤積的糞塊會秤重後收到角落。這地方的糞塊可比珠寶貴重，因為是煮飯跟加熱的必要燃料。人們把握最後時光做木工的聲響充滿空氣，槌子敲打，鋸子切割。剪羊毛的工作在此告一段落，而急著把最後剩下穀物磨成粉的婦女，會開始為了社區共用的研磨機吵個不停。

在這些日子的其中一天，迦薩拉的孫子會把脫粒機內的柴油淨空，倒進四方型油罐，用螺絲把蓋子鎖死，代表他準備好前往下一個地方。但她的心情不可能準備好，她會想盡辦法在帶來一絲慰藉的空房內寫下一段詩文，但終究不會有留下來的勇氣。

兩天之後，他們會在日出前騎著租來的騾子離開，迦薩拉不會告別。一開始，亞波會很傷心，但慢慢地，年紀帶來的歷練會在他身上生效。

離開的人向來很少告別，還是這樣就好。

5

隨著冬天步步進逼，雪也迅速覆滿地面，一層層掩蓋靈魂受到的磨難。冰塊無法治癒傷口，也不能填補裂縫，但能使痛感麻痺。

亞波別無選擇，只能繼續原本的生活，他嘲笑苦難、咒罵世界，訴說故事，也要求別人拿核桃來換——這裡的習俗就是要用核桃來換故事。若要解決各種極端處境及困境引發的精神官能症，故事就是最好的藥方，於是，所有擠在地下室的孫輩、親戚及鄰居都對他的故事上了癮。

亞波什麼故事都說：遊牧人的故事、雪豹、狡猾的兔子、食人魔、野山羊、精靈、熊、殘酷的中國人、懶惰的印度人、身上長滿毛的巴基斯坦人、波斯女王，還有陷入愛河的傻子。亞波也知道大家最愛聽什麼——勇敢犛牛跟睿智綿羊的故事。所有牲口都是他們的孩子，但他們的爐床不夠容納每一個摯愛，他們的心都留在那些牲口棚內。

若是出現連續三天的暴風雪，他更是忙到不行，就算寒風冷得凍骨，人們還是會從外頭的陰沉天光不停湧入，甚至還有過超過六十五人一起擠在地下室的情況。他們全坐在那裡啜飲大麥茶，一邊想像亞波描繪的世界，一邊殘忍地明白，這場風暴又會奪走幾十條生命。

只有當風聲靜止，天空重新開始清朗，亞波才能入睡。那時的他已蒐集到裝滿六十二只小袋的核桃，這些故事讓他的聽眾以大笑、微笑及啜泣度過了無助及失落的情緒。他不停睡，睡到沒能看見屋頂排水口結出冰柱，而讓白光散射出的不同色彩，他不停睡，睡到錯過人們的一輪輪號哭、不可置信，以及哀痛的沉默。

終於他被德吉叫醒，德吉是村中唯一在外頭世界正式拿到學位的男孩。他帶了兩個外國人來亞波家，他們被一場突然的暴風雪困住，流落此地。

「他們從哪裡來？」亞波問。

「冰川之地。」

「他們是誰？」

「軍醫和科學博士。」

「哪個國家的人？」

「都是印度人。」

「他們是來逮捕我的嗎？」

「不是。」

「告訴他們，我這老人都快死了，實在沒有時間招待不請自來的客人。」

亞波翻身面向另一側，又睡著了，等他幾小時後醒來，發現那兩個人就坐在自己的房間裡。

「我不喜歡軍隊，也不喜歡科學。」亞波開始用印度斯坦語說話，然後拿了尿壺來小便。「軍隊負責打仗，科學則是創造出打仗的理由。」

「是宗教，不是科學。」那名科學家說。

「都一樣，宗教和科學都一樣。」科學家那句不假思索的評論本來沒打算讓亞波聽見，他對自己竟然能夠聽見大感滿意。雪總是讓人聽力變得更好，因為所有鳥類、昆蟲和勤奮工作的人類都因此閉上了嘴。「但你怎麼會了解這些事呢？」亞波繼續說：「你看起來像是昨天才出生，而科學可是在昨天之前就存在，而且創造出科學的人，就是在那之前創造出宗教的同一批人。你又知道在宗教和科學之前存在什麼嗎？」

「我知道，」伊拉尖聲大叫，「是鹽！」

「真是個聰明的孩子，跟她學學吧，外國人。」

「我們確實從她身上學到不少，」軍官說：「她很聰慧，要是有上學就好了。印度軍隊開始為邊境村莊設置學校，但這塊無主之地……」

「我們不想要孩子受到印度軍隊的教導。他們能教什麼？怎麼在敵軍來襲時找到其他出路嗎？你們這些國家把我們像球一樣亂踢，巴基斯坦坐在我們的頭上，印度坐在我們的卵蛋上。要是明天巴基斯坦又占領我們的村莊怎麼辦？這些孩子就會被貼上叛徒的標籤。不！不行！」

因為感覺到外國人的不自在，一旁的孩子插嘴，「我們的亞波只會咒罵他喜歡的人。他很高興可以跟你們談話，繼續吧，想問什麼就問。」

亞波的孫子拿了熱氣蒸騰的茶水、餅乾和果乾進來。他們有透過特別管道取得的糖和紅茶，可以泡出印度人喜歡的那種茶。

「給我拿些大麥茶來，」亞波指示他，「我不喝印度茶，那會讓人喝了變懶，就跟他們一樣。」亞波一邊說，一邊把餅乾插進印度茶的杯子裡，藉此把杯子拉近。

「我是莫哈瑪德·拉撒，是一位貢德[48]軍團的軍官，」這名軍官立刻急匆匆開口，「我的朋友名叫拉納，他是地質學家，也就是研究地球的科學家。」

「印度軍隊何時開始招募巴基斯坦人了？」

「這位拉撒軍官是印度人。」拉納說。

「所有穆斯林都是巴基斯坦人，所有共產主義者都是中國人，所有佛教徒都是西藏人。但有一件事將所有印度人團結起來——懶惰。至於孟加拉人，我就不清楚了。這個國家誕生的期間，我與外界斷了聯繫，他們都是穆斯林，這也是他們叫做東巴基斯坦的原因，但後來他們也宣稱自己是孟加拉人……我的每隻腳有五根趾頭，每根都長得不一樣，要是最小那根和最大那根為了彼此的不同吵架呢？要是它們聯合起來反抗我，說因為它們都是不同腳趾，而我根本連根趾都不是，所以它們都不屬於我呢？那我不就變成瘋瘋病患了！」

「村民說你可以預測地震，所以我們才來這裡，」拉撒打斷了他漫無邊際的碎語。「我們得知，過去六年來的四次大型地震中，你救了所有村民的命。」

軍官暗示拉納繼續這個話題。

「是的，告訴我吧，你這位科學之子，地震為什麼會發生？」亞波問他，他把本來該招待客人的餅乾和印度茶喝完，開始喝起大麥茶。

伊拉說，「有一條巨魚住在凍結的海裡，只要牠的尾巴一動，就會發生地震。」

「那麼，我想問的是，這條魚的尾巴多久會動一次？還有這條魚為何最近如此陰晴不定？」拉納問。

拉納接著又說，「我們去年因為雪崩損失了兩百二十個人，不到兩年前，巴基斯坦那一側也損失了一百四十一條人命，正因為如此，我們都認為應該有科學家跟我們一起駐紮在此，讓他們負責研究並預測這條巨魚的行為模式……」

「外國人，」亞波說：「你有外國香菸嗎？」

「我們的亞波之前沒抽過香菸，」伊拉說：「但四個月前被一位喀什米爾女巫下咒，就開始抽了。」

拉納微笑。「他很幸運，這個年紀才發現香菸的好。」他把一包菸從背包裡拿出來。

女孩從他手中接過香菸，用燃燒的煤塊點燃，自己吸了一口，才遞給祖父。拉納發現這男人只是把菸含在嘴裡擺弄一陣，就把煙吐出來，讓他回想起自己的大學年代。「喀喇崑崙

48 貢德（Gond）是印度中部的一個少數民族。

山脈正在傾斜，」亞波說：「這座山脈正在往上升，把喜馬拉雅山往下推擠，所以現在有了稱霸全世界山脈的新王者，克楚，只是我們人類還在拒絕接受事實。」

「你是指K2嗎？」拉納問。

6

「我既然說克楚，指的就是克楚，」亞波搞不清楚對方在說什麼。「這座山是喀喇崑崙山脈的最高峰，在巴爾托羅冰河邊緣，也是冰川之地那顆搏動的心臟。這座山確實是最高峰，就算掌管機器和科技的所有神明下凡來幫你們也一樣。」亞波沉默地想了一下。「就算印度、巴基斯坦，還有中國都不再為了這些冰爭論不休，大家團結一心，和平待在原地，最後仍會是山獲勝。孩子呀，告訴你們的軍隊和科學家，離開冰川吧，這是唯一能確保安全的方法。」

拉納聽得入迷，亞波講這段話時幾乎沒換氣，手邊也沒有任何證據，卻仍清楚總結了拉納始終說不明白的宿命性結局。「但怎麼可能呢？」他問亞波。埃佛勒斯峰是地球上最高的山，這不只是地質學，還是不可能改變的現實。

「當人類殺人無數，血滲入地層縫隙，地球的痂和傷口就無法癒合……」這位老人看起來正思考自己剛說過的話，「這些傷只會化膿，你們的暴力和戰爭就像地球肉體上的壞疽。你們擁有可以把人帶上月球的新潮裝備，卻對眼前的山脈及河流視而不見。我們用各種國界、叛亂及戰爭把印度斯坦砍成一百座島嶼，碎塊一片片掉入海裡。克楚正在升高，就是因為喜馬拉雅在下沉。」

這位科學家的眼裡有淚，在爐邊彷彿幻覺的火光中，拉納像是被擊垮了，他其實始終知道真相，只是沒有接受現實的勇氣。

接下來幾個晚上，亞波的身體跟靈魂都因為嚴重的關節炎痛到不行，只好睡在比身體及靈魂都還要重的毯子底下。伊拉的父親抬起毯子，好讓她爬進去，「亞波！醒來！」她用他的臉頰來溫暖自己凍僵的手指。「你還沒跟我說床邊故事，不可以自己先睡著。」

「已經是上床睡覺的時間了？」

「你已經在床上啦。」

「孩子，床是迎接死亡到來的好地方。這樣大家才知道去哪裡找屍體。」

「你死的時候，我會讓所有人知道你在哪裡。」

「祝福你，我的曾孫女，你真是我生命中的天使。」他輕撫她的額頭。「你跟那些外國人說，巨魚會在結凍的海裡甩動尾巴時，真是讓我佩服。那些傢伙真傻，他們竟然說那是冰川。」

「差別是什麼？」

「大洋、海、冰、雪、霧……都是不同的存在狀態，如果有個女孩在跳舞，我難道可以說她睡著了嗎？」

伊拉笑了，還捏捏他的臉頰。「亞波，但裡頭的神靈都一樣。」

「沒錯。你要聽她的故事嗎？」

*

亞波見過她在沙漠遊蕩。對他來說，她的靈魂就像新生兒，總是非常迷失、脆弱，但又無比平和。她的身型很瘦，四肢修長，就像畫在寺院中的千手觀音——她的神情跟千手觀音一樣靜謐，舉止也同樣帶有水流般的柔和質地。最驚人的是她的眼睛，其中閃現了內在的火焰。每次只要見到她，亞波就會夢到海洋，身為一位困守陸地的遊牧人，他就是以此理解她的巨大。她在他眼裡始終如一：寬廣、深邃、激烈，又平靜。

她出生時是冰，但因為愛上跟自己不同的對象有了生命，當對方從地球的核心升起時，她以大洋的姿態環抱他，將他的火焰安撫為陸地。他燃燒的激情化為躁動不安的陸塊，然後在她的懷抱中開始碎裂，朝一百個不同的方向漂移。這些土地踐踏過她的深邃，切斷她的水流，使她乾涸。青春期的她崩毀了，但隨著時間過去，每塊碎片又重獲新生，得以任意滋長或消滅。為了存活，她的一條幻肢長成了身體，一顆牙齒長成了新下巴，就連心臟也長成了全新的愛。她的靈魂縮入一枚貝殼，棲居在地球最高山脈的顱骨柔軟處。

有一天，亞波的岳母在修屋頂時從梯子滑下來，傷了脊椎，她無法說話，也動不了。村裡的法師建議家人去取冰川的貝殼，說只要將貝殼化石磨成糊，再和薑黃及奶油混在一起，就能成為接合骨骼和肌肉的強效黏合劑，就像由古生物的骨頭創造出的療癒子宮。

那是亞波第一次去冰川，他本能地朝西邊的努布冰川前進，那是條夾在兩條大型冰川間的危險小冰川，河道很深，位於狹窄的山谷之間，許多帶裂縫的大片冰塊在看不見的河面流動。因為不敢走在不停移動的冰層上，他只好在崎嶇難行的山脊蹣跚前行。

然後他看見了她。

她走動時，腳下冰層震顫、裂開，然後只靠一個簡單手勢，就將裂紋擴大為裂縫，再變成裂溝。她的一道漫長凝視就能讓結冰的巨石翻滾墜下。她舉起雙手，召喚在冰層下方深處流動的水，讓亞波驚訝的是，那些水如同間歇泉噴出，透過結凍將部分冰川連接起來。

在一切都巍顫不穩的光景中，她重現了往日榮光，亞波欽佩她壯大的靈魂。至於那些雪崩和地震，不過是伴隨這些行動發生的次要事件。

*

「那位科學家也看見她了嗎？」

「在他眼中就只是些化石和貝殼。」

「亞波，那他為什麼哭？他對克楚有什麼不滿嗎？」

「孩子，那男孩對山沒什麼不滿，他只是太著迷於冰川了。」

「那就讓我們祈禱，希望精靈都能保護他。」

「沒錯，我的小伊拉，你的善良就是最了不起的智慧。」

7

拉納躺在床上，身上只有寬長褲、襪子和汗衫，手中緊抓一枚掌心大的海貝。他正在冰川研究中心的營本部，身處一間尺寸如同飛機座艙的密閉膠囊設施內。

德魯瓦[49]計畫是設計來為人減壓的實驗，即便人類的身體能在學習後適應非人的海拔高度，事實證明，心靈卻會抗拒改變。無論擁有多麼尖端的武器或技術，仍沒有什麼能預防士兵受到內在的怪物影響。這些因為心理疾病而死的人會被委婉描述為「因自然因素死亡」，而這也是公開的祕密。

膠囊內的溫度最高可調到攝氏二十五度——但不建議這麼做——因為跟外界零下四十度的氣溫落差太大。膠囊內的氧氣量比較高，讓人盡量可能放鬆深呼吸，若要撫平緊張的情緒，你可以將膠囊內的光線調整成情境模式，也能播放像是雨林、海灘、讚美詩或佈道之類的音檔。

拉納把玩手中的貝殼時，熱帶島嶼的各種聲響溢滿整座膠囊，但就算有多色鳥、窸窣棕櫚樹葉，和輕柔拖曳著他的海潮召喚，回到冰川的焦慮及興奮情緒仍讓他無法入睡。床的基礎按摩功能需要進行精細校正，拉納覺得此刻的震動簡直就像機關槍在身上打洞，他將這點記錄在回饋計畫團隊的建議中。這個團隊位於千里之外的昌迪加爾，可說坐落於海拔的最低處。他還有其他想提的建議，但不知如何措辭，比如他找到藏在床下的一疊色情雜誌，雖然這點子不錯，但只照顧了異性戀的需求。

拉納來到冰川之地時，官方的更名儀式才剛過沒多久。之前的名字——西雅琴，意指野玫瑰之地——不夠愛國，無法合理化全國半數國防預算投入此地的作為，畢竟這筆錢比投注在國家健保政策上的預算還高。自從史無前例的雪崩、地殼隆起，及冰川融化的事件發生後，希望廢除此地軍備的全球呼聲逐漸高漲，更是凸顯出此區陷入的政治紛擾。

由於爭議愈來愈大，為了做出回應，政府決定將冰川重新「包裝上市」。「乳海」冰川研究中心的命名靈感來自一篇晦澀難懂的史詩，作者是在英屬印度時期遭監禁的一位革命詩人。這樣一座宇宙海洋無論是所存在的界域，還是其非塵世的本質，都擁有足夠的神話意味，可以支撐這個暗示愛國情操的浩瀚命名法。

49 德魯瓦（Dhruva）是印度神話中出現的一個角色，因為虔誠苦修，後來被毗濕奴變成北極星。

拉納很幸運，他在對的時間出現在對的地方。他剛結束上一段派駐工作，從印度位於南極的駐外分部回來，儘管這段經驗不必然代表他有研究高海拔冰川的資格，但對核發補助金的政府官員而言，這已是將他納入科研團隊的充分理由。正如詩人的頌歌一樣，他也將自己的測地研究獻給乳海的神話核心，因此論文標題為〈尋找須彌海〉——在這個冰的界域，最深的山溝跟最高的山峰同為一體。

拉納愈是想，就愈能意識到自己經手的兩個任務多麼不同。南極是世界上最大、最乾燥，也最冷的一座沙漠，跟南極相比，這片冰川不過是個住宅區的大小。但乳海冰川研究中心位於海拔一萬六千英尺高的地方，這裡以「第三極地」為人所知，高度可說比南極所有的山都高。海拔造成的差異讓兩地在各方面都彷彿屬於不同星球。

不過，他算是因為在南極度過的夏天，才會想去冬天的冰川之地。拉納當時在紐西蘭基督城的一間酒吧內，那是他南極之行的中繼點，之後計畫前往印度位於南根戈德里冰川的基地，而他在這裡遇見一位鳥類研究者。這男人正打算去一座偏遠的太平洋小島，研究一種即將絕種的鸚鵡，這種夜行性鸚鵡體重過重又不會飛。就這樣，兩人如同太空中飛旋的流星殘骸，在各自的軌道上撞見彼此。

那種獨居的鸚鵡在社交上非常笨拙，就跟這位研究者本人一樣，他如此自嘲。這些鸚鵡很少求偶，而儘管求偶是牠們唯一不會啄死彼此的時候，結果往往也只是場戲劇化的一夜情。

拉納聯想到他們兩人。那種鸚鵡寧可在地面遊蕩也不願飛，寧可短暫縱情也不願付出承諾。「牠們一定很喜歡擁有自己的私人空間。」他說。

「就牠們的例子而言，島就是私人空間，」那位研究者又說：「就你的例子而言，必須是一片大陸。」

拉納臉紅起來，別開眼神，都是因為他，他的眼神令拉納不安。自從這位研究者不請自來，跑到他的旅館房間，他就一直很緊張。在那對冰川藍的雙眼內，拉納瞥見一片無人居住的大陸。

拉納在他身旁睡著了，醒來時，他驚嚇地發現那名研究者還醒著，也還毫無動搖地凝視著他。

幾天之後，拉納獨自一人站在南極令人目盲的白色大地上，腳趾生了凍瘡，角膜刮傷，身體麻痺到令人心痛的程度。他不知道可以寄託於什麼，眼前連道陰影也沒有，也看不到地平線。一道深長的凝視就擊潰了他。

乳海冰川研究中心內，他有名同事出現高海拔的肺水腫症狀，必須空運下山。然後拉納跌進一道裂溝，就在他逐漸從驚嚇及各種刮傷中恢復時，剩下兩名科學家在外出遠足時遇上雪崩，雖然勉強算是毫髮無傷地逃了回來，內心創傷卻讓兩人無法擺脫驚嚇的情緒。

國防研究及分析室給了拉納一個機會，他可以選擇跟剩下的科學家一起離開，但他拒絕了。那道凝望的眼神穿越時空跟著他，每次只要他接近冰川，就能感覺那道眼神的熾熱。

一星期之後，他和拉撒軍官在遠足時迷路，被迫下山。他們最後竟能找到這座村莊，在這片無主之地活下來，靠的純粹是運氣。

而現在他回到這裡，打算再次攀上這片冰川之地。

*

在德魯瓦計畫的膠囊艙中，拉納將那枚貝殼緊貼在耳邊。那是他收到的禮物，一開始是外公傳給他的母親，接著又傳到他手上。當他還是個孩子時，很少有事物能比媽媽枕頭底下的貝殼更令他好奇，但他在貝殼中聽到的，從來不是海浪拍打岩石的戲劇化音響，而是壓倒性的空茫。不過那種空茫現在成為一種安慰，就像睡在父母的空床上，發現還能聞見他們縈繞不去的特殊香氣。

拉納的鬧鐘再過四十五分鐘就要響了，代表他適應當地水土的義務進修課程告一段落。研究顯示，人的心智會在高海拔處待一個月後開始退化，而這項課程的設計，就是為了確保人的心智及身體靈活度。

太陽一升起，拉納就會啟程爬上「冰之牆」，其他軍官都將此地暱稱為「大冰球」。他很好奇，他想看看那位四十年前落入冰塊裂溝深處的巴基斯坦軍官，據說看來就像一個保存完整的始新世化石。最近的地殼隆起讓這位軍官更加深入印度領土，現在光透過冰川表面就能看見。

一位拉納的同事建議，可以透過衛星追蹤這具巴基斯坦人的屍體，藉此監控冰川的移動狀態，畢竟若用其他方法監控冰川，費用可是嚇人的昂貴。他的所有動態都能帶來巨量訊息，幫助他們了解推動冰層移動的複雜水流方向，但政府拒絕了這項提議。接受巴基斯坦士兵的幫助有損尊嚴，就算那名士兵已經是屍體也一樣。

那名士兵就像站在一個裝滿鏡子的大廳中，軍隊中有出現這類的傳言，他們說這些冰放大他的軀體，扭曲他的五官，包括弓起的眉毛、緊閉的雙眼、健康的伊斯蘭絡腮鬍，以及靜默傳遞出堅定意志的緊抿嘴唇。有些人聲稱要是盯著這名士兵太久，他就會對你眨眼，又有人說若你是穆斯林，他會對你微笑，但對錫克教徒視而不見，看到印度教徒則會皺起鼻子。但整體而言，他還算和善，目前尚未害人作惡夢或出什麼意外。

他會見到這名士兵的鬼魂在冰川之地遊蕩嗎？拉納心想。

兩個星期前，他在陰暗的裂溝中等待救援時，見到了過世的外公，那是他這輩子一直渴望見到的人。畢竟他的名字就為了紀念外公，他叫吉里亞。

*

拉納是最後一個跳過去的。他先看了電子錶上的天氣數據，溫度是宜人的零下十七度，降雨量低於二十毫米，天上看不見太陽又暴風狂刮，算是待在冰川研究中心時幾乎每天都得面對的天氣。然後他盯著橫在前方的裂溝，估量距離，寬度大約是五英尺，長度似乎看不到盡頭，整道裂縫以一種堅決又結構雜亂的方式切割過冰體。不知道底下是不是有一池積水？

拉納想，可能存在的積水不但可能讓地勢更不穩定，也助長了他心中的非理性恐懼。

「科學家阿吉！」有名士兵從對面向他大喊，「跳過來又不需要博士學位，別想啦，腦中想著猴神哈奴曼，跳！」

為了跳過去而衝刺時，拉納就知道自己跳不過去，本來他因為右腳碰到冰面，心裡放鬆下來，但又隨即因為落入裂口而繃起神經。那條將他和別人連結在一起的繩索緊綁在他腰上，讓他在落下時一路旋轉。

微弱的陽光幾乎是立刻消失，時間靜止，他的意識能感知到每個片刻，每個片刻都彷如永世，而每次旋轉都像環繞太陽公轉。隨著裂溝愈來愈寬，黑暗也蔓延得愈廣。

拉納可以透過上方裂口望向天空，彷彿在一根冰作成的巨大望遠鏡筒內。那些不過是人造的光學幻象的星座，此刻似乎重組成新的形狀和圖像。在拉納看來，他已身處於數千光年之外，他跟星星在一起，眼前所見已不是地球上一般認定的「過去」，不是天空中充滿早已死去及正在消逝的星星。他看到的是他落下的那一刻，是當下的宇宙。他在周身聽到各種碰撞聲，左腳釘鞋卡在冰上，繩子如同絞索般拉得死緊，阻止他繼續下墜。

打從他抵達此地，就見過幾次軍人滑入變化難測的裂隙，每個人都在四分鐘內被救起，這是個反覆練習過的固定流程。此時在上方的冰川表面，冰斧咻咻的劈砍聲已響起，看著景色隨劈開的裂口逐漸披露，拉納有種神奇的感覺。他的靈魂脫離身體，盯著一整排跪在冰上的士兵，他們一次次三、二、一倒數，以此節奏拉起繩索。

他彷彿是自己人生電影的攝影師，而非演員。既然身為攝影師，他可以按下暫停鍵，仔細觀察一切——從外太空的流星，到搖搖晃晃切入冰層中的冰斧，還有下方位於裂溝底部，那難以看穿的一整片藍。由於在冰層中，拉納可以看見維蘇威火山和克雷克吐爾島留下的微量火山灰、小行星遺骸，還有不同生物集體滅絕後留下卻未遭發掘的化石，這一切都完美無缺的保存了下來，彷彿一個人最珍愛的回憶。

儘管鬍碴上的汗水都結成冰，他還是覺得快要窒息般燥熱，身體也劇烈發抖，但心靈卻毫無來由地感到平靜。拉納彷彿毫無重量地漂浮在這個藍綠色的不透光洞穴中，意識到重力就跟時間一樣棄他而去，但又不盡然。

拉納覺得在這個深淵中，搏動的不只有自己的心臟，就在他分辨出另一個脈搏節奏時，他問了，「誰在那裡？」

「吉里亞。」有個人回應。

「我也叫吉里亞，吉里亞．拉納，難道我是在跟自己說話嗎？」

「我是吉里亞．普拉薩德．瓦爾瑪。」

「外公！」他大喊。他想擁抱他的外公，但頭上腳下掛著的尷尬處境讓他無法這麼做。

「孩子，我很抱歉，我活得不夠久，無法歡迎你來到這個世界。」

「沒關係，外公，死亡本來就不掌握在我們手上。」

「你好嗎？」兩人同時問候彼此。

「我很好，孩子，正如你所見。」

「其實我看不到。」拉納說。

「我的精力就跟你一樣旺盛。在這樣的地形，海拔又這麼高，精力非常重要，也非常有用。」

「你在這裡做什麼？」

「如果要研究山，沒有更好的方法，你一定得四肢著地，親手刮開石頭和冰層尋找答案。如果坐在扶手椅上喝茶就行的話，我也不會離開群島，但我心癢難搔，想要透過第一手證據，來確認自己花了一輩子研究出的理論是否正確……那麼，你好嗎？孩子？我擔心你。你花了一陣子才適應這裡的稀薄空氣和地形，尤其是你的腸胃，但你現在看起來不錯。」

「你說的沒錯，我的身體似乎有在適應，現在晚上倒是會因為研究問題睡不著。若不是因為研究的事，就是因為輕微高山症。真希望我沒像現在這樣受重傷，我實在不想骨折。」

拉納突然緊繃起來。

「我死了嗎？外公？我剛剛掉下來時摔斷脖子了嗎？」

「你就跟你早上醒來時一樣健康、一樣生氣勃勃。」

「揮鞭式頸部扭傷？」

「你的延腦很好，只是稍微扭了一下。」

「那我為什麼在跟你說話？」

「你的外婆可以跟鬼魂、樹木，還有幾乎任何形式的生命對話。我不認為你的母親可以，就像我也沒辦法。或許這種敏感體質就跟糖尿病一樣，是隔代遺傳。」

「我之前沒這樣過。」

「這裡是人類在地球上能抵達的最高所在，你以為自己來到這麼高的海拔，處境又如此孤絕，靈魂還能毫髮無傷嗎？」

「要真是這樣，麻煩就大了，我會在這裡見到很多印度和巴基斯坦士兵的鬼魂。」

他的外公笑了。「還有中國人。」他幫忙補充。

「噢！他們也在這裡嗎？」

「他們無所不在。你在研究什麼呢？孩子？」

「我在進行測地研究。外喜馬拉雅山脈和西喜馬拉雅山脈的中心軸線在傾斜，尤其是喀喇崑崙山。我懷疑這區是地層變動的支點。一切是從喀什米爾的穆扎法拉巴德地震開始，我們在那裡看到山增加了八到十英尺的高度。接著是廓爾克的一系列地震，有些山因此增加或降低了多達十六英尺的高度。這些山根本像是嗑了類固醇！」

「山就是這樣升高的。五千萬年前，喜馬拉雅山脈也是這樣隆起。」

「就算造山的過程如此迷人，也不會有任何政府讓書呆子科學家跑來這麼高的地方研究造山運動，所以我得在我的研究中加些料，姑且說加的是番紅花吧。」

拉納可以聽見外公咯咯笑。

「接下來的一千年內，埃佛勒斯峰顯然不會繼續保持世界最高峰的地位，根據軸線傾斜的情況來看，我們可能預測出下一座最高峰的候選人。我希望是干城章嘉峰，如果我能證明最高峰在印度境內，接下來數十年，我就能一直從政府手上拿到足夠的研究經費，」拉納語帶盼望地喃喃自語。「但如果有山隆升地比埃佛勒斯峰還高，勢必會打破地殼均衡定律，這個假說不可能讓地殼維持均衡狀態。」

「喜馬拉雅山脈是例外，不同陸塊的撞擊讓這座山脈的高度更高。」

「確實，外公，但就重力學而言，就算是例外，地球仍不可能出現更高的山。」

「除非這裡的重力比較弱。」

拉納幾乎要翻白眼了，但又想起美國太空總署曾繪製過地球表重力圖，其中各地的分布並不平均，而喀喇崑崙山脈的部分是藍色，代表此地的重力較弱。他不由得讚嘆起來。

意識到孫子的興奮之情，吉里亞．普拉薩德繼續說：「大自然遵循科學法則的方式跟科學家不同。當我還是個天真的年輕人時，你外婆曾說自己之所以在群島上把扁豆和米飯燒焦，罪魁禍首是不停變動的重力，我聽了嗤之以鼻。之後又過了好幾十年，我才理解，我們其實就住在斷層線上，而那裡的重力狀態反覆無常。」

「媽說過，跟那個時代相比，你的想法先進很多。」

「孩子呀，比起科學期刊，我透過觀察妻子學到了更多。正如我也藉由研究島嶼來學習有關山的知識。只要你認真思考，就能在感覺最無關的事物之間找到各種連結和關係。重力定義了時間、空間和生死，怎麼可能不影響我們的內在狀態？」

「太精采了！跟我多說一些吧，外公。」

「欸，你的外婆很常抱怨，說她去過這麼多地方，就是我們住的群島鬼魂最多，我一直不知道為什麼。在安達曼群島，印度板塊被擠壓到更重的陸塊底下，導致此地的重力增加，於是將各種形式的密集能量吸了過來，包括鬼魂。你應該也知道，隱沒區的各種效應都很劇烈。」

「那你為什麼在這裡？這不符合你的理論呀。」他的外孫突然回嘴。

「我有一個科學家的靈魂。科學家的研究目標在哪，他就會在哪。」

兩人都笑了。

「你怎麼花了那麼久的時間才找到我？」

「如果我更早找上你，只會把你嚇個半死，要是更晚找上你，你只會把我當成妄想。」

「你其實是我的潛意識在跟我說話吧，我想。」

「那代表你是我的意識囉？」

「我自己現在都幾乎沒有意識可言，」拉納微笑。「有時我覺得一切都是我幻想出來的，無論冰川、山脈、構造運動學，現在還有你……有時候，我覺得冰和風試圖透過我說些什麼。我只是一個人說話的聲音、一副表情、一片倒影，從光年以外的距離閃爍著。」

「之前有一天，我看到你手中那枚貝殼，」吉里亞・普拉薩德說：「我給你母親的那枚貝殼。」

「對，她在我出發前往南極前送我的。」

在南極的孤絕處境中，這枚貝殼代表了時間，拉納會把時間捧在掌心，用指尖沿著眾多白色紋路輕撫，摩娑上頭的一顆顆棕色凸刺。他從貝殼螺旋深處湧現的空茫聲響獲得慰藉。

「每個螺旋都要花好幾百萬年創造出來，」吉里亞．普拉薩德說：「這枚貝殼屬於始新世，當時板塊撞擊才剛開始。」

拉納的思緒飄到兒時讀過的某本書上。

那本書有一整章都在談始新世化石，那些化石是在歐洲某地的一個坑裡被人發現。受到火山口湖的旺盛養分所吸引，數百種不同生命形式來到此地，結果被從湖底深處湧升的有毒氣體殺死，包括一種大眼靈長類、一頭懷孕的侏儒馬、許多戴勝及蜂鳥的前身，還有散發著金屬光澤、翅膀完好無缺的大量甲蟲，甚至還有一隻像是芭蕾舞者踮著腳尖旋轉的青蛙。當時還是小男孩的拉納最感興趣的，是九對在交媾時鈣化的烏龜。特提斯洋岸的這座火山口湖就是始新世的龐貝城。

拉納翻閱回憶中的那本書，看到其中還有些新的什麼，他看到了許多尚未圓滿的愛情、隨季節短暫過境的生物腳印，還有進化失敗的遺跡，而此刻，他看見了一個困在貝殼內的紀元。

他看見了他自己。

等他終於恢復意識時，外公已經消失了，拉納正在被粗手粗腳地拉上去，耳裡聽見一名士兵用男低音大聲喊著三、二、一、三、二、一……

「期待下次見！」他對著那片黑暗大喊。

*

在名為「如意樹計畫[50]」的溫室中，拉納為所有樹苗添過化肥，澆了水，在此同時，暴風雪迅速地席捲了整片清朗天空。別無選擇的他只好等待，趁機重新調整、擺弄一盞盞太陽能燈的角度。

四株幼苗中有一株已經枯萎，兩株處境危急，一株活了下來。這些幼苗就跟他們科學家一樣慘呀，拉納笑出來，因為少人陪伴，他開始享受自己獨特的幽默感。

他用攜帶式火爐融化一些雪，為自己泡了杯巧克力，還吃了一根能量棒當午餐。他想試試看是否可能幸運睡著，結果沒成功，只是像根公海的浮木翻來覆去。他拿出魔術方塊，但高海拔又讓他無法專心。拉納後來寧願跟植物說話。

「我希望你們參與計畫的每一位都能撐下去，」他說：「整個國家都把希望寄託在你們身上，就連首相都在士兵面前問起你們，沒錯，你們每個他都問了，不是只有神聖羅勒。」他

50 根據印度神話，如意樹（Kalpavriksha）是長在須彌山頂上的樹。

向大家保證。在印度家庭中，神聖羅勒是最受推崇的植物，不但可以治療喉嚨痛，還能促進免疫力和心血管循環，甚至治癒被懷疑有同性戀傾向的嬰孩。

繼火星之後，冰川應該是人們認為最難種出植物的地方了。要是這項實驗真的成功，印度政府就會遵照聯合國的爭議領土指導方針，宣稱自己對冰川之地的所有權，因為在指導方針中有條說明就表示：首先開墾土地的人就能宣稱所有權。

暴風雪刮得更猛烈了。拉納坐下，身體往後靠，開始對幼苗唱一首寶萊塢老歌，想不起來歌詞的段落就用口哨帶過。他已經在這待了六小時，很可能還會待更久，為了增添節奏，他把肥料罐倒過來當鼓敲。

花了好一段時間，他才注意到空氣中還有另一個聲音，彷彿有人在他的肩膀後方哼歌。一開始，拉納以為是風聲，但發現那聲音始終不願安靜下來後，他開始無預警地改變歌曲節奏，有時加速，有時又放慢，但那聲音始終能夠跟上，讓他摸不著頭緒。那是一個非常明確的男低音，很像蒙古的喉音唱法。

拉納小心翼翼地在溫室內移動，爬上一個架子，從透明天窗往外窺視，結果在溫室外看到一個巨大暗影，身上半披著雪，嚇得他直發抖，畢竟隔開他們的只有一道預製加工的薄牆。拉納擔心對方是在暴風雪中跋涉的巴基斯坦士兵，就是來自西北邊境省，身高有六英尺，全身曬得很黑的那種普什圖人[51]。如果能用喉音唱法唱歌的話，也可能是成吉思汗的後代。

突然之間，那道陰影抬眼往上看，用那種足以燒穿紛飛雪沫的黃眼睛，望向拉納。

*

士兵們發現了因發燒而精神錯亂的拉納，此時的他在溫室已經待了近五十小時。這名地質學家被空運回到大本營休養後，被發現嚴重脫水，整個人精疲力竭，但只需要休息和非罐裝的現煮食物就能恢復。

負責管理所有科學家的拉撒軍官建議拉納先回家。這裡不是每個人都能撐過冬天，今年冬天又彷彿下定決心要比往常更為難人，光是這場暴風雪就已奪走三條人命。這名軍官開玩笑地表示，科學家的一條命可比士兵的一千條命還有價值，乳海冰山研究中心內駐紮了超過一千名士兵，科學家卻只有一位。「春天再來吧，」他提議，「到時候一樣很冷，地殼構造一樣不穩，這裡也還會是個軍事鬼地方，我保證。」

拉納沒有被說服。

「我們發現你時，你知道你是什麼狀態嗎？」拉撒問他，「你在哭。我問你，『你為什麼哭？』你回答：『這是開心的淚水。』在我們把你帶回來這裡之前，我需要你保持清醒，所以又問：『你為什麼開心？』但你哭個不停，幾乎要睡著，我只好再把你推醒。『你為什麼

51 普什圖人（Pathan）是南亞民族，也是阿富汗第一大民族和巴基斯坦第二大民族。

開心，拉納？說嘛，跟你的好夥伴分享一下你的喜悅。』」

「然後你說了我聽過最美的話，『是愛，』你告訴我：『人的臉會變，有時候你會因此認不出對方的真實身分，但愛就是愛，只要能感覺到愛，就付出愛，就接受愛，這樣就夠了。這樣就能把你跟所有人事物連結起來。』」

有眼淚再次流過拉納布滿裂傷的臉頰，這是他在精神失常時唯一留下的回憶：幸福，還有隨之而來的淚水。

*

死裡逃生這麼多次，他要是還堅持待在那裡實在太傻，他妹妹在電話上說，但他還需要一點時間。他的腦中有不同聲音在爭論，他向它們乞求：為了廢除軍備，他需要更有力的地質學證據，才能無懈可擊地達成目標。他甚至還沒跟他的外公道別。

還有那名男子，那名讓他身體熱燙如火的神祕男子，究竟是誰？

8

以六月的夏季早晨而言，今天的霧實在濃得不像話。雨季的風朝地面猛擊，製造出風暴及水汽的氣旋。在喀喇崑崙山脈的陰影下，霧氣籠罩所有村莊，無論是果園裡的樹、田中搖曳的蕎麥、房屋聚落，還是歪七扭八的牆面，看起來都只是幽魂。印度河也只是一條隆隆作響的薄霧之流。

亞波在果園內，這棵核桃樹底下永遠為他擺著一張椅子，他的枴杖靠在樹幹上。外頭世界的狀態跟他如同新生兒般混沌的內心世界相似。八十八歲了，他發現要在腦中錨定思緒，或者一邊專注望著他人眼睛，一邊口齒清晰地說出一個詞，都成為費力的差事。

突然之間，他的心跳紊亂起來，一種不規則的節奏掌控了他。在與死亡交手多次，又花了數十年求死之後，難道他就要這樣死了嗎？這就是走向人生終局的隱約感受嗎？有種古老的興奮情緒在他的血液中奔騰。

在他還是個孩子時，他的奶奶曾警告他的父母，說他是個調皮的傢伙。她說他的靈魂會從屁股溜走，尋找丟失的尾巴。八十年過去了，在終於走到人生終點時，亞波全身出現一種古怪感受，彷彿他的靈魂正從身上布滿皺紋的孔洞及髮根蒸散出去。他逐漸佚失的感官、漸弱的意識，還有腦中的色彩及回憶，也都彷彿滲進霧中。

在沉默中，有關她的一切也受到這種古怪感受影響。她的氣喘吁吁、沉重步態、輕柔敲出音響的耳環和手鐲、茄子色的卡佛坦長袍，還有緊張的面容，都彷彿消融在霧氣中。

她伸手去拿他的枴杖時，他因為她的出現清醒過來。

「我看到奇魔了，」她用枴杖支撐住自己。「我給他吃杏桃和扁桃。」

「你原本不相信我嗎？」亞波很震驚，「你以為我是那種到處亂編故事的人嗎？」

迦薩拉臉紅起來。她不想表現得太幸福，很怕自己無意間透露太多。

他一開始的激動很快變成難以磨滅的傷痛。在石塊的沉默中、在幽魂如浪潮的喘息間，以及面對破碎一地的心時，這種傷痛逐漸滋長。

「你沒跟我道別。」他說。兩人分開的一年為他帶來不小打擊，他的口氣因此變得輕柔，跟原本完全不同。

「我們又算老幾，哪能質疑祂的智慧？」她問。

戰爭期間，亞波的長官不忍看一名下屬受苦，丟下他逕自離開，亞波想讓朋友有尊嚴地死去，於是劃斷他的喉嚨。從此，他再也不信神。

「我不相信祂的智慧。」

「這不是我能決定的。」

「什麼不是你能決定的？」

「分開不是我們能決定的，但我們可以把握此刻。這一刻正是阿拉展現慈悲心的證據。」

「那你自己的慈悲心呢？」

「噢，我的老天，拿高腳杯來為我倒點毒酒吧，」迦薩拉微笑讀出這句詩，「我會樂意飲下。死亡能比愛人的憐憫及同情帶來更大榮譽，這張乾渴的嘴只求一滴神聖的愛。」

*

亞波變得愈來愈虛弱，現在最遠只能走到隔壁果園，因此輪到迦薩拉來他家找他，而她每天都來。伊拉已在婚後搬走，迦薩拉負責餵他吃藥，協助他移動。

她的孫子會在下午一起來吃飯。他曾見過身體更好的年輕人幾乎失去一切欲望，甚至是絲毫不剩，因此對他而言，待在祖母和亞波身邊，反而能幫助他保持活力。

「這座村莊完成收割工作了，」某天早上，他告訴自己的祖母，當時她正在協助他喝茶。「剩下還沒收完的田，地主沒有興趣用機器收割。」

她一直知道這天遲早要來。怎麼可能不來呢？

「我會把我的所有香菸留下來給你。」他說。

「但這裡是無主之地，」她一下子恐慌起來。「我怎麼能住在這裡？這地方就連郵差都不來。」

「你希望從郵差手中獲得什麼消息？」

「我該怎麼搞到蘭姆酒喝？」

他笑了。「你好像很喜歡這裡的青稞酒呀，你把亞波送我的一整瓶喝光了。」

她吃吃笑了出來。「那你呢？」她逐漸意識到，他的話代表了巨大的改變。「你幾乎不知道怎麼自己準備吃的，如果我早上沒叫你起床，你會睡到中午。」

「我會長大。」

「你的父親會怎麼說？還有我的其他兒子和女兒？」

「他們會跟所有人說你死了，哀弔幾個月，然後繼續原本的生活。但如果你跟我回去，你有辦法繼續過原本的生活嗎？」

迦薩拉沒回答。這裡的冬天無比嚴酷，甚至比喀什米爾和拉達克的其他地區更難對付。她都八十四歲了，她怕自己無法適應這種極端氣候了，然後她想起亞波在果園時說的話。

一開始，他以為自己要死了，他的心臟因為渴盼死亡漏了一拍。然後他看見她站在面前，就又有了活下去的理由。

9

迦薩拉不知道自己為何醒來，一種不自然的沉默溢滿房間。她的丈夫沒在打呼，她伸手確認他的脈搏，他還活著，一切讚美歸於阿拉。

這樣一個冬季夜晚，村中最暖的房間屬於剛結婚的新娘和新郎。他們的火爐裡堆滿煤塊，地板和牆面鋪掛一層層毛毯，另外還有印度軍隊送的熱水袋。

亞波的孩子堅持要他們結婚，以免開了不好的先例。數十年前，亞波初來乍到，當時村民根本不想要他待下來。「現在我下不了床，你們竟然還欺負我，逼我結婚。」他抱怨。但迦薩拉也需要更明確的承諾，他畢竟是個難相處的男人，比沙漠的冬天還難應付。

在破碎睡眠中的清醒時刻，那個聲音又出現了，聽起來是微弱的呼救。

「你聽見了嗎？」她對著他聽力比較好的那隻耳朵問。

「你嗎？有，我有聽見你在說話。」

「不是，不是我。有隻小羊在哭叫。」

「小羊本來就會咩咩叫。就像狗會汪汪叫，鳥會啾啾叫，我也會打呼，」他說：「這是自然規律。」

「為什麼會有小羊在外頭的風雪中？迷路了嗎？」

「迦薩拉，別被風聲騙了，惡魔會模仿純潔靈魂的哭叫，好把女人騙出門抓走。」

「我為那個孩子擔心。」

「那我呢？我可能明早就死了。」

「為什麼你非得一直提到死？你答應我不說了。」

如果今天抱怨的是他的孫子或孫女，亞波早就轉身繼續打呼了。

「扶我起來吧，」他開口，「把枴杖拿來。」

「萬一你滑倒怎麼辦？萬一你感冒呢？已經連續下三天雪了。」她說。

「你因為擔心把我吵醒，現在又要我回去睡，到底是要我這個老傢伙怎麼辦？既然不能把死掛在嘴邊，那我為何要活得像是死了？」

*

屋外的夜是幽魂，是雪想像出來的產物。兩人一走到門口，就忘了起床的原因。大地披滿雪花，無限的可能性在土地上飄盪，又是斜斜往側邊飛，又是花俏地旋轉。

迦薩拉走出去。

她在善於抹消記憶的白雪上逡巡，沒留下一絲足跡。星光之下，就連一個腳步都是太難承受的負荷。她感覺自己回到童年，當時她每次都會跑到雪中跳舞，她爸媽很不喜歡。她會在雪沫中搖擺身體。

突然之間，她站定不動。她感覺到的不只是過去，還是她出生前的記憶，當時的靈魂和風景是不分的一體，熱帶雨水以雪的形式輕柔落下，沙漠也以月球表面的沙塵暴展現自己，海洋還是沉睡在火山口的湖泊，聽著風訴說的故事安穩入眠。當時的自由還不是負擔，愛不是妥協，因為所有人事物都是不分的一體。

亞波在屋簷邊望著她，她看起來好幸福。他遲疑地踏入剛落下的雪中，枴杖在冰面滑了一下，他於是靜悄悄地飛到空中。在他上方，冬季星座正擺脫舊有圖案，組合出新的樣貌，而他下方什麼都沒有。亞波輕巧、自由，就像一根羽毛。

一隻手輕柔抓住他的腰，將他抬升到更高、更高的所在，接著讓他降低又降低。終於，他被安全放在門廊上。

亞波發現自己坐在門檻邊，但不是獨自一人，身旁還有個裸體又駝背的鬼魂。這鬼魂平衡地坐在直立的枴杖頂端，雙眼緊盯著亞波的臉。他似乎比亞波年輕，但有一種特出氣質，彷彿正在招待一位達官顯要吃頓便飯。

「謝謝你，孩子，」亞波說：「我本來要死了，是你救了我這垂死的男人。」

「男人就該扛起應盡的責任，無論此生或來世都一樣。」

亞波點頭，雖然摸不清這個神祕人的底細，但他不想顯得無禮。

「結婚才沒幾個月，我妻子就會在死寂的夜晚聽見山羊叫。」鬼魂說。

這話激起了亞波的好奇心。「剛結婚的夜晚，應該是屬於新娘和新郎的特別時光，」他說，「你們應該為了做愛不停玩鬧，而不是深究有關小羊或山羊之類的事。」

鬼魂咯咯發笑。「做了這麼多年靈魂，面對像你這樣的紳士，我實在該坦誠以對，」他說，「我和妻子住在熱帶，白天在又熱又濕的叢林中飽受折磨後，剩下的每分每秒都很珍貴，跟金子一樣貴重，但那些該死的生物堅持要在死寂夜晚搞出聲音……此時可有個男人早已完全睡死，正仔細品嘗他的夢境呢……我勉強下床去找，只是為了享受能拿叢林靴丟對方的樂趣。我也不好意思送她去看醫生，儘管我們都知道她耳鳴，但她呢，就是已故的瓦爾瑪太太……她實在好美，我根本不敢對她無禮。」

亞波笑了。「對年輕人來說，這些都是愛情帶來的悲劇，」他說：「到了我這年紀，就全是喜劇了，孩子。將摯愛之人擁入懷中之前，任何人都得要上一百場猴戲。」

鬼魂跟著他一起笑，接著突然站起身，「在這裡等一下。」他對亞波說，然後沿一根柱子爬上屋頂。

亞波獨自一人坐著。他想告訴迦薩拉，自己是如何為了她逃過死亡。他向外尋找她在雪中的身影時，但那雙白內障的眼睛目睹了驚人場面。

每片雪花都膨脹得像加農砲那麼大，徹底淹沒了他的視線。才不過一眨眼，亞波就坐在盤據了整條地平線的覆雪山脈山腳。又是一眨眼，雪就開始融化，冰變成清透的水，星光變成起伏蕩漾的陽光。亞波身邊有粉色珊瑚環繞，這些珊瑚擺盪搖晃，如同位於海床的夏季田地。他讚嘆地望著漂浮在上方的鏽金色鸚鵡螺，那隻鸚鵡螺迴旋狀的殼看來如此壯麗，就像公羊神阿爾卡利的角，從螺中伸出的觸手隨水流舞動。他伸手想去摸，鸚鵡螺突然往上游，體積慢慢變大，姿態也愈來愈優雅。這顆鸚鵡螺逐漸漂開，如同一朵雲沒入液狀的地平線，亞波也隨牠的方向往上游，如同新生的火山島一樣破水而出，迎向天空。

他發現自己身處一座火成山上，身邊圍繞著祖母綠色的森林和靛藍色海洋。他從未見過如此美麗的落日景觀，天空的各種色彩定義了他們的存在、他們的生命，以及他們的凝望。他轉向她，她雙頰泛紅，日落的閃爍光輝中有日出的溫暖。

這段異象被來自他大腿上的吵鬧聲打斷了。小羊的哀鳴聲傳入他耳裡，像是某種意味不明的哀求。

「牠在這裡！」亞波興奮地說。

「剛剛在屋頂上。」鬼魂站在外頭的雪花中，微笑。

亞波望著鬼魂逐漸消失於夜色，懷裡抱著那頭還是嬰兒的小羊。

「這頭小公羊一定是從成畜棚中不小心滾出來了，」迦薩拉說，然後在他身邊坐下，「還不到三個月大，就急著逃家了呢。」

「這頭小公羊是我的祖先，」亞波說：「牠來自我部落的羊欄，想來見我剛結婚的新娘。」

一進屋後，迦薩拉就在燃燒的炭爐上暖手，搓揉那頭小羊的四肢。蜷縮在她大腿上的小羊幾乎要睡著了。一旁的亞波漫無目的地站著，呆望著他們。屋內變得比之前冷很多，他的衣物外層結了薄薄一層冰，但他沒有抱怨。

「別穿著濕衣服睡，」她說。前一段婚姻中，她從來不敢命令自己的丈夫，不過這次，迦薩拉不只是剛結婚的新娘，也是一個全新的人。「你也還沒吃晚上的藥，」她繼續說：「我剛剛把藥拿來時，你翻身面對另一邊，假裝睡著。」

他對她的話充耳不聞。亞波站在角落，欣賞在她臉龐附近飄飛的灰燼餘火，以及她坐在地板上的優雅姿態。別管晚上的藥了吧，他考慮吃點別的。

「我有一些藥，」他說：「我們得吃那些藥。」

「為什麼？」他很緊張，他還不能告訴她真相，免得她誤會。「那些藥可以緩解疼痛，」

他回答。

「但我沒有哪裡痛呀，一切讚美歸於阿拉，你吃就好了，跟你該吃的藥一起吃。那些藥在哪？」

「那些藥可以幫助你入睡。」

「蘭姆酒對我就很有用了，我會在睡前為自己倒一杯。」

「噢，我真是老了，連謊都不會說了。這是可以幫助人做愛的藥啦。」他衝口而出。

迦薩拉著實吃了一驚，但沒表現出來，沒有什麼能奪走她的尊嚴，狗急跳牆的新郎求歡更不行。她是五個孩子的母親，孫輩也有十三個，還有更多曾孫。她本人就跟繁衍這項行為一樣古老，甚至還隨之發展進化。

「為什麼我們會需要吃藥？」她問。

「我需要。」

「那你吃就好，老奶奶做愛不用吃藥。」

「那個薩帕，他根本一點也不瞭解女人，」亞波低聲抱怨，「不然他就會給我能讓女人停止叨唸的藥。」

他走向牆邊的那只大箱子，裡頭裝了他所有財產，而他新娘帶來的大量物品圍在旁邊，多到彷彿每天都堆得更接近箱子一點。迦薩拉之前明明是個作風保守的寡婦，但他到現在還沒搞清楚她有多少東西。她或許會把自己從頭到腳包覆起來，每天祈禱十幾次，但跟他認識的所有人相比，她擁有更多的披肩、雙層菲蘭長袍、香精油瓶，和蘭姆酒。

「如果你彎腰太快，就會摔個狗吃屎。」他彎身準備打開箱子時，她警告他。

「我已經摔了一百次狗吃屎，一百零一次也死不了。」

「冬天時使勁做那麼多事，對你不好。」

「雪不會一直下，我們也不會一直在。」

亞波的雙手在箱子中摸索，接著勝利地舉起來。他找到了裝藥的小黃包，但卻無法直起身來。

「我的腰閃到了。」他只好承認。

她把小羊放在地毯上，趕去他身邊，用指尖按摩他的背，直到感覺緺緊的肌肉扭結逐漸鬆開。

「還大談什麼人世無常和性生活，你連自己能不能彎腰都搞不清楚。」

「笑吧，我的新娘，盡情地笑吧。老男人到哪裡都會碰上悲劇，也很習慣因此受人訕笑。」

迦薩拉把小羊移到火爐旁的一條披肩上，然後把她的新郎扶上床，蓋好兩條毯子，哄他入睡。

10

這是能在天上同時看到月亮和太陽的時刻，夜晚在跟清晨調情，憤怒族人說這是求偶時刻。

太陽和月亮是一對最古老的愛侶。太陽系中有超過一千顆月亮和衛星，但若要說實話，太陽只受月亮吸引。身為宇宙中心的太陽只想丟下一切，爬進月亮表面的火山口，彷彿海洋在貝殼的子宮內休息。

但對月亮而言，他光付出愛並不夠，若沒有無條件的接納作為前提，愛永遠不夠，畢竟月亮是有缺點的生物。若沒有接納，她終究只是一塊被甩到太空的地球碎片。宇宙本身是沉默的見證人，它見過這對愛人花了好幾十億年形影不離，也見過他們花了好幾億年形同陌路，彼此仇視，卻又困在同一個太陽系中。每隔十四天，愛人之間的口角就會讓月亮剩下四分之一體積，再過十四天，愛又會給她長回來的力量。

但在求偶時刻，一切歸於平靜。所有口角遭到遺忘，痛苦被原諒，怒氣和悔恨也給悉數拋開。月亮和太陽在飄落的雪花間眉來眼去，完全不把其他人當一回事。

正是在這個充滿魔力的時刻，一種原始思想進入了遠古的子宮，開始孕育跟此刻世界完全不同的新世界。這個新世界中沒有星星、衛星、星球、星座和星塵灑滿天空，也沒有任何構造地質學、演化和所有其他無從阻攔的過渡階段，新世界存在的只有空無。那種空無超越不停擴張的宇宙，那種空無脫離時間的掌控。

而在這片空無中，有的是各種可能，屬於你和我的可能。

致謝

這是我第一本出版的作品，感謝所有支持我的人，包括家人、朋友，還有一路看我走來的陌生人，你們是我的靈感繆思，往往也是監督我前進的人。

這本小說是集眾人之力的成果。我的家人在情感上帶給我很多力量，包括蘇南答（Sunanda）、戈維德（Govind）、舒布拉（Shubhra）、雪伊利（Shaili）和希拉茲（Heeraz）。還有我的另一半尼基爾（Nikhil），正因為有他，儘管寫作伴隨著自我質疑及深陷絕望的職業風險，快樂仍始終觸手可及。感謝所有史瓦魯普（Swarup）、瓦爾瑪（Varma）和哈姆拉詹尼（Hemrajani）家的人永遠容忍我，畢竟我這個家族成員不是陣前逃跑，就是跟失蹤人口沒兩樣。我對下一代虧欠甚多，包括我的姪輩卡維亞（Kaavya）和席娃（Siva），還有我很快就要出生的孩子。謝謝你們參與我的人生。

獲得查爾斯．皮克獎學金（Charles Pick Fellowship）是我的人生轉捩點。我很感激亞米特・查德里（Amit Chaudhuri）和亨利・蘇同（Henry Sutton）的指導。皮克家的馬丁（Martin）、瑞秋（Rachel）和蘇（Sue）給予我的支持早已超越單純的使命感。我也很感謝馬努・喬瑟夫（Manu Joseph）、凱文・康羅伊・史考特（Kevin Conroy Scott）和里克・希蒙森（Rick Simonson）無條件支持我的寫作。

《寂靜的緯線》的故事背景設定在我從未去過的地方，在這些地方，所有招待我的主人都提供了不少協助，尤其我又總陷在棘手的困境中。這些東道主包括：西昂秋杜里先生及太太（Mr. and Mrs. Syamchoudhury）、塔納茲・諾貝爾（Tanaz Noble）、G・S・斯里華斯塔瓦（Mr. G. S. Srivastava）、穆迪特・庫瑪爾・西恩先生（Mr. Mudit Kumar Singh）、蘇瑪蒂・饒（Sumati Rao）、普拉米・樸拉當和桑傑・美當尼（Promi Pradhan and Sanjay Madnani）、卡利卡・布羅約根森（Kalika Bro-jørgensen）、斯曼拉上校和塔希拉・斯曼拉（Col. Smanla and Tahira Smanla）、舒卜漢姆・薩哈（Shubham Saha）、亞爾卡納・塔曼恩・拉馬（Archana Tamang Lama），以及夏爾米拉・拉古納森（Sharmila Ragunathan）。此外，無論是桑佳穆之家（Sangam House）、紀念村（Jayanti residencies）和我位於席夫登（Shivdham）的老家祖屋，都讓我擁有迫切需要的獨處空間。

我為這部小說做了很多研究，其中大大借助了以下單位的經驗、指教及陪伴：

安達曼群島上的安達曼-尼科巴群島森林部（The Forest Department of the Andaman and Nicobar Islands）、克倫部落還有布萊爾港公立圖書館（Port Blair State Library）。

在緬甸時，我受到了許多人的幫助，包括安哈鐵先生（Mr. Aung Htaik）、寇博其先生（Mr. Ko Bo Kyii）及政治犯援助協會（Assistance Association for Political Prisoners）、穆德威（Moe Thway），還有所有擺脫水蛭審訊（Leech Trials）而獲得自由的革命人士。萊雅・唐（Letyar Tun）對我的手稿提出了非常仔細的回饋，讓我的作品不至於有太多失禮之處，我也對他萬分感謝。

我也深受許多人的啟發，包括「力量團」（Shakti Samuha）在加德滿都分部與我互動的舞廳員工、住在那德哈國家公園（Namdapha National Park）內的米什米家庭、普加山谷（Puga Valley）的游牧寄宿學校、拉達克（Ladakh）邊境村莊的家庭，還有願意與我見面的地質學家、森林學家、軍人和前軍人，特別是地質學家麥克・希爾勒（Mike Searle）、拉古・拉曼上尉（Capt. Raghu Raman），以及一位我偶然遇見的男人：來自辛杜帕爾喬克縣（Sindhupal Chowk）的夏倫・薩帕（Sharan Thapa）。

我關於「雪漠」的靈感是來自已故的少校諾希爾・瑪法蒂亞（Noshir Marfatia），我想像出他可能說的故事，也參考了他筆下的許多迷人角色。其中另外有一段詩，則是受到我偶然聽過的一首烏爾都語詩歌（Urdu sher）啟發，所以我也謝謝你，這位神祕的詩人。

在這個出版的世界，我很幸運地遇到了好夥伴，這些人對小說的信念遠超越我們之間的合約關係，首先要提到的是瑪麗亞・卡爾多納（Maria Cardona）和蓬塔斯文學及電影經紀公司（Pontas Literary and Film Agency）。還有我的編輯拉忽・松尼（Rahul Soni）、瓊・萊利

（Jon Riley）和維克多利・馬茲伊（Victory Matsui），他們是讓這部作品茁壯、長出目前形貌的重要推手，也在確保這部作品的發展潛力之下給予我指導。謝謝妮克・寇昂特斯（Nicole Counts）和羅絲・托馬斯威斯卡（Rose Tomaszweska）帶領著「世界一體」（One World）及「奔流域」（Riverrun）兩個團隊，為出版這部作品所投注的熱情。另外也謝謝所有決定翻譯這部作品的出版社，謝謝你們將這部小說帶到世界上不同的地區，送到不同的讀者面前。

然後要謝謝我的朋友：康拉德・克拉克（Conrad Clark）、梅根・布萊德柏立（Megan Bradbury）和凱特・葛里芬（Kate Griffin）、撒米拉・亞里（Sameera Ali）、米諾・佩托爾（Minal Patel）、史米塔・卡納（Smita Khanna）、曼西・喬克希（Mansi Choksi）、安娜亞・雷茵（Ananya Rane）、納西亞・瓦希（Nazia Vasi）、錫凡吉・希里華斯塔瓦（Shivangi Shrivastava）、薩夏・寇拉（Zasha Colah）、努皮爾・沙（Nupur Shah）、席林・喬哈里（Shirin Johari）、里亞・布姆加拉（Rhea Bhumgara）、耶漢吉爾・馬多納（Jehangir Madon）以及許多其他人。我無法只對你們的某項作為表達謝意，因為你們幫了我太多，而這一切無分輕重。

這部作品的靈感繆思是我們低調、謙遜的星球，這座星球所擁有的美好、魔力和意志力超越人類心靈的一切想像。身為一位作家，我對寫作的過程本身就已心懷感激，因為透過這部虛構作品，我更接近了內心深有感觸的種種真相。

Hit
暢/小說
115

寂靜的緯線

●原著書名：Latitudes of Longing ●作者：舒班吉．史瓦盧普（Shubhangi Swarup）●翻譯：葉佳怡 ●排版：張彩梅 ●美術設計：之一設計 ●責任編輯：徐凡 ●國際版權：吳玲緯、楊靜 ●行銷：闕志勳、吳宇軒、余一霞 ●業務：李再星、李振東、陳美燕 ●總編輯：巫維珍 ●編輯總監：劉麗真 ●總經理：陳逸瑛 ●發行人：凃玉雲 ●出版社：麥田出版／城邦文化事業股份有限公司／104台北市中山區民生東路二段141號5樓／電話：(02) 25007696／傳真：(02) 25001966、發行：英屬蓋曼群島商家庭傳媒股份有限公司城邦分公司／台北市中山區民生東路二段141號11樓／書虫客戶服務專線：(02) 25007718；25007719／24小時傳真服務：(02) 25001990；25001991／讀者服務信箱：service@readingclub.com.tw／劃撥帳號：19863813／戶名：書虫股份有限公司 ●香港發行所：城邦（香港）出版集團有限公司／香港灣仔駱克道193號東超商業中心1樓／電話：(852) 25086231／傳真：(852) 25789337 ●馬新發行所／城邦（馬新）出版集團【Cite(M) Sdn. Bhd.】／41, Jalan Radin Anum, Bandar Baru Sri Petaling, 57000 Kuala Lumpur, Malaysia.／電話：+603-9056-3833／傳真：+603-9057-6622／讀者服務信箱：services@cite.my ●印刷：前進彩藝有限公司 ●2023年11月初版一刷 ●定價480元

國家圖書館出版品預行編目資料

寂靜的緯線／舒班吉．史瓦盧普（Shubhangi Swarup）著；葉佳怡譯. -- 初版. -- 臺北市：麥田出版：家庭傳媒城邦分公司發行, 2023.11
面； 公分. --（Hit暢小說；RQ7115）
譯自：Latitudes of Longing
ISBN 978-626-310-536-2（平裝）
EISBN 9786263105416（EPUB）

867.57 112013347

城邦讀書花園
www.cite.com.tw